羊脂球

莫泊桑
短篇小说集

[法] 居伊·德·莫泊桑 _ 著

黄可 _ 译

图书在版编目（CIP）数据

羊脂球：莫泊桑短篇小说集/（法）居伊·德·莫泊桑著；黄可译. — 南京：江苏凤凰文艺出版社，2022.10（2024.7重印）
ISBN 978-7-5594-6522-1

Ⅰ.①羊… Ⅱ.①居…②黄… Ⅲ.①短篇小说－小说集－法国－近代 Ⅳ.① I565.44

中国版本图书馆 CIP 数据核字（2022）第 158803 号

羊脂球：莫泊桑短篇小说集

[法] 居伊·德·莫泊桑 著　黄可 译

责任编辑	周　璇
特约编辑	王香力
装帧设计	艾　藤　王　嫒
责任印制	刘　巍
出版发行	江苏凤凰文艺出版社
	南京市中央路 165 号，邮编：210009
网　　址	http://www.jswenyi.com
印　　刷	河北鹏润印刷有限公司
开　　本	787 毫米 ×1092 毫米　1/32
印　　张	12.25
字　　数	274 千字
版　　次	2022 年 10 月第 1 版
印　　次	2024 年 7 月第 7 次印刷
书　　号	ISBN 978-7-5594-6522-1
定　　价	39.80 元

江苏凤凰文艺版图书凡印刷、装订错误，可向出版社调换，联系电话 025-83280257

磨铁经典第三辑·世界短篇经典

矛盾、虚伪、狂喜、忏悔、体谅、慰藉。
看似无所适从的人生里,有金光闪闪的心灵。

目录

羊脂球 _001

我的叔叔于勒 _053

项链 _067

珠宝 _081

壁橱 _093

修软垫椅子的女人 _105

幸福 _117

勋章到手了！_129

一家人 _139

骑马 _173

绳子 _185

泰奥迪勒·萨波的忏悔 _197

两个朋友 _211

月光 _223

西蒙的爸爸 _233

一个诺曼底佬 _247

泰利耶妓院 _259

皮埃罗 _297

瓦尔特·施那夫斯奇遇记 _307

小酒桶 _321

烧伞记 _331

莫兰这头公猪 _345

港口 _363

附录 左拉在莫泊桑葬礼上的致辞 _379

羊脂球

残兵败将接连数日从城里乱哄哄地经过。那几乎已经算不上军队了，只能说是一些溃乱的散兵游勇。这些人的胡须又长又脏，身上的军服早已破破烂烂，他们步伐拖沓、萎靡不振，不见军旗，更不见军团的样子。他们看起来受尽了折磨、筋疲力尽，全然丧失了思考和拿主意的能力，只是靠着惯性往前走去，一旦停下步伐，就会立刻力竭倒下。这些应征入伍的人，看起来本是平和之士、安安静静领年金过活的人，如今被枪支重重地压弯了腰；还有一些年轻警觉的国民别动队士兵，虽然容易惊慌失措，但也容易兴奋、激动，他们随时准备发起进攻，也随时准备逃命。此外，队伍中还有些穿红色马裤的正规军，他们是某场大战中败退的残兵；还有些身着深色军服的炮手，他们与七零八落的步兵们并行；偶尔，还有些戴着闪闪发亮的头盔的龙骑兵，迈着沉重的步子，吃力地跟在轻盈的步兵身后。

接着是那些有着英雄称号的游击队——诸如"失败复仇者""墓穴国民团""死亡共舞队"，他们也从城里经过，但一个个看起来都像是土匪。

这些游击队的队长以前都是商人，不是做呢绒生意的，就是谷物商，还有些做的是油脂、肥皂的买卖。他们凭借自己过人的财富或是过长的胡子，乱世成英杰，获得一官半职，成了军官，穿上法兰绒的军服、戴上军衔，高声说起话来，头头是道地谈论着作战计划，谈话的样子好像是要用自我吹嘘出来的坚实臂膀扛起垂死的法兰西；但他们有时候也怕自己的队员，毕竟这些人都是混混，虽然勇猛起来能把命豁出去，但早就无可救药，烧杀抢掠的事情可没少干。

有人说，普鲁士军队就要进入鲁昂[1]了。

近两个月来，国民自卫军一直审慎地在附近的树林里侦察，甚至还擦枪走火误伤了自己的哨兵，只要有一只小兔子从灌木丛里蹦跳而过，他们就准备好了开战。但现在这些国民自卫军都已经逃回家去了。他们的武器、制服，以及不久之前，他们在方圆三法里[2]之内用以恐吓道路界碑的杀人利器，都迅速消失得无影无踪。

终于，最后一拨法国士兵越过了塞纳河，即将取道圣瑟韦[3]和布尔阿沙尔[4]，到达蓬托德梅尔[5]。将军走在队伍的最后面，垂头丧气，只有这些残兵败将，他再没有办法了。这样一个总是打胜仗、英名远扬的民族，竟然输得如此彻底。在这悲惨的溃败之中，将军自己也已经失魂落魄了。他徒步走着，两位副官陪在身旁。

---

1 鲁昂（Rouen），法国西北部城镇，位于诺曼底大区的滨海塞纳省。
2 法里系法国古长度单位，1法里约为4公里。
3 圣瑟韦（Saint-Sever），位于鲁昂市镇的南面，与鲁昂隔塞纳河相望。
4 布尔阿沙尔（Bourg-Achard），法国西北部城镇，位于鲁昂市镇的西南面，距离较圣瑟韦更远。
5 蓬托德梅尔（Pont-Audemer），法国西北部城镇，位于鲁昂市镇的西面。普鲁士军队进入鲁昂之前，法国军队撤出鲁昂，跨过塞纳河到对岸的圣瑟韦，随后取道西南方向经布尔阿沙尔退到蓬托德梅尔。

在这之后，城市便笼罩在一片岑寂之中，沉浸在一股让人惴惴不安而又悄无声息的等待里。城里许多大腹便便、被生意折磨得失去了男子气概的商人，焦虑地等待着战胜者的到来，他们一想到自己家里烤肉用的铁扦，或是厨房里的餐刀，都可能以武器论处，就不禁瑟瑟发抖。

生活仿佛停滞了。商店大门紧闭，街上也看不见人影。偶尔，有某个居民在街上被这寂静惊吓到，匆匆忙忙贴着墙角一闪而过。

这种等待带来的焦虑，反而让人们渴望敌人的到来。

法国军队撤走后的第二天下午，有几个普鲁士枪骑兵，不知道从什么地方蹿了出来，敏捷地穿城而去。又过了些许时间，一大拨人马黑压压地从圣卡特琳娜坡道[1]下来了，而在达内塔尔和布瓦纪尧姆两条马路上也同时出现了两大拨侵略者的身影。这三支队伍的先锋几乎同时到达市政厅广场；随后，德国军队便一营接一营地从四面八方的马路上涌出来，他们迈着有力而富有节奏的步伐，把石板路踏得噔噔作响。

陌生的命令声带着喉音，沿着路旁这些死气沉沉、仿佛已经荒废的住宅扩散而去。然而，在紧闭的百叶窗后面，一双双眼睛正窥视着这些获胜者——依照"战时法"，他们如今已经是这座城市和它的财富乃至城中生命的主宰者。居民们躲在昏暗的房间里，心里充满了那种巨大灾难或是带来惨烈死伤的地震发生之后才有的恐慌，此时，任何智慧与才干都毫无用处。每当事物原先建立的秩序被打乱，安全荡然无存，人类法律与自然法则所保护

---

[1] 位于鲁昂市镇的东南面。

的一切都任凭一种狂暴且无意识的野蛮摆布之时，这种感觉就会卷土重来。地震摧毁房屋，把所有人都压死在废墟之下；洪水泛滥，淹死的农民、牛的尸体和被冲垮的房梁一同随波而流；打了胜仗的军队杀死自卫者，将俘虏投入监牢，以战刀之名杀掠，用炮火之声祭神。如此这般恐怖的灾难扰乱了我们对永恒正义的信念，使我们丧失了他人所教导我们的，对上苍之庇佑与人类之理性的信心。

一支支普军的小队伍敲响一扇扇屋门，随后进入房子。这是入侵之后的占领。战败者开始履行自己的义务，他们必须对战胜者殷勤有礼。

过了段时间，一旦最初的恐惧消散，新的平静就被建立起来了。在许多家庭里，普鲁士军官出现在餐桌上。有些军官教养不错，出于礼貌还会对法国抱以同情，表达自己对参与这样一场战争的厌恶之情。人们对这样的共情表示感激，况且，没准有朝一日还得靠这些军官来保护自己。此外，好好服侍这些军官，或许还可以少供养几个士兵。既然还需要仰仗这号人，那何必让他们不高兴呢？如此一来，冒犯他们就不再是英勇的，而是鲁莽的行为了——鲁昂的市民不再会有当年的鲁莽了，虽然正是那传奇的自卫行动让这座城市声名远扬[1]。凭借法兰西的礼貌，人们最终总结出这样一条至高无上的道理：只要在公共场所不与这些外国士兵过于亲密，在家里时对他们保持礼貌并无大碍。于是，在家门之外，他们不认识彼此，回到家中却又能谈笑风生了。每夜，

1　指的是 15 世纪时鲁昂人民反抗英国统治的壮举。

德国人在客厅壁炉前坐着的时间也越来越长。

这座城市居然也一点儿一点儿地恢复了往昔的面貌。但法国人仍然几乎不出门，倒是普鲁士士兵在大街上随处可见。除此之外，那些穿着蓝色轻骑兵军服的士官，虽然扛着自己粗大的杀人武器在石板路上闲逛，但是他们对待寻常居民的轻蔑态度，跟去年也在这几家咖啡馆里喝酒的法国士兵相比，倒也没差多少。

然而，空气里却有一丝从未有过又难以捉摸的气氛，那氛围让人感到陌生又难以忍受，仿佛是一股蔓延开来的气味，一股入侵的气息。它充斥于居所乃至公共场所，让食物变了味，让人不禁错以为自己身处遥远的地方，周围都是危险的野蛮部落。

战胜者要的是钱财，而且他们胃口巨大。这座城里的居民确实富足，就免不了不停地掏钱。然而，一个诺曼底商人越是富有，就越是因做出牺牲而感到痛苦，而看着自己的钱财一分一厘地从自己手里落到他人囊中，心中更是备受煎熬。

不过，沿河而下，在城市下游两三法里的地方，靠近克鲁瓦塞、迪佩达尔或是毕萨尔之处，水手或渔夫经常会从河底捞起几具已经肿胀的德国士官的尸体。他们身着军服，有的是被刀捅死的，有的是被踢死的，有的脑袋被石头砸烂，还有的被一把从高桥上推入河中。这些隐秘的复仇行为沉入河底的淤泥，野蛮却正当。这些无人知晓的英勇行为、无声的进攻，比起日光之下的战争，更加危险，而且不曾得到光荣的欢呼。

因为对外来者的仇恨，总能促使一些勇敢者只为了心中的一念而随时准备赴死。

到头来，虽然城市已经屈服于侵略者的强硬统治，但这些侵略者却也并未做出传闻之中他们在进军路上所犯下的那些恐怖行径。城里居民的胆子大起来，心里起了痒痒，想要重新开始做买卖。有几个人在勒阿弗尔[1]一带有大笔生意，那里仍在法军手里，他们便打算走陆路，到达迪耶普，从那里登船前往勒阿弗尔港。

他们利用先前认识的德国军官的关系，从将领那里拿到了一张离开的通行许可证。

随后，他们为这趟旅途租了一辆四匹马拉的大马车，车夫手里的名单上有十名乘客，为避免引来围观，大家决定在某个周二清晨天亮之前出发。

这段时间以来，严寒已经冰封了大地。周一午后约三点钟，厚重的乌云从北方飘来，大雪纷纷落下，一直下了整夜，直到凌晨都不曾停歇。

清晨四点半，那些旅客们在诺曼底旅馆的庭院里聚集，他们约好从此处上车。

这些人仍然困意十足，正裹在自己的大衣里瑟瑟发抖。昏暗的天色中，他们彼此看不大清楚；而且身上堆着笨重的冬衣，让他们看起来像是一群身着长袍的胖神父。但有两个人认出了彼此，然后就有第三个人凑近他俩，他们谈起话来，其中一人说道："我带上了我太太。""我也一样。""我也是。"第一个说话的人又说："我们不再回鲁昂了，如果普鲁士人逼近勒阿弗尔，我们就去英国。"他们几个人性格相近，自然就都是这般计划的。

然而，马车还未套好。一个马车夫，手里提着一盏小提灯，

---

[1] 勒阿弗尔（Le Havre），法国西北部海滨城市。勒阿弗尔港系法国第二大港，仅次于马赛港。

不时从一道幽暗的门里出现，旋即又消失在另一扇门里。马蹄踏在地上的声音，由于马厩里的肥料和垫草而变得柔和了许多，屋子深处传来一个男人骂骂咧咧对着牲口说话的声音。一阵轻微的叮叮当当的响声表明有人正在搬弄马具；很快，这声响变成一阵清晰而且持续的震动声，随着牲口的动作而变得富有节奏感，有那么几次，声音戛然而止，但伴随着铁蹄落地的沉闷响声，声音又猛地响起来。

门突然关上了。一切声响骤然消失。冻僵的乘客们一言不发，动也不动，浑身紧绷。

雪花闪烁着晶莹的光，不断飘向地面，在天空中编织成一道幕。它们抹去一切轮廓，给万物都蒙上一层冰雪泡沫。这座城沉入无边的寂静中，被寒冬时节落下的雪所掩埋，人们只能听见雪花落下的窸窣声，隐隐约约的，无法言说。与其说这是一种声音，不如说是一种感觉，这混杂着轻而微小之物，仿佛充满了空间，覆盖了整个世界。

车夫手里拎着提灯再次出现了，他拉着绳子，牵来了一匹垂头丧气的马，看来它并不太情愿受人驱使。他让这匹马挨着马车的辕杆，把绳系好，又绕着转了好几圈，确保马具都套牢了，因为他一只手里提着灯，只能靠另一只手干完这些活。正当他要去牵第二匹马的时候，他注意到这些旅客都一动不动地站着，全身雪白，落满了雪花，于是对他们说道："你们为什么不到车里去？至少能挡风遮雪啊。"

他们先前大概是没想到这点，听了车夫的话连忙往车里钻。那三个男人先把自己的妻子安置在车厢的最里边，自己再登上马车；随后几位裹得严严实实、看不出样貌的人也进了车厢，在剩下的几个座位上坐好，一声不吭。

车厢的地板上铺了麦秸，旅客们的脚都踩在里面。坐在车厢深处的太太们都带着烧化学炭的铜制小脚炉，她们点燃炭火之后，低声说了好一会儿这炉子的好处，翻来覆去地说着一些她们老早以来就知道的事情。

终于，马车准备妥当了。由于路途艰辛，拉车的不是原先的四匹马，而是六匹马。车外传来问话的声音："所有人都上车了吗？"车厢里有个声音答道："都上车了。"他们旋即启程了。

车子行进缓慢，可以说是极其缓慢，几乎是一小步一小步地挪动着。车轮陷进雪里，整个车厢发出咔咔的声响，仿佛正在呻吟。牲口脚底直打滑，喘着粗气，鼻孔喷出白烟。车夫手里粗大的马鞭朝四面八方挥舞着，抽打声一刻不停，时而蜷曲，时而翻飞，宛若一条瘦长的蛇，突然，这鞭子抽在某匹马结实的臀部上，那马儿就绷起肌肉，更加卖力地拉车。

不知不觉间，天色亮了起来。那轻盈的冰雪之花——刚刚车里的某个旅客，一个纯正的鲁昂人，还将其比作漫天的棉絮雨——已经不再落下了。一道并不明朗的光线从厚实的灰暗云层里穿射出来，让银白大地变得更加晃眼，一眼望去，时而可见一排结满雾凇的大树，时而还能瞧见一座戴上了雪帽的乡间茅舍。

借着清冷的晨光，车厢里的旅客们好奇地打量着对方。

在车厢深处最舒服的位置上，卢瓦索先生和卢瓦索太太正相对而坐，打着盹儿。他们在大桥街上经营着一家葡萄酒批发商店。

卢瓦索先生原先在一个老板手下做事，后来那老板生意破产，他就把那些产业盘了下来，很快发了财。他把劣质酒用极低的价格卖给乡下的零售商，认识他的人，或者他的朋友，都知道他是个狡猾的家伙，一个真正的诺曼底人，诡计多端，生性快活。

他那商场骗子的名声众人皆知。有天晚上，在省政府的聚会上，本地名流图尔奈先生——这是个才思尖锐、敏捷之人，擅长写作寓言和歌谣——向看起来有点儿昏昏欲睡的太太们建议道，不妨玩一个叫"鸟儿飞"[1]的游戏，这个玩笑话自然也飞了出去，从晚会的沙龙飞进了城里的各个客厅里，这些外省的下巴足有一个月都笑得合不上。

卢瓦索先生如此声名远扬，全凭自己的本事，靠的是他自己嘴里的玩笑话，这些玩笑有时候文绉绉的，有时候又十分粗俗。别人说起他来，总是忍不住要补上一句："这个卢瓦索先生，真是个活宝。"

他身材矮小，挺着个圆滚滚的肚子，两鬓早就发白了，脸庞总是通红通红的。

他的妻子身材高大壮实，生性果断，嗓门大，拿主意也快。在他们的批发商行里，卢瓦索先生总是让店里充满快活的气息，而卢瓦索太太管事有方，管账更是精明。

在他们身旁坐着的是威严的卡雷-拉马东先生，他出身于更高的阶层，是个厉害人物，在棉纺织业占有一席之地，有三家纺织厂，曾被授予荣誉军团军官勋位，还是议会议员。整个第二帝

---

[1] 此游戏名原文为"Loiseau Vole"，"Loiseau"音同"l'oiseau"，后者有"鸟"的意思，同时"Loiseau"也是卢瓦索先生的姓氏，而"voler"这个动词在法语中既有"飞"的含义，也有"盗窃"之意。因此这句话也在暗示卢瓦索先生是个小偷。

国时期，他一直是温和反对派的领袖，按照他自己的说法，只要始终拿着钝头兵器上阵，到时候再做出归顺的姿态，就能身价倍涨。而卡雷-拉马东太太则比她丈夫要年轻得多，被派来驻扎在鲁昂的那些出身高贵的军官，总能从她身上得到慰藉。她坐在自己丈夫的对面，娇小可爱，十分漂亮，她正裹在裘皮大衣里，用一种哀戚的眼神打量着这略显寒酸的车厢。

坐在他们身旁的是于贝尔·德·布雷维尔伯爵和伯爵夫人，这是诺曼底地区最古老、最高贵的家族之一。伯爵气度不凡，是个老绅士，他精心打扮过，努力突出自己在样貌上与亨利四世国王的相似之处。根据他们家族引以为豪的一段传奇，正是亨利四世曾让某位姓德·布雷维尔的女子怀孕，也正因如此，她的丈夫才得以获封伯爵，成为一省之长。

虽然身为卡雷-拉马东先生在省议会的同僚，于贝尔伯爵在省里代表的却是奥尔良党人。他的妻子是南特一个小船主的女儿，他们当初为何结为夫妻始终是一件秘事。不过，伯爵夫人气质高雅、落落大方，待人接物更是无人能及，据说路易-菲利普的某位王子曾经爱过她，所以在贵族圈子里她得以被众星拱月，此外，她的沙龙始终是第一流的，也是保有旧时之风流雅致的唯一所在，所以想要跻身其中并非易事。

布雷维尔家的财产全是不动产，据说每年的收入高达五十万法郎。

这六位人物占据了车厢的核心地位，他们有稳定的收入，生活安逸，有影响力，更是有权有势、虔诚而有原则的正人君子。

巧的是，这几位女士都坐在同一侧。伯爵夫人边上坐着两位修女，她们手里捏着长串的念珠，口中正喃喃祷念着《天主经》和《圣母经》。其中一位年纪较长，满脸都是天花留下的坑坑洼洼，像是被霰弹枪迎面轰过。另一位看起来孱弱不堪，脸颊虽然秀丽，看起来却病入膏肓，成就了殉道者和圣徒的狂热信仰侵蚀了她，让她的胸膛像肺结核病人那般凹陷下去。

而在两位修女的对面，一男一女吸引了车上所有人的目光。

那男人名声在外，是被称为"民主先生"的格尔努代，也是不少备受尊敬的人士眼中的危险人物。二十年来，他那红棕色的大胡子浸遍了所有民主派咖啡馆的酒杯。他那老糖果商父亲留下来的丰厚遗产，被他拿来与兄弟朋友们挥霍一空，如今他焦急地等待着共和国能给他一个体面的位置，只有这样才对得起自己为革命喝下的如此之多的酒水。九月四日——那应该是一次整蛊，他以为自己被任命为省长，但当他前去赴任时，办公室里那一个个自以为是主人翁的公务员拒绝承认他，如此一来他只得离任。不过，他确实是个老好人，与人为善而且乐于为他人效劳，他怀着一股无可比拟的热忱布置了防御工事。他在平原上挖了不少洞，到附近的森林里去砍来小树，在每条路上都布置了陷阱。当敌人临近之时，他非常满意自己所做的准备工作，随即撤回了城里。现在，他觉得自己到了勒阿弗尔会更有用，因为那里很快就需要一些新的防御工事了。

那女人乃是一位被称为风流女子的人物，她以丰腴早熟的身材著称，人们给她安了个绰号——"羊脂球"。她身材矮小，浑身上下都圆滚滚的，胖得几乎要流油，连手指头都无比丰润，唯独骨头关节接合之处才有一圈凹陷，仿佛一串串短肉肠；她的皮肤紧绷而富有光泽，裙袍之下，胸脯丰满高挺。然而她又十分诱人，引来众人追逐，因为她那鲜艳的气色看起来实在让人愉悦。她的脸颊就像一颗鲜红的苹果，也像一朵含苞待放的芍药；她那脸蛋的上方，是一双乌黑而晶莹的眼睛，周围萦绕着浓而长的睫毛，让双眸落在了一丛深邃之中；脸蛋的下方，是一张迷人的嘴，窄小而湿润，就是为亲吻而长的，嘴里是两排光洁而娇小的牙。

人们都说，她身上还有更多不可估价的宝贵品质。

她被认出来之后，一阵窃窃私语便从那几位贵妇之间传来，有如"妓女""社会耻辱"这类的字眼从她们的咕哝声中跳出来，于是她抬起头来，环视了身旁这些乘客，那眼神坚毅而充满挑衅，车厢里随即陷入寂静，所有人都低下头，唯独卢瓦索先生饶有兴趣地窥视着她。

但是，那三位贵妇很快重新聊了起来，这样一个女子的出现让她们突然成了朋友，甚至颇为亲密。面对这不知廉耻的娼妇，她们似乎觉得应该把自己身为有夫之妇的尊严凝聚起来：因为法定的爱情向来比自由结合来得高贵。

那三个男人面对格尔努代，同样也因为保守派的本能更接近彼此了，正用一种蔑视穷人的语气谈论金钱。于贝尔伯爵谈论着普鲁士人给他造成了多少损失，虽然后者让他没了牲畜，庄稼也收成无望，但他还是以一副家财万贯的大财主的姿态说道，这些破坏给他造成的困顿不会超过一年的时间。卡雷-拉马东先生先前在纺织业遭受了巨大的损失，不过他已经早早汇了六十万法郎去英国，无论遇到什么事情，这笔钱都可解燃眉之急。至于卢瓦索先生，他早就安排妥当，把自己存放在地窖里的所有一般的葡萄酒，通通卖给了法国当局，如此一来，法国政府还得付他一笔可观的钱财，他计划着到了勒阿弗尔就去把钱领了。

这三位男人用友好的目光迅速看了彼此几眼。尽管个人境况不尽相同，但他们却因钱财而觉得亲如兄弟。他们三位都是各自行业所在行会的会员，只要把手伸进裤子口袋里，里头的金币就会叮当作响。

马车走得很慢，到了上午十点钟，他们才走了四法里。途中由于爬坡，男士们下了三次马车。大家渐渐开始担心起来，因为他们原计划到托特去吃午饭，现在看来，恐怕天黑之前都到不了那里。所有人都希望能在大马路上看见一个小餐馆。这时，马车却忽然陷进了雪堆里，大家花了两个小时才把它拉出来。

对饮食的渴望越来越强烈，扰乱了他们的心绪。然而，他们连哪怕一家小餐馆或者小酒馆也没遇到，因为普鲁士人的迫近，还有饥肠辘辘的法国军队，把所有的生意都吓跑了。

每每路过农庄，男士们就跑过去想找点儿吃的，但他们连一块面包也没找到，因为多疑的农民们害怕自己的粮食被士兵掠夺而去，就把它们都藏了起来，毕竟那些士兵什么吃的也没有，瞧见什么都要强抢。

到了下午一点钟，卢瓦索先生说自己确实感觉胃里空荡荡的。所有人早就跟他一样难受了；而进食的需求越来越强烈，让他们都不再说话了。

时不时就有人打哈欠，随即另一个人也被传染了。每个人在轮到自己被传染、打起哈欠时，都遵循着自己的性格、教养和社会地位，要么发出声响、张开大嘴，要么谨慎端庄地迅速抬起手，遮在自己那冒出热气的大窟窿前面。

羊脂球几次俯身，像在寻找自己裙摆底下的什么东西。每次她都迟疑片刻，看看自己邻座的人们，又安静地挺直了自己的身子。这一张张脸庞都变得苍白，皱紧着。卢瓦索先生宣称，他愿意花一千法郎来换取一只肘子。他的妻子做了个手势以示抗议，随后又恢复平静了。只要听到要花费钱财，她就觉得难受，甚至理解不了这类玩笑之词。伯爵说道："说实话，我觉得不太好受，我怎么就没想到要带些吃的呢？"每个人都这样责怪自己。

然而，格尔努代却带了满满一壶朗姆酒；他邀请大家一同分享，但其他人冷漠地拒绝了。只有卢瓦索先生喝了两口，把酒壶递回去的时候，他道谢说："怎么说呢，它还是不错的，让人暖和，也没那么想吃东西了。"酒精让他的心情振奋起来，他提议让大家按照歌词里唱的那样，把小船上最胖的乘客分而食之。这是影射羊脂球的话，在这些有教养的人听来，简直不堪入耳。没有人回应他；唯独格尔努代轻轻笑了笑。两位修女也不再念经了，把手收入自己肥大的袖子里，一动不动地坐着，她们的双目执着地低垂着，大概正把上苍给予她们的痛苦回敬给上苍吧。

终于，下午三点钟，他们来到一片无边无际的平原中央，视线所及之处一个村庄也没有。这时羊脂球迅速弯下身子，从座椅底下拉出一个盖着白色餐布的大篮子。

她首先取出一个彩釉的小陶盘，一个银质无脚杯，随后拿出一个大瓦罐，里面装着两只已经切成小块的鸡，覆盖其上的酱汁已经结了冻；大家还瞧见篮子里其他精心包好的各种好东西，馅饼、水果、糕点，这是一位旅客三天的食物，有了这些，在整个旅途中都不需要踏进旅馆的厨房。在这些包好的食物中间，还有四只细颈酒瓶。她拿起一只鸡翅膀，就着一块在诺曼底地区被叫作"摄政王"的小面包，小心地吃了起来。

所有的目光都集中到她身上。香气随即散开了，刺激得大家都张大了鼻孔，嘴里涌起口水，耳朵下的颌骨更是绷得十分痛苦。那几位贵妇人对这个女子的鄙视变得更激烈了，嫉妒得要杀了她，想把她丢下车去，连同她的酒杯、她的篮子和她的食物，都丢进雪地里。

但卢瓦索先生贪婪地盯着那罐鸡。他说："好极了，这位女士比我们想得周到多了。有些人考虑事情总是面面俱到。"她抬起头对他说道："您要吃点儿吗，先生？从早上饿到现在可不好受。"他充满敬意地说："上帝啊，老实说，我不会拒绝，我也无法拒绝。战争时期有战争时期的样子，对吧，夫人？"他说完环顾四周，又开口道："在这样一个时刻，有人能给你帮助，这真是件让人惬意的事情啊。"他摊开一张报纸，以免弄脏自己的裤子，然后拿出一直放在自己口袋里的小刀，挑起一只沾满了冻汁的鸡腿，用牙咬开腿肉，心满意足地咀嚼起来。车厢里响起一阵悲哀的叹气声。

但羊脂球又谦逊而温柔地邀请两位修女分享自己的餐食。她们立刻就接受了，始终低着头，含混不清地道谢之后，迅速吃了起来。格尔努代也没有拒绝这位邻座的馈赠，他膝上摊开的报纸和修女们腿上的报纸连成了某种桌子。

这几张嘴不停地张开、合上，吃着，嚼着，狼吞虎咽。卢瓦索先生坐在自己这一边，起劲地吃着，还压低声音劝自己的妻子照自己的样子做。她挣扎了好一会儿,然后胃里一阵痉挛之后,她还是屈服了。她的丈夫便婉转地开口,问他们这位"可爱的旅伴"能否给卢瓦索太太也来一小块吃的。她答道:"当然可以,先生。"她面带笑意,把瓦罐递了过去。

第一瓶波尔多葡萄酒被打开后,出现了一个难题:总共只有一个杯子。大家只能在擦完杯口之后,再传给下一个人。唯独格尔努代,无疑是为了献殷勤,把自己的双唇贴在了杯子上羊脂球刚沾过的、还没干的位置上。

四周的人都在进食,布雷维尔伯爵与夫人,还有卡雷-拉马东夫妇,几乎要被这食物的香气弄得窒息了,正忍受着以坦塔罗斯[1]为名的痛苦。突然之间,厂长那年轻的妻子叹了口气,大家都转头看她。她就如车外的雪一般白皙,闭上了双眼,脑袋耷拉下来:她失去意识了。她的丈夫惊慌失措,连忙请求大家帮忙。一时间所有人都慌了神,年纪较长的那位修女扶着这位太太的脑袋,把羊脂球的酒杯送到她唇边,让她咽了几口酒。这位漂亮的太太动了动身子,睁开眼睛,微笑着有气无力地喃喃道,自己现在觉得好多了。但是,为了防止这样的事情再次发生,修女坚持让她喝下整整一杯波尔多酒,说道:"这是因为太饿了,没事。"

羊脂球却满脸通红,局促不安地看着这四位仍然腹中空空的旅伴,含混不清地说道:"我的天啊,如果我之前跟这两位先生和太太们分享了……"她沉默了,生怕引发众怒。是卢瓦索先生

---

[1] 坦塔罗斯(Tantalus/Tantale):希腊神话中的宙斯之子,因为他将自己的儿子珀罗普斯剁成碎块给神吃,触怒了宙斯,被罚永世站在上有果树的水中,那水深及下巴,当他渴了想喝水时,水就退去,当他饥饿想吃果子时,头上的树枝就升高。

接了她的话："啊唷！都这种时候了，大家都是兄弟姐妹，就应该互相帮助。太太们，来吧，别拘束了，就接受吧！而且，我们是不是得找个房子过夜？这辆车看起来明天中午之前是到不了托特了。"大家都迟疑不定，没人胆敢说出一声"是"来担起这份责任。

伯爵全然略过这个问题。他转身面对这位惶恐不安的胖姑娘，用他身为绅士的庄重语调说道："您的这份心意，我们心怀感激地领了，夫人。"

万事开头难。一旦过了卢比孔河[1]，大家就无拘无束了。篮子里的东西都被拿了出来。那里面还有一包鹅肝、一份山雀冻、一块熏牛舌、好些克拉萨纳梨、一块蓬莱韦克[2]奶酪、一些小甜食，还有一整罐醋渍的小黄瓜与小洋葱。羊脂球和所有的女子一样，十分爱吃生菜沙拉。

既然吃了这位姑娘的食物，就不能不和她说话了。于是大家交谈起来，起初还有点儿拘束，不过，羊脂球是个容易相处的人，没多久大家就随意起来了。布雷维尔伯爵夫人和卡雷-拉马东太太都是有良好教养的人，知道如何摆出一副优雅得体的姿态。尤其是伯爵夫人，正显出身为高贵夫人却愿意和任何人接触、不怕被玷污的亲切来，十分迷人。但卢瓦索太太却保持警惕，还是一副冷冷的姿态，话没说几句，东西倒吃了不少。

---

1 "跨越卢比孔河"是西方的一句谚语，有"破釜沉舟"之意。公元前49年，恺撒破除了将领不得带兵越过卢比孔河的禁忌，进军罗马，并获得胜利。
2 蓬莱韦克（Pont-l'Évêque），也称"主教桥"，是法国西北部卡尔瓦多斯省的一个市镇，当地产的奶酪十分有名。

自然而然地，大家聊起了战事。他们提起普鲁士人犯下的可怕罪行，说到了法国人的英勇事迹；这群逃跑的人开始赞赏起他人的勇敢来了。很快，大家就讲起了自己的亲身经历，羊脂球带着一股真挚的情绪，用女孩们表达自己的愤怒时所用到的激烈言辞，说起了自己是如何离开鲁昂的。"我原本认为自己是可以留下来的，我房间里的食物绰绰有余，而且我还想着比起跑到我不熟悉的什么国家去，还不如供养几个士兵。但是当我看见他们，这些普鲁士人，我就忍不住了！愤怒涌上我的心头，让我羞耻地哭了一整天。唉！我要是个男人就好了，是吧！我透过窗户看见他们，那些戴着尖顶头盔的大肥猪，要不是女佣抓住了我的手，我肯定把房间里的椅子砸到他们背上。后来他们住进我家里了，第一个士兵一进来，我就扑上去掐住他的脖子。要掐死他们不会比掐死其他人困难！要不是有人扯我的头发，我肯定就干掉那个家伙了。不过那之后我就得躲起来了。最后我找到了机会，从那里逃了出来，上了这辆车。"

大家对她称赞不已。她在旅伴之中的威望进一步增长了，因为这些人都不曾表现得像她这么勇敢。格尔努代听她说的时候，脸上始终挂着传教士般赞许而欣慰的笑容，就像一位神父在聆听虔信者赞美上帝，因为长胡子的民主党人垄断了爱国的权利，就像身着黑袍的宗教人士独揽宗教一样。轮到他发言了，他用一种宣教的口吻、一种从每日贴在墙上的宣言里学到的夸张语调说了起来，最后，他发表了一小段激昂雄辩的发言，严厉地斥责了"无耻之徒巴丹盖"[1]。

但羊脂球听完顿时火冒三丈，因为她是波拿巴党人。她的脸涨得比樱桃还红，气得说话都结巴了："我倒是想看看你们，你们其他人在他那个位置上能做出什么来。想必能干得不错，是吧！是你们背叛了他！这个人！要都是像你们这样的货色当家做主，那大家就真的只能离开法国了！"格尔努代无动于衷，脸上挂着倨傲而不屑的笑意。就在大家觉得这个被激怒的姑娘就要破口大骂之际，多亏伯爵出来打了圆场，用一种权威的姿态说，任何真诚的看法都应该得到尊重，这才好不容易平息了她的怒火。然而，和其他正人君子一样，伯爵夫人和厂长太太一直打心底没来由地对共和国[2]心存厌恶，同时还怀着所有女人对出色的专制政府的本能偏爱，因而她们不禁对这位可贵的卖淫女有了好感。她那情感如此崇高，和她们是如此相似。

篮子已经空了。十个人要吃完这一篮东西毫不费力，他们甚至还有些惋惜，要是这篮子更大一些就好了。谈话又持续了一些时间，不过大家吃饱喝足之后，不免就没那么热情了。

夜幕降临，夜色一点儿一点儿变得越发浓稠起来，而寒意在消化的过程中变得更加明显了，羊脂球虽然体态肥胖，但还是打起了寒战。布雷维尔伯爵夫人把自己的小脚炉给了她，那里头的化学炭，从早上到现在已经换了好几回了。羊脂球立刻就接了过来，她觉得自己的脚都冻僵了。卡雷-拉马东太太和卢瓦索夫人则把自己的脚炉给了两位修女。

---
[1] "巴丹盖"是拿破仑三世的绰号。
[2] 指法兰西第三共和国（1870—1940）。

车夫已经点亮了提灯。那强烈的灯光照出从汗涔涔的马匹臀部升腾而起的热气,也照亮了马路两侧,积雪在灯光的照耀之下,仿佛正在奔涌。

车厢里已经什么也看不见了。突然,羊脂球和格尔努代之间有了动静;卢瓦索先生睁大眼睛在黑暗中搜寻着,确信自己看见那个大胡子男人猛地挪开了自己的身体,好像在无声中被人狠狠打了一拳。

道路前方出现了零星火光。托特要到了。他们已经在路上走了十一个钟头,加上四次停下来让马儿喘气、吃草料,休息了两个小时,一共是十三个小时。他们进入城镇,马车在商贸旅馆前停住了。

车门打开了!一阵熟悉的声音让车上的旅客们心惊胆战。那是军刀的皮鞘撞击地面的声响,随后,是一个德国人在喊着什么。

尽管马车早就停稳了,但没人下车,好像只要一下车就会被杀死似的。车夫出现了,手里提着灯,突然之间整个车厢都被照亮了,两排座位上的脸庞惊慌失措,嘴巴张得老大,眼睛因为惊吓和恐惧而瞪得浑圆。

提灯的光芒里,有个德国军官站在马车夫身旁,那是一个身材颀长却过分消瘦的金发年轻人,身上的军服有如女孩的紧身衣一般紧紧地束缚着他的腰身。他头上那顶扁平、油光发亮的头盔歪向一边,让他看起来有点儿像是某个英国酒店的服务员。他嘴上的两撇胡子长得过了头,那须毛又长又直,向着两边无限地延伸出去,越来越细,最后只剩一根金黄的毛发,细得简直让人看不见它的末梢。这胡子像是压在了他的嘴角,拉着他的脸颊,在唇上压出了一条下垂的皱纹。

他用阿尔萨斯口音的法语让旅客们下车,语气生硬:"请下车,先生们和女士们。"

两位修女习惯于服从一切,最先温顺地服从了要求。伯爵和伯爵夫人也下车了,工厂大亨和他的妻子紧随其后,再来是把自己的大个子妻子推在前面的卢瓦索先生——他的脚刚落到地上,就对军官说:"您好,先生。"要说这是礼貌,不如说是出于谨慎。而那个军官就像其他有权势的人一样傲慢,看了他一眼,并不作声。

羊脂球和格尔努代虽然离车门很近,却是最后下车的,他们庄重而高傲地站到了敌人面前。胖姑娘尽可能地克制自己,让自己冷静下来;民主先生则颇有悲壮意味地抬起微微有些发抖的手,捋着自己棕红色的长胡子。他们想要维护尊严,因为他们心里明白,这种情况下的碰面,他们每个人都或多或少代表了自己的祖国;而旅伴们的顺从激起了他们两人的反感,她竭力表现出自己要比她的同伴们——那些贵妇——更自负,而他,则认为自己应该成为表率,在姿态上继续保持自己始于破坏马路的抗争使命。

他们一行人走进旅馆的大厨房里,德国人让他们出示通行许可证,那上面有将军的签字,还写明了每位持证人的姓名、体貌特征和职业。军官仔细核对旅客与证件上的信息,花了很长时间才检查完所有人。

然后他突然说了一句:"很好。"随后就离开了。

这一行人松了口气。他们又觉得饿了,要求准备晚饭。准备好这顿饭得需要半个钟头时间。当那两个女佣开始忙碌起来的时候,他们就去看要住的屋子。这些房间都在一条长走廊里,尽头是一扇玻璃门,上面标着可能有某种含义的一个数字[1]。

终于,大家要坐下吃饭的时候,旅馆老板出现了。这人原先是个马贩子,身材肥胖,患有哮喘病,总是发出吹哨般的声响,喉咙里带着混浊的痰音。他从他父亲那里得来的姓氏是弗朗威。

他问道:

"哪位是伊丽莎白·鲁西小姐?"

羊脂球打了个哆嗦,转头答道:

"是我。"

"小姐,普鲁士军官要立刻与您谈话。"

"与我谈话?"

"是的,如果您是伊丽莎白·鲁西小姐,那就没错。"

她慌了神,思忖片刻,干脆地说道:

"这很有可能,但我不会去的。"

她身旁起了一阵骚动。大家议论起来,猜想着为什么下达这条命令。伯爵走到她身旁说:

"您这样是不对的,女士,因为您的拒绝可能会招来大麻烦,不仅是对您而已,对您的所有旅伴也是如此。永远不要和最有权势的人对着干。而且他们找你绝对不会有什么危险,一定是因为遗漏了什么手续。"

其他人都站在他一边,大家恳求她、催促她,又劝告她,最终大家说服了她;所有人都害怕这纷杂之中会引来杀身之祸。她

---

1 指厕所。

终于说道：

"当然！我是为了你们才去的！"

伯爵夫人拉住她的手：

"我们都感激不尽。"

她走出去了。大家坐回到桌子旁等着她。每个人都为自己没能替代这位暴躁而易怒的姑娘感到懊恼，于是在心里默默准备着，万一轮到自己被叫去，也能说上几句场面话。

但是，十分钟之后她就回来了，脸涨得通红，气愤得几乎要喘不过气来了。她结结巴巴地说着："哦，流氓！下流的家伙！"

所有人都急着想知道发生了什么，但她一个字也不说。在伯爵的一再坚持之下，她最终不卑不亢地答道："不，这与你们无关，我不能说。"

于是大家坐下了，围着一个大汤碗，里面正飘出白菜的香气。尽管出了这么个小插曲，这顿晚餐还是相当愉悦的。苹果酒味道不错，卢瓦索先生和太太，还有两位修女，为了省钱，都喝的苹果酒。其他人则要了葡萄酒。格尔努代要的是啤酒，他有一套独特的倒酒方式，让泡沫升腾起来，他斜斜地拿着酒杯仔细观察，随后他把酒杯端起，在灯光下细细研究酒的色泽。当他喝酒的时候，他那和心爱之酒颜色相近的大胡子，仿佛也欣喜地颤动着。他的眼睛斜盯着自己的酒杯，一刻不离，那神情仿佛正在完成自己为之而生的唯一使命。占据他生命的只有两种热情，那便是淡色麦芽啤酒和革命；不得不说，他在自己的心灵中给这两种情感建立了一种联结，它们意气相投，当他品尝其中一样时，必然会同时想起另一样。

弗朗威先生和太太坐在餐桌的尽头用餐。这个男人就像一个即将报废的火车头，发出哼哧的声响，喘气喘得太过频繁，让他无法一边吃饭一边说话。但他的太太一刻也不停地说话。她滔滔不绝地讲着普鲁士人刚刚到来时给她留下的印象，他们做了什么、说了什么。她憎恨他们，首先因为这些人让她亏了钱，其次是因为她的两个儿子参军去了。她大多数时候都是对着伯爵夫人说话，因为和一位贵妇说话让她感到荣幸至极。

后来她压低嗓门说起了敏感的事，她的丈夫时不时打断她："你最好还是不要说话，弗朗威太太。"但她毫不在意，继续说道：

"是啊，夫人，这些人吃的不是土豆和猪肉，就是猪肉和土豆。但是千万不要以为他们是干干净净的。不是的！这些人啊，请允许我说点儿难听话，他们简直是到处拉撒。要是您能连着几个小时，或者连着几天看看他们训练的样子就好了，他们都在一块田地里操练，向前走，向后走，转向这儿，转向那儿。要是他们在自己的国家里种种地，或者修修路也好啊！但他们没有，夫人，这些军人真是对别人一点儿用也没有！难道应该让贫穷老百姓来供养他们，就为了让他们只学会杀人！我只是个没文化的老太婆，这是真的，不过当我看见他们一天到晚就在那里踏来踏去，耗费自己的精力，我就在心里想：当那么多人努力创造、发现，成为有用的人，居然有另外一些人费尽力气就是为了变成坏人！真的，伤害别人的性命，管他是普鲁士人、英国人、波兰人还是法国人，难道不都是一种十恶不赦的举动吗？假如一个人去找害过他的人报仇，这是不对的，他会招来法律的惩罚；但是别人把我们的孩子当成猎物，拿枪来追捕虐杀，这竟然成了对的，而且还有人给杀得最狠的人送去奖章？不该如此啊，您瞧瞧，我可真是搞不明白！"

格尔努代提高了嗓音：

"当人们攻击自己温和的邻居时，战争就是一种野蛮的行径；当人们保卫祖国的时候，战争则是一种神圣的使命。"

老太太低下了头：

"是的，当人们自卫的时候，就又是另一回事了；但是，难道人们不是更应该去杀掉那些只不过为了让自己高兴而发动战争的国王吗？"

格尔努代的眼睛里闪烁着光芒。

"了不起，女公民！"他说道。

卡雷-拉马东先生陷入深深的思索中。虽然他对那些帝王将相抱着崇拜的心情，但这位乡下妇人的"见解"却让他思考起来：一个国家之中有如此之多空闲的、只知道耗费钱财的人手，如此之多完全没有投入生产的劳动力，如果让他们都到那些原本需要好几个世纪才能完成的大工业生产中去，将带来何等的繁荣。

这时卢瓦索先生离开了自己的座位，低声与旅店老板交谈。这个胖子笑着，咳嗽，吐痰；邻人的恭维让他巨大的肚子快活得一上一下地抖动着，为了来年春天，他向这个人订了六桶酒，那时候这些普鲁士人该离开了。

晚餐接近尾声，大家已经疲惫不堪，就都各自回房睡觉了。

然而卢瓦索先生先前已经察觉到了一些事情，他让妻子上床之后，自己一会儿把耳朵贴在门上，一会儿又通过锁眼往外窥视着，一心想要发掘一些他称为"走廊秘事"的蛛丝马迹。

过了得有一个小时,他听见一阵窸窸窣窣的声响,立刻从锁眼望出去,瞧见羊脂球穿着一件有白色花边的蓝色羊绒睡衣,显得更加丰腴。她手里端着烛台,朝走廊尽头那个门上印了数字的房间走去。但这时走廊旁边的一扇门微微打开了;几分钟之后,她回来的时候,穿着背带裤的格尔努代跟在她身后。他们轻声交谈着,然后停了下来。羊脂球像是竭力在捍卫自己的房门。不太走运的是,卢瓦索先生听不见他们说话的内容,但后来他们提高了嗓门,他捕捉到了其中的只言片语。格尔努代十分急切,他坚持着,说道:

"瞧,您真是太傻了,这对您来说算得了什么?"

她看起来愤慨不已,回答道:

"不可能,亲爱的,有些时候这种事情是不能做的,再说了,在这里干这种事情,简直是一种耻辱。"

他根本没明白羊脂球说的话是什么意思,问了句为什么。这下子她彻底被激怒了,提高了自己的音量:

"为什么?您不知道为什么?因为有普鲁士人住在这房子里,甚至他们可能就住在隔壁房间!"

他沉默了。这个妓女因为爱国主义而产生的廉耻之心,让她自己绝不允许在敌人的附近被爱抚,这或许在他心里唤起了那几乎消退的尊严。他只是亲吻了羊脂球,便轻手轻脚地回了自己的房间。

卢瓦索先生像是被点着了,他离开锁眼,在房间里蹦跳了一下,戴上自己的睡帽,掀起被子,他的妻子躺在那里,身躯硬邦邦的。他吻了自己的妻子,把她弄醒了,然后轻声问她:"亲爱的，你爱我吗？"

随后，整个旅馆归于沉寂。但是，很快就从某个角落、某个不能确定的方位，传来一阵响亮的鼾声，可能是从地窖传来的，也可能是从阁楼，那鼾声单调又富有节奏感，低沉地持续着，还夹杂着宛若锅炉在蒸汽压力下发出的那种震动。这是弗朗威先生睡着了。

前一晚大家就说好隔天早上八点启程，这时大家都来到厨房里了，但马车孤零零地停在院子里，车篷上覆盖了一层积雪，既不见马匹也不见车夫的踪影。大家去马厩里没找着车夫，草料房和车棚里也找不到他。所有的男乘客决定到镇上去找找，于是他们走出了旅馆。他们来到广场上，在广场的一头有一座教堂，它的两侧则是些低矮的房子，那里面有几个普鲁士士兵。他们碰见的第一个士兵正在削土豆，更远处的第二个士兵正在打扫理发店的卫生。还有个胡子几乎要长到眼睛下面的士兵，正抱着一个号啕大哭的孩子，他把孩子放在膝盖上摇晃着，想让他安静下来。而那些丈夫去了"作战部队"的胖胖的农村妇女，正给顺从的征服者们下达命令，让他们干该做的活儿——劈柴、把肉汤倒在面包上、磨咖啡，等等；还有一个士兵正在帮自己那位腿脚不灵便的老奶奶房东洗衣服。

伯爵深感震惊，向一位从本堂神父的住宅里走出来的教堂执事问起这个情况。这个虔诚的信徒回答道："哦！他们不是坏人。据说他们不是普鲁士人。他们是从更远的地方来的，但我不知道到底是哪儿；他们在自己的国家都有妻儿，战争也让他们不快活啊！我敢保证，在那些地方，也有人为这些男人流泪；战争给他们带去了很大的痛苦，和我们这儿的情况一样。而且，我们现在还不算太倒霉，因为他们不作恶，他们就像在自己家里那样干活。您看见了吗，先生，穷苦的人应该互帮互助……发动战争的是那些大人物啊。"

格尔努代因为入侵者和被征服者之间的这种融洽关系而感到愤怒，他宁愿把自己关在旅馆里，便掉队离开了。卢瓦索先生戏谑地说："他们是在繁殖人口。"卡雷-拉马东先生则严肃地说道："他们是在补偿。"但他们一直没找到马车夫。最后，他们在镇上的咖啡馆里发现了他，此人正和普鲁士军官的勤务兵坐在一起，宛如兄弟。伯爵质问他道：

"我们不是吩咐过你，今早八点套车吗？"

"啊，没错，但我后来又收到了另一条指示。"

"什么指示？"

"不准套车。"

"谁给的你这条指示？"

"这还用说！当然是普鲁士军官。"

"为什么？"

"我不知道。去问他吧。既然他们不让我套车，我就不会套车。事情就是这样。"

"是他本人亲自跟你说的吗？"

"不是，先生，是旅馆老板向我转达了这条指示。"

"什么时候？"

"昨天晚上，就在我要去睡觉的时候。"

这三位男士焦虑不安地回旅馆去了。

他们要找弗朗威先生，但女佣告诉他们，先生因为得了哮喘，从来不在十点之前起床。他还明确交代过，除非是发生火灾，否则不许提前喊他起床。

这一行人想见军官一面，尽管他也住在这旅馆里，但这是完全不可能的。弗朗威先生是唯一一位获准向他汇报平民事务的人。于是他们只能等着。女人们都回了自己的房间，找些琐碎小事忙活起来。

格尔努代坐在厨房燃烧着熊熊火焰的壁炉跟前。他叫人给自己搬来一张咖啡馆里的那种小桌子，还要了瓶酒。他掏出烟斗，这东西在民主界人士中，几乎和他本人受到同样的尊重，仿佛它在为格尔努代服务时，就是在为祖国服务。那是一只极好的海泡石烟斗，积满了烟垢，和它主人的牙一样黑，但它烟香浓烈，略有弯曲，闪烁着光泽，已然和它主人的手形成了默契，也给主人增添了光彩。他一动不动，一会儿看看壁炉里的火焰，一会儿盯着酒杯里的泡沫；他每喝一口，都要满足地伸出瘦长的手指去捋自己油腻的长发，还要吸一下沾在自己大胡子上的酒沫。

卢瓦索先生借口要活动活动自己的腿脚，到镇上找零售商推销葡萄酒去了。伯爵和工厂大亨谈论起政治。他们预测着法国的未来。一个寄希望于奥尔良党人，另一个则期待着某个无名救星，某个当一切都无望时能挺身而出的英雄：一个杜·盖克兰[1]，一

---

[1] 贝特朗·杜·盖克兰（Bertrand du Guesclin，约1320—1380），法国百年战争初期杰出的军事领袖及民族英雄。

个圣女贞德,或者另一个拿破仑一世。啊,要是皇太子[1]不是这么年幼就好了!格尔努代听着他们的谈话,脸上带着那种知晓天命之人的微笑。他的烟斗让整个厨房都充满了香味。

十点的钟声敲响时,弗朗威先生露脸了。大家立刻去问他情况,但他只是一词不变地重复了两三遍那几句话:"军官先生是这么对我说的——弗朗威先生,明早不许让这些旅客的马车套车。没有我的指示,他们不许离开。您听见了吧。就这样。"

于是他们想见军官。伯爵把自己的名片送了过去,卡雷-拉马东先生还在那上面写了自己的名字和所有的头衔。那普鲁士人给了答复,说吃完午饭之后,也就是下午一点左右,愿意见见这两位先生。

女士们重新露面了。尽管心神不宁,大家还是吃了点东西。羊脂球像是生病了,极度地焦虑不安。

大家喝完咖啡,勤务兵就来找两位先生了。

卢瓦索先生也加入了这两位先生的行列,但是,当他们试图让格尔努代一同前往,以显示这次见面的郑重时,格尔努代自负地宣称,自己并不想和德国人有任何瓜葛。他坐回壁炉前,又要了一瓶啤酒。

这三位先生上楼了,被带到了军官要和他们见面的地方,那是本旅馆最豪华的房间。那军官躺在扶手椅上,脚搭在壁炉前,叼着一只陶瓷长烟斗,把自己裹在一条光彩夺目的睡袍里,那睡袍一看就是从某个品位糟糕的中产者遗弃的宅子里搜刮来的。他

---

[1] 指拿破仑三世的儿子欧仁·路易·波拿巴(Eugène Louis Bonaparte,1856—1879),也被称为"拿破仑四世"。依照《羊脂球》的小说背景,此时"皇太子"约十四岁。

头也没抬，也没有和他们打招呼，更没有看他们。他完美地呈现了打了胜仗的军人那种天然的粗鲁。

过了一会儿，他终于说道：

"你们想要什么？"

伯爵开了口："我们想离开，先生。"

"不可以。"

"请允许我斗胆问一句，您拒绝的原因是什么？"

"因为我不想同意。"

"先生，我以十二分的敬意恳请您查看一下您的总司令颁发给我们的通行许可证，我们要前往迪耶普；我想我们并没做出什么需要劳驾您亲自过问的事情。"

"我不想同意……就是这么一回事……你们下楼去吧。"

三人只能鞠躬，随后退了出来。

这日午后的气氛是沉闷的。大家都琢磨不透这个德国人的反复无常，各种稀奇古怪的想法把他们的脑袋搅得一团乱。他们一行人都站在厨房里，没完没了地讨论着，编出了好些荒谬可笑的原因。德国人想把他们留下来当人质——但有何目的？——或者要把他们丢进监狱？更或者，想跟他们要一大笔赎金？想到这点，他们慌了。最有钱的那几位害怕得最厉害，仿佛已经看见自己为了保命，被迫把一袋袋黄金倒进这个傲慢的士兵手里。他们绞尽脑汁编造看起来可信的谎言，掩饰自己家财万贯的事实，把自己伪装成穷困潦倒之人。卢瓦索先生摘下自己的表链，藏在口袋里。随着夜色降临，恐惧加深了。灯被点起，还有两个小时才吃晚饭，卢瓦索先生提议玩一局"三十一点"。这能分散一下大家的注意力。其他人同意了。格尔努代礼貌地熄灭了自己的烟斗，也加入牌局。

伯爵洗牌、发牌，羊脂球一下子就拿到三十一点。很快，打牌的乐趣多少驱散了困扰着大家的恐惧。但格尔努代发现，卢瓦索先生和他的妻子串通一气，做了手脚。

就在大家准备去吃饭的时候，弗朗威先生又出现了，他用沙哑的嗓门说道："普鲁士军官让我来问问伊丽莎白·鲁西小姐，她是否已经改变了主意？"

羊脂球站在原地，脸色苍白，随后，她的脸庞一下子变得通红，她被气得说不出话来，最后才终于开了口："您去告诉这个浑蛋，这个下流东西，这个无耻的普鲁士人，我是绝对不可能同意的。您听清楚了吗？不可能，不可能，绝不可能！"

肥胖的旅馆老板离开了。羊脂球却被围住了，大家质问她、恳求她，想要揭开前一日那次会面的秘密。起初她三缄其口，但很快还是被激怒了："他想要什么？……他想要什么？……他想要和我睡觉！"她喊了出来。大家不觉得这话让人反感，因为这激起了公愤。格尔努代粗暴地把酒杯往桌上一放，把酒杯弄碎了。对这个王八蛋的斥责变成一阵喧嚣、一团怒火、所有人团结起来的抗争，仿佛强加在羊脂球身上的要求落到了每个人身上。伯爵充满厌恶地说，这些人的行为方式简直像是古老的野蛮人。女人们向羊脂球表达了自己的坚定而又温存的怜惜之情。两位修女只在吃饭的时候才出现，早就低下了头，一言不发。

当第一波怒气稍有平息之后，他们还是吃了晚饭；但大家几乎不怎么说话：他们都若有所思。

饭后，女人们早早地回了房间。男人们抽起烟，他们邀请了弗朗威先生一起来玩埃卡泰牌，主要是为了不动声色地打听该用什么办法让军官放他们通行。但弗朗威先生只顾着思考手里的牌，没怎么听他们的话，也没给出任何回答，他只是不停地说着："玩牌吧，先生们，玩牌。"他玩得过于专注，以至于都忘了咳痰，那些痰使得他时不时从胸腔里拖出一个风琴的音来。他的肺呼哧作响，发出了哮喘声的所有音阶，从深沉厚重的声响，到小公鸡初啼的尖鸣，什么音都有。甚至他困乏的妻子来让他上床睡觉，他都拒绝上楼。于是她自己走开了，因为她是"上早班的"，总是随着朝阳升起而醒来，而她的丈夫则是"上夜班的"，总是和朋友们一块儿熬夜。他对她喊了一句："把我的蛋黄奶羹放在炉子旁边。"就又回到了牌局上。当大家都确信什么东西也套不出来时，便都说自己该走了，随后各自回了房间。

翌日，大家也早早起床，心里怀着一股飘忽不定的希望，离开此地的欲望更加强烈了，他们害怕在这可怖的小旅馆里再待下去。

唉！马儿都还在马厩里，车夫依旧不见人影。大家无所事事，走到马车旁绕着它转起了圈子。

午餐时气氛一片阴沉。大家对羊脂球的情感已然冷却了，因为夜晚带来了建议，众人或多或少改变了心中所想。他们现在几乎是怨恨这个姑娘了，恨她没有秘密地去跟普鲁士人见面，恨她没有在旅伴们清晨醒来之时准备一个惊喜。这不是再简单不过的事情吗？再说，又有谁知道呢？而且她也可以顾全自己的颜面，只需告诉那个军官，她只是可怜旅伴们而已。对她来说，这是一件微不足道的事情啊!

但没有人公开表露出这些想法。

到了下午,他们无聊得简直要发疯了,伯爵便提议到村镇附近散散步。每个人都裹得严严实实的,一支小队伍很快就出发了。格尔努代没有去,他宁愿待在炉火旁边;而两位修女白天的时候一般在教堂里,要么是在本地神父的家里。

寒气一天比一天凛冽,无情地刺向鼻子和耳朵;步行变得十分痛苦,每走一步都是折磨。当田野展露在他们眼前时,那漫无边际的白色带给他们的是一阵无尽的凄凉,灵魂像是被冻住了,心里也堵得慌,所有人都掉头往回走。

四位女士走在前面,三个男人走在她们后边不远处。

卢瓦索先生洞悉眼下的情势,突然问道,这个"卖春的姑娘"是不是要把他们长久地留在这么个地方。伯爵保持着谦逊有礼的姿态,说不能强迫一个女人做出如此痛苦的牺牲,这种事情只能她自己愿意做才行。卡雷-拉马东先生则说,如果法国的军队就像大家说的那样,从迪耶普反攻回来,那和普鲁士人只能在托特碰上。这一通分析让另外两个人感到忧虑。卢瓦索先生说:"我们或许可以步行逃难。"伯爵耸了耸肩:"您想在这种大雪天里徒步逃难?带着我们的妻子?我们马上就会被追上,十分钟就都被逮住,然后任凭士兵把我们丢进大牢里。"这话一点儿也不假,他们沉默了。

女士们谈论着服装,但某种拘束感让她们貌合神离。

突然,那位普鲁士军官出现在街道尽头。他站在蔓延至天际的雪地上,白雪衬出他身着军服的纤细腰身和高大的个子,他摆开双腿向前走的姿势正是军人所独有的，目的是不让自己精心打过蜡的靴子沾上一点儿污渍。

从几位夫人身旁经过时，他微微欠了欠身，对那几个男人，则只是轻蔑地看着；而后者也极力捍卫着自己的尊严，不向他脱下自己的帽子，尽管卢瓦索先生还是做了个要摘下帽子的动作。

羊脂球的脸一下子红到了耳根；那三位已婚的女士则觉得在此般情况下被这个军官遇见是一种莫大的耻辱，因为她们正和这位被他无理对待的姑娘相伴而行。

于是话题来到他身上，她们谈起了他的姿态和样貌。卡雷-拉马东太太认识很多军官，评论起他们来算是行家。她认为这个军官一点儿不差；她甚至为他不是法国人而感到遗憾，不然他可以成为一位英俊挺拔的轻骑兵，所有的女子一定都会为他倾倒。

一回到旅馆，大家又不知道该怎么办了。哪怕是一些毫无意义的琐事，也引来了尖酸的对话。晚餐时大家沉默不语，而且都吃得很快，随后众人都上楼睡觉去了，希望睡觉能消磨时间。

隔天早晨，大家下楼的时候都一副疲惫的模样，心里急躁不堪。太太们几乎都不和羊脂球说话了。

一阵洗礼的钟声传来。那胖姑娘原本有个孩子养在伊夫托[1]的农民家里，她一年都见不到那孩子一次，也从不想他；不过，想到这个即将受洗的孩子，她的心里忽然涌起了一阵对自己孩子的猛烈爱意，于是，她决定要去参加这场仪式。

她刚刚离开，其他人彼此对视一眼，便把椅子都拉近了，因

---

[1] 伊夫托（Yvetot），法国上诺曼底地区的一个城市。

为他们很清楚，也该做个决定了。卢瓦索先生深吸了一口气：他的想法是，建议军官只留下羊脂球一人，让其他人离开。

弗朗威先生依旧是传话人，但他非常快就回来了。那个德国人很了解人性的本质，他把旅店老板赶出房门。他说，只要他的欲望一天没有得到满足，所有人就一天不能走。

如此一来，卢瓦索夫人那村妇的脾气就暴露出来了："我们本来就不应该老死在这里。那就是她的职业，对那个婊子来说，她本来就可以和任何男人干这种事，要我说，她没有权利在这里讨价还价。你们想想吧，在鲁昂的时候她可是来者不拒的，连马车夫都可以！是吧，夫人，省长的马车夫！我啊，我对他了解得很，他经常来我们店里买酒喝。今天她能让我们不用困在这里，她倒装腔作势起来了，这个黄毛丫头！……照我看，我觉得这个军官做得一点儿没错。他可能独身一人很久了，而我们三个也很可能被他看中。但他没这么做，他只要这个本来就是公共的女人就行了。他尊重已婚的妇女。所以说，想想吧，他是这儿的主人，只要他说一句'我想要'，完全能让自己的手下来把我们都抓过去。"

两位夫人轻轻地打了个寒战。漂亮的卡雷-拉马东夫人眼里闪了闪，脸色有些苍白，仿佛已经被军官胁迫、抓走了。

男士们原本在一旁讨论着，现在也走了过来。怒气冲冲的卢瓦索先生恨不得把"这个下贱货"的手脚束缚起来送给敌人。但伯爵出身于三代大使的世家，外交官气派十足，认为应该用些巧妙的手段，他说："要让她自己决定。"

于是他们开始密谋起来。

女人们紧靠在一起，压低了说话的声音。这群人七嘴八舌，说起各自的想法来，而且他们还把话说得十分体面。那几位夫人，遍寻各种精巧的表达、委婉动听的字词，来谈论这最下流猥亵的话题。外人是绝对听不懂的，因为她们在言辞上万分谨慎。上流妇人那一层薄薄的羞耻之心，不过是表象而已，在碰见这下流之事时，她们一个个心花怒放，内心深处对此快乐得要发疯，觉得这才是她们本性的模样，像个贪食的厨师为他人准备着肉汤一样，把爱情和淫欲搅在一起。

故事走向尾声时，他们都觉得这事情十分滑稽，又都快活起来了。伯爵说出了几句略微不合他身份的玩笑话，但讲得恰到好处，让人们微笑起来。卢瓦索先生发言的时候，说出来的话就下流多了，但大家也没觉得受到冒犯。而他妻子突然脱口而出的想法竟得到其他人的一致认可："既然这是她的职业，那她为什么可以和别人干，却不和这个人干？"温柔的卡雷-拉马东太太甚至站在羊脂球的角度思考起来，她就算拒绝别人，也不会拒绝这个军官。

他们就像要进攻一座被包围的堡垒一般，详尽地准备了封锁的方案。每个人都有该扮演的角色，也有自己所依据的种种理由，还有需要执行的任务。他们制订好进击的方案、要实施的诡计，还想好了如何奇袭，就为了让这座活堡垒原地就范、迎接敌人。

然而格尔努代始终没有参与进去，完全置身事外。

他们的精神实在过于集中，一点儿也没发现羊脂球回来了。伯爵轻轻"嘘"了一声，大家才把头都抬起来。她就站在那儿。所有人突然不作声了，一种莫名的尴尬让大家都没能开口和她说话。倒是伯爵夫人，比其他人更加精通沙龙里那套表里不一的功夫，问羊脂球："受洗仪式有趣吗？"

那胖姑娘还沉浸在感动之中，就把一切都说了个遍，参加受洗仪式的人、他们的态度，甚至还说了教堂的建筑样式。她补了一句："有时候，祷告是很有益处的。"

一直到午饭时间，这几位夫人都热切地和她表达了友好之情，就为了让她对她们更加信任，更容易听从她们的意见。

刚在饭桌上落座，大家就一步步开始了。最开始，大家先是进行了一阵关于献身精神的空泛讨论。大家还举了古时候的例子，比如犹迪和赫罗弗尼斯[1]，然后毫无缘由地提到了卢克蕾提亚和塞克斯图斯[2]，以及克娄巴特拉[3]——她引诱所有敌军将领上了她的床之后，把这些人变成她忠诚的奴仆。随后又讲到了一个荒诞不经的故事，这个故事是那几个无知的百万富翁想象出来的，说罗马城的女公民都跑去卡普阿，把汉尼拔和他的将官、士兵们搂在怀中，哄他们入睡。他们谈起这些女子，说她们以自己的身体作为战场，俘获了这些征服者，把它作为一种统治的方式、一种武器，用英雄式的爱抚，打败了那些丑陋的、让人唾弃的人，牺牲自己的贞洁，实现了复仇和为国献身。

他们甚至言辞委婉地说起那位出身名门的英国大家闺秀，她

---

1 犹迪系古代传说中的女英雄。可见天主教《旧约》中的《犹迪传》，据该篇记载，亚述大军入侵犹太的伯凤利亚城，城中美貌的寡妇犹迪深入敌营，用自己的美色引诱亚述军主帅赫罗弗尼斯，在他醉酒沉睡之时，将其头颅割下，敌军失帅，溃败而逃。
2 卢克蕾提亚系古罗马的一位贵妇，被暴君塔奎尼乌斯（Lucius Tarquinius Superbus）之子塞克斯图斯奸污之后，公开痛斥王子的暴行，而后自刎而亡。据传此事引起众怒，导致了罗马王国的倒台，之后罗马进入共和国时代。
3 即克娄巴特拉七世（前69—前30），埃及托勒密王朝最后一位女王，世称"埃及艳后"或"埃及妖后"。

让自己感染了一种可怕的传染性疾病，就为了把病传染给拿破仑，但他由于一阵突如其来的衰弱，在这次生死攸关的约会中奇迹般地躲过了一劫。

这一切都以一种体面而有节制的方式说了出来，在这过程中，他们还故意时不时地表现出一种热烈的仰慕之情，目的在于激起羊脂球对前人的效仿之情。谈到最后，所有人都十分肯定，女人在此情景之中唯一的任务就是做出永恒的自我牺牲，持久地委身于喜怒无常的丘八们。

两位修女像是什么都没听见，迷失在某些深邃的思考之中。羊脂球则一言不发。

整个午后，大家让她一个人好好想想。但是，大家一改之前对她的"夫人"称呼，现在转而都叫她"小姐"了，而且没有人知道是何缘故，仿佛大家把对她自己好不容易得来的尊重降了一级，就是为了让她感觉到自己羞耻的处境。

在大家享用晚餐的肉汤的时候，弗朗威先生再次出现，重复了前一晚说过的话："普鲁士军官让我来问问伊丽莎白·鲁西小姐，她是否已经改变了主意？"

羊脂球冷冷地答道："没有，先生。"

然而，在这晚餐过程中，他们的同盟变得脆弱不堪。卢瓦索先生说了三句毫无反响的话。每个人都绞尽脑汁，试图找出些新的例子，但一无所获。这时候伯爵夫人可能是出于对宗教的敬意，在没有充分准备的情况下，问那位年长的修女，圣徒们在其一生中都做过什么伟大的事情。然而，那些圣人大多有过一些在我们看来是罪过的事迹；但是，当他们是为了上帝的荣耀，或者是为了别人的利益而做这些事情时，教会毫不犹豫地饶恕了他们。这真是一个有力的论据，伯爵夫人很好地利用了它。于是，也许是因为某种心照不宣的配合，或者是在遮遮掩掩地献殷勤——身着教袍的人个个精通于此，也许只不过是因为她头脑简单而又过于热情，即一个乐于助人的蠢笨之人，总之，这个老修女给他们的密谋带来了意想不到的支持。大家以为她是个腼腆的人，不料她的胆子之大出人意料，讲起话来头头是道、言辞激烈。这位修女并没有在决疑论的探索中被扰乱心智；她的教义如同铁条；她的信仰从未动摇过；她的良心从未有过一丝不安。她认为亚伯拉罕的献祭极其平常，因为，如果有来自上天的命令，她能毫不犹豫地弑父杀母；而且在她看来，只要意图是值得称赞的，那就没有什么会让上帝不悦。于是，伯爵夫人便利用了这位意想不到的同谋者的神圣权威，想让她为"但求结果，不问过程"这句道德格言做一番极具感染力的解述。

她问修女道：

"那么，我亲爱的嬷嬷，您觉得，只要动机是纯洁的，达到目的的所有方式就都是上帝所允许的吗？事件本身也会得到上帝的原谅，是吗？"

"这当然是毫无疑问的，太太。某个本该受到谴责的行为，经常因为激发这一行为的想法是好的，就变成值得称颂的了。"

她们继续如此谈论着，分析上帝的意志，猜想上帝的决定，把这些实际上和上帝一点儿关系也没有的事情都推给了上帝。

所有这些谈话都委婉、精巧而谨慎。但这位戴着修女帽的圣女的每句话，都让那位妓女愤慨的抵抗有了缺口。随后，话题稍稍改变了方向，手持念珠的女人谈起了她所属教会的修道院的情况，谈起了她的修道院院长，谈起了她自己和那位娇小的同伴，也就是亲爱的尼塞弗尔修女。有人找她们去勒阿弗尔的好几个医院照料数以百计感染天花的士兵。她描绘了这些病人的凄惨情况，仔细地描述了他们所患的疾病。当她因为普鲁士人的阻挠而不得不被困在半路上的时候，许多原本能被她们挽回生命的法国人可能正在死去！照料伤兵是她的专长，她先前去过克里米亚半岛，到过意大利，也在奥地利待过。她讲述了自己亲身经历过的战役，突然表明了一点，她是听惯了战鼓和军号的修女，她成为修女就是为了追随战场、在战争的旋涡中收治伤员，而且，要对付那些不守纪律的粗野士兵，她的一句话比将军都要好用；她是一个真正的军旅修女，她那张饱受摧残的脸上有不计其数的小窟窿，正是战争之破坏的一帧缩影。

她说完之后，没有人吭声，效果似乎非常好。

晚餐随即结束了，大家很快都上楼回房了。隔天早上大家都相当晚才下楼。

早餐的过程静悄悄的。大家给予前一晚种下的种子一些时间，让它能够生根发芽、开花结果。

下午的时候，伯爵夫人提议去散步；伯爵则按照事先安排好的那样，挽起羊脂球的胳膊，和她一起走在大家后边。

他用一种亲切的如父亲般的语气和她说话，却又略带那类庄重严肃的男人对女孩说话时的那种傲慢。他唤她"我亲爱的孩子"，居高临下地以自己不容置疑的声誉来对待她。他开门见山，直奔问题的要害：

"那么,您宁愿让我们都困在这里,像您自己一样,等到普鲁士人吃了败仗来对我们施加暴行,也不愿意纡尊降贵,做一次您生命中经常做的事情,是吗?"

羊脂球一声不吭。

他对她晓之以理、动之以情。整个过程中,他始终维护着自己"伯爵先生"的身份,但在必要的时候,还是尽显殷勤有礼地恭维她,总之表现得和蔼可亲。他赞扬了她能够为他们做的事情,提到他们的感激;然后,突然之间,他愉快地用"你"称呼起她:"你要知道,我亲爱的,他必定会以能够与如此美妙的女孩共度良宵为豪,在他们国家,这样的女孩可不多啊。"

羊脂球没有说话,走到前面众人那里去了。

一回到旅馆,她就回了自己的房间,再也没有出现。大家的焦虑不安已经到了极点。她会怎么做?如果她坚决不从,那麻烦就大了!

晚餐的铃声摇响了,大家等待着羊脂球,但她没有出现,弗朗威先生倒是现身了,他说鲁西小姐身体略感不适,其他人可以开始晚餐了。所有人都把耳朵竖了起来。伯爵凑到旅馆老板跟前,低声问道:"一切顺利吗?""是的。"出于默契,他一个字也不用对自己的同伴们说,只是朝大家微微点头示意。旋即,每个人都如释重负地吐了口气,喜悦浮现在脸上。卢瓦索先生喊道:"真他妈的好啊!这里有香槟吗?我做东!"当旅店老板真的拿着四瓶酒回来的时候,卢瓦索夫人有些焦虑。这群人一个个突然之间变得健谈而吵闹,一股轻佻的愉悦充斥着他们的内心。伯爵忽然觉得卡雷-拉马东太太是如此迷人,工厂大亨对伯爵夫人说起了恭维话。谈话是如此热烈而愉快，精彩纷呈。

卢瓦索先生这时突然惶恐地举起自己的双手，喊了一声："静一静！"所有人都吓了一跳，闭上嘴，几乎吓坏了。他做出仔细聆听的样子，举起两只手"嘘"了一声，抬起头望向了天花板重新听着，片刻后用他那泰然自若的嗓音说道："各位放宽心，一切顺利。"

大家稍有迟疑才明白过来，立刻都露出了微笑。

过了一刻钟，他又玩了一次同样的把戏，而且整个晚上卢瓦索先生如此这般恶作剧了好些次；他还装作给楼上的某个人喊话的样子，给那人一些只有从他这种掮客的脑子里才挖得出来的话里有话的建议。他还时不时装出忧伤的样子，哀叹一声："可怜的姑娘。"或者是装出愤怒的样子，咬着牙喃喃咒骂："这个该死的普鲁士人，滚！"还有几次，当大家都已经不再想这件事情的时候，他又好几次用颤抖的声音吐出："够了！够了！"然后仿佛自言自语地说："但愿我们还能再见到她；她可千万别被弄死了，这个浑蛋！"

尽管这些玩笑话实在低级下流，但还是逗得大家直乐，谁也没觉得被冒犯了，因为愤怒和其他的东西一样，是与环境有关的，而他们周遭的气氛已然在一点儿一点儿被放荡下流所充盈。

到了上甜点的时候，几位夫人含沙射影地说了不少话，彼此心领神会。席间，他们喝了不少酒，眼睛里闪烁着光芒。伯爵本想维护自己庄重的形象，和这件事保持一定的距离，现在却想起了一个有滋有味的比喻，说他们就像在海上落难的人，终于在北冰洋的冬日终结时，开心地看到了一条前往南方的航路。

卢瓦索先生手里捧着一杯香槟，站起来说道："为我们重获自由干杯！"所有人都站了起来，为此欢呼。两位修女在几位夫人的怂恿之下，也同意让自己的双唇沾上了此前从未品尝过的起泡酒。她们说尝起来像是柠檬气泡水，但味道要来得更加醇美。

卢瓦索先生概括了他们当前的情境：

"可惜这里没有钢琴，不然我们就能跳一场四对舞了。"

格尔努代一句话也没说，一个手势也没做；他仿佛深深地沉浸在自己深沉的思想中，偶尔愤懑地捋一捋自己的大胡子，就像要把它们再拉长一些似的。终于，临近午夜了，大家准备散场，卢瓦索先生已经步履蹒跚了，他突然拍了拍格尔努代的肚子，含混不清地对他咕哝道："您今晚怎么都不开玩笑，您、您今晚怎么不说话，公民？"但是格尔努代忽然抬起头来，用十分可怕的凌厉眼神扫视所有人："我告诉在座的所有人，你们刚刚干了件卑鄙无耻的事情！"他站起身来，走到门边，又说了一遍："卑鄙无耻！"随后离开了。

起初，这就像是泼了桶凉水。卢瓦索先生蒙了，呆立在那里，但他恢复了镇定，随后笑得要弯下身子，一边重复着说："这是吃不到葡萄说葡萄酸啊，我的朋友们！"见大家都一头雾水的模样，他便把"走廊秘事"说了出来。空气里随即又充满了快活的氛围。夫人们都要笑疯了，伯爵和卡雷-拉马东先生把眼泪都笑出来了，他们简直不能相信还有这种事情。

"怎么说！您能确定吗？他想……"

"我所言即所见哪。"

"啊，她拒绝了……"

"因为普鲁士人就在隔壁房间。"

"怎么可能?"

"我敢向你们发誓。"

伯爵笑得喘不过气来。工厂大亨笑得把自己的双手都按在肚子上。卢瓦索先生继续说道:

"所以,你们明白了吧,今天晚上,他可不觉得这好笑,一点儿也不好笑。"

三个人又一次开怀大笑,笑得肚子痛,喘不过气,咳个不停。

他们就此分开了。但卢瓦索夫人就像带刺的荨麻一样,当他们夫妻俩躺到床上准备睡觉的时候,她对自己丈夫说道,卡雷-拉马东家那只"小妖精"整个晚上都笑得有些不自然:"你要明白,女人们一旦心里爱上了穿制服的军人,不管他是法国人还是普鲁士人,我敢说对她们来说都是一样的。这也太丢脸了,我的天啊!"

整个晚上,漆黑的走廊里传来阵阵颤动的声响,那声音极轻,几乎听不见,像是喘息的声音,也仿佛是光脚走过地板的声响,带着几乎察觉不到的摩擦声。显然,大家都很迟才睡,因为光线直到很晚还从一扇扇门下边的缝里泄出来。香槟酒确实有此等威力,人们都说,它能扰人清梦。

隔天,在冬日寒阳的照射下,雪地发出炫目的光来。马车终于套好,在门前等着。一群羽毛丰厚的白鸽,玫瑰色眼睛正中央有一点黑色的瞳仁,昂首挺胸,严肃地在那六匹马儿的蹄边踱步,在这些马刚刚拉下的、还冒着烟的粪便里找寻着自己的吃食。

车夫裹着羊毛大袄,在自己的位置上抽着烟。这一众旅客都容光焕发，迅速地为接下来的旅途打包了许多食物。

他们现在只等羊脂球了。她出现了。

她看起来有些心绪不宁，又有点儿羞耻；她害羞地走向自己的旅伴们，而这些人却不约而同地转向一旁，好像都没看见她似的。伯爵郑重地挽着他妻子的胳膊，要让自己的妻子远离这种肮脏的接触。

胖姑娘错愕地呆立在那儿，然后她鼓起全部勇气，走到厂长夫人身边，说了句："早上好，夫人。"那声音低得过分谦卑了。这位夫人只是无礼地微微颔首以示回应，同时还用一种贞洁被侮辱了般的眼神看了她一眼。每个人看起来都十分忙碌，而且他们都离她很远，仿佛她的裙摆带来了什么传染病一样。随后，大家匆匆忙忙地往马车走去，她落在最后，独自一人，上车后默默地坐在了她来时坐的那个位置上。

所有人好像都没看见她，也不认识她；但是卢瓦索夫人带着怒气远远地端详着她，低声对自己的丈夫说道："幸亏我不是坐在她身边。"

沉重的马车启程了，旅途重新开始。

刚一开始，大家都不说话。羊脂球不敢抬头。她心里一方面对身旁的旅伴们感到愤怒，另一方面则觉得自己的屈服简直是对自己的羞辱，她被普鲁士人玷污了，但正是这些人虚情假意地把她扔进了普鲁士人的怀里。

这时，伯爵夫人扭头看向卡雷-拉马东夫人，打破了这折磨众人的沉默。

"我猜，您认识黛特莱尔夫人？"

"没错,她是我的朋友。"

"她真是一位可爱的女人!"

"确实美丽动人!她是一个真正的精英,学识渊博姑且不论,连她的每一根手指头都显露着艺术气息;她唱起歌来让人心醉神迷,绘画更是无懈可击。"

工厂大亨正与伯爵交谈,在马车窗玻璃哐啷的震动声中,不时能听到几个词:"息票——期限——溢价——期货。"

卢瓦索先生呢,他偷偷拿了旅馆里那副老旧的纸牌,正和自己的妻子打牌。那些纸牌在满是油渍的桌子上被打了五年,如今养得肥厚发亮。

两位修女取下了腰间挂着的长念珠,一起画着十字,突然间她们的嘴里开始念念有词,越念越快,加速发出了喃喃声响,像是在进行一场祈祷的竞赛。时不时地,她们还会亲吻一枚圣牌,而后又重新画十字,然后再一次开始她们那迅速而无尽的祈祷。

格尔努代在思考,一动不动。

在路上走了三个小时之后,卢瓦索先生收起纸牌,说了句:"肚子饿了。"

他的妻子拿出一包用绳子扎好的东西,从里面拿出了一块冷牛肉。她小心翼翼地把它切成了整齐的薄片,两口子吃了起来。

"我们也吃点儿东西吧。"伯爵夫人说道。有人表示赞同,于是她拿出了为其他两家人一块儿准备的食物。她拿出了其中一种长颈陶罐,盖子的彩陶描绘的是一只野兔,说明那里面装的是兔肉冻。这是一种鲜美的熟食,加了其他的肉末,猪肉的油脂混在深棕色的野味之中,凝结成一条条雪白的河川。还有一块用报纸包裹起来的格鲁耶尔干酪,报纸上的"杂闻"二字印在了它那油亮的表面上。

两位修女拿出了一段圆香肠,散发出蒜香味;格尔努代同时把手伸进外套的两只大口袋里,从其中一个口袋里拿出了四个水煮蛋,从另一个里掏出了一块长面包。他剥掉蛋壳,丢在脚下的麦秸里,开始咬这些鸡蛋,零星的蛋黄碎屑掉在他的大胡子上,看起来就像一些亮黄的星星。

羊脂球在慌乱中起床,根本来不及多想;现在她看看四周这群正心平气和吃着东西的人,气得火冒三丈,愤怒得要喘不过气来。一股汹涌的怒气先是让她浑身都绷紧了,想要喊出各种脏话,怒斥他们干出了这种事情,她张开嘴,这些字句都已经到了嘴边,但她实在太愤怒了,什么也说不出来。

没有人向她投来目光,没有人关心她。她觉得自己就要溺毙在这些体面的无耻之徒的蔑视里。他们先是把她献祭了出去,随即又像对待某种不洁而无用的东西那样,抛弃了她。于是,她想起了自己那个装满了佳肴美酒的大篮子,那些食物被他们贪婪地扫得一干二净,她想起了那两只光泽诱人的鸡,她的馅饼、梨,还有那四瓶波尔多葡萄酒;她的怒火突然熄灭了,就像绳子绷得太紧,断掉了,她觉得自己快哭了。她花了好大的力气控制住自己,像孩子那样压下呜咽,泪水却不断涌上来,沾湿了她的眼眶,很快,两颗硕大的泪珠从眼里流出,缓缓滑过她的脸颊。泪水止不住了,迅速流了下来,就像穿过岩石的两道水流,不停地跌落在她丰满的胸脯上。她直挺挺地坐着,盯着一个地方看,脸颊僵硬又苍白,只希望没有人在看她。

但伯爵夫人发觉了，还向自己的丈夫示意了一下。伯爵耸了耸肩，就像在说："您想怎样？这又不是我的错。"卢瓦索太太露出了胜利般的无声笑容，咕哝道："她是为自己的羞耻而哭。"

两位修女把剩下的香肠用纸包好之后，又重新开始祈祷。

至于格尔努代，正在消化吃下的鸡蛋，他把双腿伸到对面的座位底下，往后仰去，双臂交叉抱着，像某个刚想起了一件有趣事情的男人那样微笑着，然后他开始哼起了《马赛曲》。

所有人的脸色都变得阴沉了。这首人民的歌曲，让他周围的旅伴们感到不舒服。他们开始烦躁，觉得恼火，并且看起来就像狗听见了理发师的管风琴声一样，准备吠叫起来。格尔努代察觉了这一点，更不想停下来了。有时候他甚至还把歌词哼唱出来：

对祖国神圣的爱，

引领，支持我们复仇的手，

自由啊，亲爱的自由，

和你的捍卫者并肩作战吧！

雪地已经变得坚实，马车跑得更快了。在这漫长而阴郁的旅途中，在这马车的颠簸中，夜幕缓缓降临了。后来，在车厢深处的黑暗中，他带着一股野蛮的执拗始终哼唱着那复仇般的单调吹哨声，牢牢地钳制住一众疲惫而愤怒的灵魂，让他们一遍又一遍地听着这歌声，在每个节拍中都能想起每一句歌词，直至抵达迪耶普。

羊脂球始终哭泣着。黑暗中，在两节歌词之间，偶尔会传来一声她没忍住的抽噎。

《羊脂球》（*Boule de Suif*）创作于1879年末，首次发表于1880年出版的小说集《梅塘之夜》（*Les Soirées de Médan*）。该小说集收录了六位自然主义作家的中短篇小说，内容均与普法战争有关，因诞生于左拉的梅塘别墅而得名。本文中羊脂球有原型，名为阿德里安·勒盖（Adrienne Legay）。

我的叔叔于勒

献给阿希尔·贝努维尔[1]先生

一个胡子花白的穷老头向我们乞讨,我的同伴约瑟夫·达弗朗什给了他五法郎,我对此惊诧不已。他对我说道:

"这个苦难的人让我想起了一段往事,这回忆多年来如影随形,从未离开过,让我跟你说说这个故事吧。"

我们家是勒阿弗尔人,并不富有,但日子也还过得去。我父亲有份工作,总是很晚才从办公室回来,也赚不了什么大钱。我有两个姐姐。

我的母亲忍受着这拮据的生活,对此感到恼火,时常能找到些尖酸的话语来揶揄她的丈夫,那些指责虽然拐弯抹角,但到底十分恶毒。每每此时,这个可怜的男人就会做出些让我感到心酸的手势来。他张开手掌擦擦自己的额头,仿佛要拭去根本不存在的汗珠,始终默不作声。我能体会他无能为力的痛苦。我们一家处处节省,从未接受过晚餐的邀请,这样就不用回请;我们只买

---

[1] 阿希尔·贝努维尔(Achille Bénouville, 1815—1891),法国风景画家,以意大利风景画闻名。

减价的食物和店里的剩货。我的姐姐自己动手做裙子，买条一米只要十五生丁[1]的饰带也要花大把时间商量。我们的日常餐食总是肉汤和加了各种调料的牛肉——它们似乎健康又营养，但我宁愿吃别的东西。

要是我弄丢了纽扣，或是撕破了裤子，总要狠狠地挨一顿臭骂。

但每个星期天，我们全家都要衣冠楚楚地到防波堤去兜一圈。我的父亲身着礼服，戴着大礼帽和手套，挽着我母亲的胳膊，她打扮得像是一艘节日里彩旗飘扬的船。而我的姐姐们早就打扮妥当，就等着出发的信号；然而，每次到了最后一刻，大家总会突然发现父亲的礼服上有块忘了擦去的污渍，需要赶紧找来一块蘸了汽油的旧布把它擦掉。

母亲忙着清理的时候会戴上她的近视眼镜，为了避免弄脏，还把手套脱掉了。父亲自始至终没有摘下他的礼帽，只穿着他的衬衫，等待这一切结束。

我们很快又气宇轩昂地出发了。我的姐姐们挽着胳膊走在前面，这能让她们在城里露露面，因为她们已经到了出嫁的年纪。我走在母亲的左手边，父亲则总是走在右侧。我还能回想起这些星期天的散步中，我那贫穷的父母身上浮夸的气息、刻板的姿态和严肃的神色。他们迈着庄重的步伐往前走去，腰杆挺得笔直，双腿僵硬，仿佛有一件特别重要的大事需要仰仗他们的一举一动。

每个星期天，当我们看见从遥远而不知名的国度返航的巨大

---

[1] 生丁，法国原货币（现已使用欧元），货币转换为1法郎等于100生丁。

船只入港时，我的父亲总是一成不变地说出同样的话来：

"哎！要是于勒在那艘船上，该有多么让人惊喜呀！"

我父亲的弟弟，也就是我的叔叔于勒。这个曾经作恶多端的人，如今却是整个家唯一的希望。我从童年起就时常听家人谈到他，我总觉得，只要看见他，自己准能第一眼就认出他来，因为在我的脑袋里，他的形象是那么熟悉。我对他出发去美洲之前的一切生活细节都了如指掌，尽管家人们谈起他那段时期的生活时总是把嗓门压得很低。

据说他品德不佳，换言之，他挥霍了家里的钱，这种事情对贫穷之家来说无疑是最为严重的罪行。在有钱人家里，一个人吃喝玩乐也不过是"干了点儿蠢事"罢了——他们就是常常能被人们面带笑意地称为纨绔子弟的人。而在贫穷之家，一个逼迫父母去吃他们老本的孩子，就成了一个浑蛋、一个无赖、一个怪胎！

尽管事实都一样，但这种区别又是公正的，因为唯有后果能决定行为的严重性。

最终，我的叔叔不仅把他自己本该得到的那份遗产挥霍得一干二净，还大大减少了我父亲应该得到的份额。

正如那时候的人们会做的那样，他被送上一艘从勒阿弗尔港出发前往纽约的货船，被送去了美洲。

我的叔叔于勒一到那边，就开始干起了我不知道是什么的生意，赚了些钱之后很快写信回来，说他希望能为自己曾经犯的错补偿我的父亲。这封信给家里带来巨大的震动。于勒这个在人们眼里一文不值、不可救药的孩子，一瞬间变成了一个正派的、有良心的孩子，一个真正的达弗朗什，就像家族里其他达弗朗什一样正直。

某位船长还告诉我们，他已经租下了一个巨大的店铺，做起了大生意。

两年之后，我们收到第二封信，他写道："亲爱的菲利普，我给你写信是想让你别为我的健康担心，我的身体一切都好。生意也顺利。明天我就要启程去南美洲，这是一段漫长的旅途。未来几年你可能都没办法收到我的音讯，如果我一直没给你写信，请不要为我担心。等我发了财，我就立刻返回勒阿弗尔。但愿这不会花太长时间，到那时候我们将幸福地一起生活……"

这封信仿佛成了这个家的福音书，大家时常把它拿出来读一读，还把它拿给所有人都看一看。

此后的十年时间里，于勒叔叔音信全无，但岁月流逝，我父亲的期望越发增长，我母亲也时常说：

"等我们的好于勒回来了，整个家将会大不相同。他可是个什么事情都能搞定的人！"

每个星期天，每当望着海天相接处那一艘艘黑色大汽船向天空中吐出浓烟的时候，我的父亲就会一次次地重复他那句永恒不变的话：

"哎！要是于勒在那艘船上，该有多么让人惊喜呀！"

我们甚至能想象他会一边挥舞着手帕，一边喊着："嘿！菲利普！"

因为确信他会回国，对此，我们已经拟定了无数的计划，甚至打算用叔叔的钱在茵格维勒[1]附近买一栋乡下小别墅。但我不太确定我父亲是否已经就买别墅这件事情进行了一些协商。

我的大姐已经二十八岁，二姐也有二十六岁了。她们仍未出嫁，对全家人来说这都是件十分让人忧愁的事情。

不过我的二姐终于有了追求者，是个职员，不富裕，但是个体面人。我始终坚信是某天晚上被拿出来给他看的叔叔的那封信，结束了这个年轻人的优柔寡断，让他下定决心。

二姐很快接受了他的求婚，并且我们决定在婚礼之后，全家人一起到泽西岛[2]短途旅行。

对穷人来说，泽西岛是个旅行的好去处。它不是非常远，我们坐上邮轮穿过大海，就能来到异国的土地上——这座小岛属于英国。因此，一个法国人只要坐两个小时的船，就能来到异邦之地亲眼看看这个相邻国度里的人民，还能研究一番这个岛上可悲的风俗人情——就像那些直爽的人说的一样，这座小岛上到处插满了不列颠的旗子。

这趟前往泽西岛的旅行成了我们全身心投入的事情、我们唯一的期待，更是我们时时刻刻的梦想。

我们终于启程了。那仿佛是昨天刚发生的事情，至今历历在目：汽船停靠在格兰维尔港的码头边，我父亲神色慌张地监督着我们那三个行李箱被装上船；我不安的母亲挽着我那位尚未出嫁的姐姐的胳膊，自从二姐结婚之后，她就像被留在鸡窝里的那只小鸡一样，仿佛丢了魂。而新婚夫妇则总是走在我们身后，使得

---

[1] 茵格维勒（Ingouville），法国西北部诺曼底地区的海滨小城。
[2] 泽西岛（Jersey），英国皇家属地，位于英吉利海峡，靠近法国海岸线。

我时不时回头张望。

汽船鸣笛,我们已经登上了甲板。轮船离开堤岸,往碧绿的大理石桌面般平坦的大海驶去。我们看着海岸渐渐远去,和其他不常旅行的人一样,心头涌起了一阵幸福之感,也不免感到骄傲。

父亲挺起了礼服下的肚子,当天早上那件礼服同样被仔仔细细地擦去了所有的污渍,我们出门旅行那几天,他的身旁一直飘着汽油的味道,这让我又想起了星期天。

忽然,他瞧见了两位夫人,有两位先生正请她们吃牡蛎。一个衣衫褴褛的老水手拿着一把小刀,猛地撬开一只只牡蛎的壳,把牡蛎递给那两位先生,再由他们把它们递到夫人们面前。她们吃牡蛎的时候姿势十分优雅,先将牡蛎壳托在细腻的纱手绢上,再把嘴朝前伸去,避免弄脏自己的裙子。随后,她们迅速地啜入汁水,把壳丢进了海里。

我父亲被这在航行的船上吃牡蛎的优雅举动吸引了。他觉得这件事有派头、讲究又十分高雅,于是他走到我母亲和姐姐们身旁,向她们问道:

"你们想不想让我请你们吃几个牡蛎?"

我母亲犹豫了,她担心花钱,但我的两个姐姐旋即答应了。母亲气恼地说:

"我怕吃了胃不舒服。你请孩子们吃就行了,但不要吃太多,不然会害她们生病的。"

然后她转头看着我,又说道:

"至于约瑟夫,他就不必了,不能惯坏男孩子。"

于是我待在母亲身旁,为这区别对待而愤愤不平。我的眼睛一直盯着父亲，他浮夸地领着自己的两个女儿和那个女婿朝那个衣衫褴褛的老水手走了过去。

那两位夫人刚刚离开，我的父亲向我的两个姐姐展示该怎么吃牡蛎才不会让汁水流出来，他甚至亲身示范，抓起一只牡蛎，正试着要模仿那两位夫人，就立刻把汁水打翻在自己的礼服上了。我听见母亲喃喃道：

"还是老老实实待着的好。"

但我的父亲突然显得有些不安，他向外走了几步，呆呆地立在那里，看着正围着老水手的家人，随后他猛地朝我们走了过来。我发现他脸色苍白，眼神也有些古怪。他对我母亲低声说道：

"太奇怪了，这个撬牡蛎的人长得和于勒好像。"

我母亲愣住了，问他：

"哪个于勒？"

我父亲接着说：

"当然是……我弟弟……如果不是知道他现在正在美洲过好日子，我真会把他当成于勒。"

我母亲惊慌失措，说话都结结巴巴的了：

"你疯了！你明明知道那个人不是他，为什么还要说这种蠢话？"

我父亲却坚持道：

"你去瞧一眼吧，克拉莉丝！我想最好还是你确认一下，眼见为实。"

她站起来，走到女儿们身旁。我也跟过去瞧了瞧那个男人。他是那么苍老、肮脏，满脸皱纹，眼睛片刻不离自己手中的活计。

我母亲转身往回走。我发现她浑身颤抖,她飞快地说:

"我确信这个人就是他。去吧,去跟船长打听打听。但得谨慎点,当心别让这个浑小子再缠上我们!现在就去!"

我父亲起身离开了,我跟在他身后。奇怪的是,我心里却感到十分激动。

船长又高又瘦,蓄着长须,正自命不凡地在驾驶台上转来转去,仿佛他正在指挥着一艘印度大邮轮。

我父亲郑重其事地走近他,说着客套话,问起关于他职业生涯的种种事项:泽西岛有什么重要性?它有哪些作物?人口如何?风土人情如何?土质怎么样?诸如此类。旁人听了还以为他们在讨论美利坚合众国呢。

随后,他们谈起了我们乘坐的这艘船"极速"号,之后,话题回到了船上的船员们。最终,我的父亲颤抖着说道:

"船上那个撬牡蛎的老头,看起来还挺有趣的。您知道他的一些情况吗?"

船长终于被这场谈话惹恼了,他干巴巴地答道:

"那是个法国流浪汉,我去年在美洲碰到他,就把他带回国了。他好像在勒阿弗尔有些亲戚,不过他不想回去找他们,因为他欠他们钱。他叫于勒……于勒·达芒什还是达方什,反正大概是这么个姓。在美洲的时候他好像曾经挺有钱的,但您也瞧见了,他现在落魄成什么样了。"

我的父亲面无血色,眼神十分惊恐,喉咙像被堵住了一样,咕哝道:

"啊哈!太好了……很好很好,我一点儿也不感到奇怪……

谢谢您，船长。"

他走开了，船长目送他远去，眼神里满是困惑。

他回到我母亲身边，脸色大变，母亲见状说道：

"快坐下来，不然别人会发现的。"

他跌坐在椅子上，吞吞吐吐地说着：

"是他，真的是他！"

他又问了一句：

"我们该怎么办？……"

她迅速答道：

"赶紧让孩子们过来。约瑟夫既然都知道了，就让他去找他们。千万小心，别让我们女婿起一点点疑心。"

我父亲像是吓呆了，他咕哝着：

"太倒霉了！"

我母亲突然变得愤怒了，她说：

"我从头到尾就一直怀疑这浑小子其实一事无成，到头来又是我们的累赘！就好像我们能从一个姓达弗朗什的那里期待些什么似的！……"

我父亲用手擦擦自己的脑门，就像每次被他妻子责备时做的那样。

她又说道：

"把钱给约瑟夫，让他去把牡蛎的钱付了，现在就去。就差让这个乞丐认出我们了。要是那样，肯定要在船上闹出事情来。我们赶紧到另一边去，尽量别让这个家伙靠近我们！"

她站起来，给了我五法郎之后，两人就走远了。

我的姐姐们正在等待父亲,见到我时有些惊讶。我解释说,母亲有些晕船,随后我问卖牡蛎的那人:

"我们该付多少钱给您呢,先生?"

我真想叫他一声"叔叔"。

他答道:

"两法郎五十生丁。"

我把五法郎递给他,他找给我零钱。

我看着他的手,那是一双满是皱纹的老水手的手,我又看看他的脸,那是一张苍老而凄惨的脸庞,一张遭受过磨难、布满忧愁的脸。我心里想:

"这是我的叔叔,我父亲的弟弟,我的叔叔!"

我给了他十苏[1]当小费,他感激地对我说:

"愿上帝祝福你!年轻的先生!"

那声音带着得到施舍的穷人才有的语调,我想他在那里一定讨过饭。

我的姐姐们盯着我,为我的慷慨感到惊愕。

当我把剩下的两法郎递给父亲的时候,我母亲错愕地问道:

"花了三法郎?这不可能!"

我决绝地说道:

"我给了十苏小费。"

我母亲吓了一跳,盯着我的眼睛:

"你疯了吗!居然给了那个家伙十苏?居然给那个无赖!……"

---

1 苏,法国原货币(现已使用欧元),货币转换比例为 1 法郎等于 20 苏。

父亲用眼色指了一下女婿，她旋即停住了。

随后大家都沉默了。

在我们目之所及的海天相接之处，一抹绛紫色的阴影仿佛从海里升起。那便是泽西岛了。

当我们靠近堤岸的时候，我心里涌起一股强烈的冲动，我想再看一眼我的于勒叔叔，我想走到他身边，跟他说几句安慰的话、几句温情的话。

但是，或许是因为没有人再去吃牡蛎，他已经消失不见了，也许他已经下到了污臭的船舱里，这个悲惨之人就住在那里。

为了不碰见他，我们返程的时候搭乘的是"圣马洛"号轮船。而我的母亲几乎已经淹没在不安与焦虑之中。

从此以后，我就再也没见过我父亲的弟弟了！

这就是为什么你还会看见我施舍五法郎给流浪汉。

《我的叔叔于勒》（*Mon Oncle Jules*）1883年8月7日发表于《高卢人报》（*Le Gaulois*）。

项链

就如许多俊俏可爱的女孩一样，由于命运的差错，她出生在一个工薪阶层的家庭里。她不曾有嫁妆，也没有获得遗产的希望，更没有任何途径与某位富有而杰出的男子相识相知，更不用说与其相爱乃至步入婚姻。她最终任由自己嫁给了一位公共教育部的小职员。

由于没钱打扮，她衣着简朴，但心里却觉得自己像是落了难的贵族那般不幸。而且，女子本就没有什么阶层和家世之说，她们的美貌、神韵和魅力就是她们的家世和出身。她们仅有的阶级划分，所依据的正是天资聪颖、身段优雅、头脑灵活与否，如此一来，平凡人家的女孩也可与贵妇们相提并论了。

她无时无刻不感到痛苦，却又深信自己是为世间所有的美好与奢侈而生。她因破旧贫穷的住处而痛苦，为那斑驳的墙壁、磨损的座椅，还有身上简陋的衣着而难受。这所有的事情，放在和她同阶层的其他女子身上，肯定是没有她这般感受的，唯独她备受折磨又心有愤慨。每每瞧见来家里干活的那个小个子布列塔尼女人，她总会想起种种缺憾，进而开始胡思乱想。她想象一个安静的前厅，挂着来自东方的帷幔，被高挑的黄铜分枝烛台照亮。她想象有两个高大的仆人，穿着马裤，正躺在扶手椅里，屋里充足的暖气让他们昏昏欲睡。她还想象一间间挂着古老丝绸帷幔的会客厅，精致的家具上摆着各类价值不菲的玩意，还有几间飘满香气的精致内厅，那是与密友相约午后闲谈之所在。这些亲密友人，不外乎受欢迎的社会名流，皆是众女子渴望获其青睐的男子们。

晚餐时间，她坐到圆餐桌前，眼前是已经三天没有更换过的桌布，丈夫掀开汤碗的盖子，露出喜悦的神色，说道："啊！是蔬菜牛肉浓汤！我简直不知道还有什么比这更美味的东西了……"这时，她总会想象一顿丰盛的晚餐，想象闪着光芒的银餐具，想象挂在墙上的壁毯——那上面肯定绣满了古代人物和来自山泽仙境的各类珍禽；她想象一道道盛放在华贵餐盘里的美味佳肴，而她正面带着斯芬克司的微笑，一边品尝鲜嫩的鲈鱼或者松鸡的翅膀，一边聆听着身旁之人的甜言蜜语。

她没有华丽的衣饰，也没有珠宝，什么都没有。但她又偏偏只爱这些，她觉得自己就是为这些而生的。她是如此渴望被喜爱、被嫉妒，渴望自己风姿诱人、被人追求。

她的一位女友十分有钱，是她在修道院的同学。但她如今已经不愿意再见到女友了，因为每次和这位女友见完回来，她都要再受一次折磨。那满心的忧愁、怨恨、绝望，甚至是痛苦，会让她哭上好几天。

然而有天晚上，她的丈夫兴高采烈地回到家中，手里拿着一只大信封。

"拿着，"他说道，"这儿有个东西给你。"

她激动地撕开封口，从里面抽出了一张烫金的卡片，上面写着：

鲁瓦泽尔先生及太太亲启：

敬邀二位于一月十八日（星期一）光临教育部大楼出席晚会。

谨此敦请，恭候来仪！

教育部部长乔治·兰博诺先生及夫人

她并不像自己丈夫所期待的那样兴奋，而是愤恨地把邀请函丢到了桌子上，低声埋怨道："你觉得我拿这张邀请函能干什么？"

"但是……亲爱的，我以为你会很高兴。你从来不出门参加聚会，这是个机会，不是吗？这么好的机会！我费了好大的功夫才要到邀请函。所有人都想要，简直供不应求，而且给职员的并不多。你会在晚会上见到所有的大人物呀。"

她对丈夫怒目而视，不耐烦地喊道：

"你说说，我能穿什么玩意到晚会上去？"

她的丈夫没有想过这个问题，咕哝道：

"你上剧院时候穿的那条裙子，我觉得就挺好的……"

他惊愕地闭上了嘴，不知所措地看着哭了起来的妻子。两颗硕大的眼泪从妻子的眼角流出，滑到嘴边。他吞吞吐吐地说：

"你怎么了？你怎么了……"

但是，她非常努力地把自己的痛苦压了下去，擦去脸颊上的泪水，用平静的口气回答道：

"我没事，只不过我没有合适的礼服，所以我去不了这个晚会。

你把那张邀请函给随便哪个同事吧,只要他的妻子能穿得比我讲究就行了。"

他心里很难受,又说道:

"你告诉我,玛蒂尔德,一条合适的裙子要花多少钱呢,就是那种你在其他场合也能派上用场的裙子?这件事情一下子简单多了。"

她思忖片刻,在心里盘算着,想着自己该说出怎样的价格才不至于让这个节俭的小职员发出错愕的惊呼声,并立刻拒绝她。

她最终有点儿迟疑地说道:

"我也不知道到底要花多少钱,但我觉得四百法郎就能买到这样的裙子。"

他的脸色变得有点儿苍白,因为他正好存着这样一笔数目的钱。他原本打算买支枪,等夏天到来的时候,和几个朋友在星期天到楠泰尔平原去打些云雀。

然而他还是开口说道:

"行,我就给你四百法郎,但你得买到这条漂亮的裙子。"

晚会的日子临近了,鲁瓦泽尔太太显得忧伤、不安又焦虑,虽然她的裙子已经准备好了。有天晚上,她的丈夫问她:

"你怎么了?你这三天变得很古怪。"

她答道:

"因为我一件珠宝都没有,这让我很烦恼。一颗宝石也没有,我啥也不能往身上戴。我看起来肯定很寒酸,我觉得自己最好还是别去参加这个晚会了。"

他说：

"你可以戴上一些鲜花，眼下这个季节，戴上鲜花十分雅致呀。只要十法郎，你就能买到两三朵非常漂亮的玫瑰花。"

但她并没有被说服。

"不，不……没有什么比在一群贵妇中间让自己看起来寒酸更丢人的事情了。"

但她丈夫叫了起来：

"你简直太蠢了！你可以去找你的朋友弗雷斯杰太太呀，让她借给你一些珠宝。你们关系那么好，她是不会拒绝你的。"

她高兴地喊起来：

"是啊！我完全没想到这一点。"

翌日，她来到这位女友家中，和她倾诉自己的苦恼。

弗雷斯杰太太走向自己的带镜衣橱，拿出了一个挺大的珠宝盒，打开之后，对鲁瓦泽尔太太说道：

"你自己挑吧，亲爱的。"

她先是瞧见了一些手镯，再来是一条珍珠项链，然后还有一个威尼斯制作的十字架，用黄金打造，镶了宝石，做工精细。她来到镜子前试了试这些首饰，有些犹豫，拿不定主意该把哪些放回去，又该带走哪些。她反复问道：

"你还有没有别的首饰？"

"当然有呀，你再看看，我不知道你喜欢什么样的。"

突然间，她发现了一条华贵璀璨的钻石项链，正放在黑色缎子的盒子里。她的心跳加速了，一股强烈的欲望涌上来。她的手颤抖着，拿起那条项链，把它戴到自己的脖子上。项链就压在自己裙子的领口上，她望向镜子里的自己，心醉神迷。

接着，她心里一阵急躁，支支吾吾地问道：

"你能借我这条项链吗？只要这条项链就行。"

"当然可以，没问题！"

她激动得跳了起来，搂住自己的朋友亲了一下，然后带着这件宝贝飞快地回家了。

晚会的日子到来了。鲁瓦泽尔太太大放异彩，她比任何一位夫人都还要夺目，她优雅而亲切，面带微笑，满心欢愉。所有的男人都盯着她看，询问她的芳名，争相来到她面前露脸。部里的官员们都想和她跳华尔兹，连部长都注意到了她。

她带着微微的醉意，激动地跳着舞，陶醉在愉悦之中，脑袋里什么也不想，唯独沉浸在自己美貌的胜利之中，也沉醉在自己成功的荣光里。周身那些对她的啧啧称赞，那些赞赏和仰慕、热烈的追求，乃至女人们心中所想的那种全然而甜蜜的胜利，一同变成了幸福的云团，将她包裹其中。

直到凌晨四点钟，她才离开。她的丈夫午夜刚过就在一个僻静的小房间里睡着了，一同在那里呼呼大睡的还有三位先生，而他们的妻子们则一直在舞会上狂欢。

她的丈夫往她肩上搭了一件衣服，那是他带来的，原本就准备在离开的时候穿上。那是平常生活里可见的朴素外套，如此一来，外套的贫穷气息与她身上那身晚会的华服格格不入。她察觉到这一点，想要快点逃走，她可不想被那些裹在昂贵皮草里的妇人注意到。

鲁瓦泽尔先生抓住了她。

"等等,你这样出去是会感冒的。我去叫辆马车。"

但她并没有听他的话,步履匆匆地下了台阶。当他们逃到大马路上的时候,却发现一辆马车也没有。他们找寻着,看见远处有马车就大喊大叫,但没有一辆停下来。

他们沿着塞纳河走,满心失望,被冻得直哆嗦。最终,他们在河边碰见了一辆只在夜间出现的破旧马车,白天的时候,在巴黎的街道上是看不见这样的马车的,好像它们羞于让自己的寒酸暴露在日光之下。

马车把他们送到位于殉道者街的家门口,他们狼狈地回到家中。对她而言,一切都结束了。至于他,脑袋里只想着早上十点自己还得到部里上班。

她脱去自己肩上披着的外套,站在镜子前,想要再看一眼自己的荣光。然而,刹那间她发出一声尖叫。她的脖子上空荡荡的,那条项链不见了!

她丈夫脱衣服正脱到一半,问她:

"你是怎么了?"

她转头看他,满脸恐慌:

"我……我把……我找不到弗雷斯杰太太的项链了。"

他猛地站了起来,简直要发狂了:

"什么?!怎么回事!……这不可能!"

他们随即在裙子的皱褶里翻找起来,然后又在大衣的褶层和口袋里寻找了一番,到处都找遍了,但哪儿也找不到。

他问道:

"你能肯定离开舞会时项链还在吗?"

"是啊,在部里大楼门厅里的时候,我还摸了摸它。"

"但是,如果你是在街上弄丢的,我们肯定能听见它掉在地上的声音。它肯定是掉在马车上了。"

"是啊,很有可能。你记得马车的车号吗?"

"我不记得。你呢,你看车号了吗?"

"没有。"

他们盯着对方,呆住了。最终,鲁瓦泽尔又重新穿上了衣服。

"我去我们走过的地方重走一遍,"他说道,"看看能不能找到它。"

说完他就出门了。她仍然穿着晚会的裙子,连走去睡觉的力气都没有了,她瘫坐在一把椅子上,万念俱灰,脑袋里一片空白。

大概七点钟,她丈夫回来了,什么也没有找到。

他去了警察局,也去了报社,登了悬赏公告,还去了各个出租马车的车行,总而言之,只要是有一丁点儿希望找到项链的地方,他都找遍了。

一整天,她都等待着,始终沉浸在被这可怕的灾难吓坏的错愕状态之中。

到了晚上,鲁瓦泽尔又回来了,脸色苍白,面容都凹陷下去了。他仍然什么也没有找到。

他说:"你得给你的朋友写封信,告诉她,你把项链的链扣弄坏了,需要拿去给人修理。这样我们才能晚点儿把项链还回去。"

她听着他的话,写了这封信。

一周之后,他们已经完全失去了希望。

鲁瓦泽尔看起来老了五岁，他宣布：

"我们得想办法赔给人家这条项链。"

他们在原本用来装项链的盒子里发现了珠宝商的名字，隔天，他们就带着盒子去了那家珠宝行。老板翻看着产品目录说：

"那项链不是我们店里卖出去的，太太，只有这个盒子是我们店里的。"

于是，他们去了一家又一家珠宝行，凭借着记忆，找寻一条相似的项链。两个人又愁又焦虑，几乎就要病倒了。

他们最后在皇宫街附近的一家店里找到了一串钻石项链，他们觉得这条项链和他们弄丢的那条非常相像。这条项链价值四万法郎，最后，店家给出了三万六千法郎的价格。

他们请求店家为他们保留三天时间。他们同时还和店家协商妥当，如果夫妻俩在二月底之前找到了那条弄丢的项链，那么这条新项链就由店家以三万四千法郎的价格回购。

鲁瓦泽尔有他父亲留给他的一万八千法郎，他还得去借余下的部分。

他到处借钱，跟这位借一千法郎，跟那位借五百，这里借上五个路易[1]，那里再借上三个。他写了不少借条，许了不少可能会让自己破产的诺言，和高利贷者签下契约，还去找了各种放款人。他把自己的后半生都抵押了进去，签字的时候也不知道自己能不能还得起，他一边因对未来的焦虑不安而饱受折磨，想着可能会落到自己身上的可怖又悲惨的遭遇，想着自己将会身无一物，

1　法国古货币，1 路易等于 20 法郎。

一边凑齐了三万六千法郎,最终把这笔钱放在店家的柜台上,换来了那条新项链。

当鲁瓦泽尔太太把项链拿给弗雷斯杰太太的时候,后者生气地说道:

"你应该早点把它还回来的,我也需要用到这条项链呀。"

弗雷斯杰太太并未打开盒子,这让鲁瓦泽尔太太松了口气。如果弗雷斯杰太太发现项链被调换了,她会怎么想,会说些什么?难道不会把鲁瓦泽尔太太看作一个小偷吗?

鲁瓦泽尔太太过上了缺吃少穿的悲惨生活,不过她一下子就下定了决心。因为必须偿还这笔可怕的债务,她要为此付出代价。他们辞退了帮佣,更换了住所,租住在屋顶下的一间阁楼里。

她自己做起繁重的家务,干起厨房里可憎的活计。她用自己娇嫩的手指头洗碗,洗净瓷器的油污,洗刷平底锅的锅底。她还要洗涤肮脏的内衣和衬衫,揉洗抹布,再把它们晾到晒衣绳上;每天清晨,她来到街上倒垃圾,还要自己提水,每上一层楼都要停下来喘气。她穿得愈发简朴,挽着菜篮子去水果摊、杂货铺、肉铺,讨价还价时费尽口舌、备受羞辱,就为了给自己可怜的荷包省下一个苏。

他们每个月都得偿还一部分债务,还得去更新一些借契,延长还款的日期。

她的丈夫每天晚上都要去帮一个商人清账,到了夜里,经常还揽些抄写的活儿,抄完一页能赚五苏。

这般生活持续了整整十年。

十年之后，他们偿还了所有的债务，包括高利贷的利息，以及不断累积的利息的利息。

如今，鲁瓦泽尔太太看起来衰老了。她成了一个体格壮硕的穷人家的妇女，强悍又粗鲁，做惯了粗活。她的头发凌乱，裙子也歪着，双手通红，讲起话来嗓门奇高，提起大桶把水一倒就能开始拖地板。然而，有那么几次，当她丈夫去上班时，她独自坐在窗旁，回想起那次晚会，那一夜的舞场，彼时彼地，她被众星捧月，是那般美丽。

如果她不曾弄丢那串项链，后来会发生什么？谁知道呢？谁知道啊？生活总是稀奇古怪的，却也是变化莫测的！只要小小一样东西，有时就能让你失去所有，也有可能让你得到救赎！

然而，后来的某个星期日，她照例在做完一周的繁重事物之后去香榭丽舍大街上散心，这时候，她突然碰到了一个带着孩子散步的女子。那是弗雷斯杰太太，她始终那么年轻、漂亮，充满魅力。

鲁瓦泽尔太太十分激动。要上前去和她说说话吗？是的，当然要去。如今她已经还完了所有的债务，她可以和弗雷斯杰太太坦诚相告了，不是吗？

她走上前去。

"你好呀，让娜！"

弗雷斯杰太太一点儿也没有认出她来，反倒是因为被这位小市民如此亲密地称呼着而震惊。她含混不清地说道：

"但是……这位太太！……我不认识……您肯定是认错人了！"

"我没认错人。我是玛蒂尔德·鲁瓦泽尔。"

她的朋友惊呼了一声。

"哦!……可怜的玛蒂尔德,你的变化也太大了!"

"是啊,我过了些苦日子,自从我上次见你之后一直到现在。那真是悲惨的生活……但这全是因为你!……"

"因为我……怎么可能?"

"你还记得我为了去部里参加晚会,跟你借的那条钻石项链吗?"

"我记得。然后呢?"

"然后呢!我把它弄丢了。"

"怎么可能!你明明已经还给我了啊。"

"我还给你的是另一条长得相像的项链。我们花了十年才还完那条项链的钱。你明白吗,这对我们来说真是太艰难了,我们本来就一无所有……终于全部过去了,我现在真的太高兴了。"

弗雷斯杰太太停下了脚步。

"你是说,你买了一条钻石项链,替换了我那一条?"

"是的。你都没看出来,是吧?它们几乎一模一样。"

她说完这话,露出骄傲而又天真的笑容来。

弗雷斯杰太太突然万分激动,抓住了她的双手。

"天啊!可怜的玛蒂尔德啊!可是我那条项链是假的啊,它最多只值五百法郎……"

《项链》(*La Parure*) 1884 年 2 月 17 日发表于《高卢人报》(*Le Gaulois*)。

珠宝

朗丹先生在单位二把手家的某个晚会上碰见这个年轻姑娘之后，爱情之网从此便罩住了他。

她的父亲原先是外省的税务官，已经去世好些年了。之后她和母亲搬来巴黎，这位母亲经常与附近的中产家庭来往，希望为自己的女儿寻得姻缘。她们虽然不富裕，但过得体面，生活平静舒适。这个年轻姑娘乃是贤良女子的典范，是审慎的年轻男子梦想共度一生的对象。她那含蓄的美，带着一种娇羞天使般的魅力，她唇角永不消逝却又难以察觉的微笑，就像她内心的映照。

人人对她称赞有加，每一个认识她的人，总是一遍遍地说道："能娶到她的人将是何等幸运。再没有比她更美好的女孩了。"

朗丹先生是内政部的主要官员，每年有三千五百法郎的薪酬。他向她求婚，娶了她。

和她结婚之后，他幸福得简直自己都不敢相信。她持家有方，很会料理家务，两人的生活似乎相当阔绰。她对自己丈夫无微不至的关怀与呵护，乃是别处不曾见过的。而且，她的魅力如此之大，以至于在两人相遇相知六年之后，他爱她更甚于二人相见之初。

他只对她的两项爱好颇有微词，一是爱去剧院，二是爱假珠宝。

她的女伴们（她认识几位小官员的太太）时常找她一同去包厢看当下流行的戏，甚至是首演的新戏；而她不管自己的丈夫愿不愿意，总要带上他。但是这种"娱乐"在一天的工作之后，带给他的只有可怕的疲惫。于是，他请求她和那些熟识的女伴去看戏就好，之后再让她们送她回来。她觉得这样不太合适，所以很长时间里都不答应。最终，她出于体贴同意了，他对她感激不尽。

但对于戏剧的爱好很快就催生了打扮的需求。她品位极好，虽然身上的服饰总是很简单——这倒是不假，但也显得端庄；她那难以抵御的优雅，那温柔而谦逊的美，那盈盈的笑意，似乎给简单的裙裾带来了新的韵味。但她习惯在自己的耳朵上戴着一对硕大的莱茵石耳环，佯装宝石，她也戴假的珍珠项链、人造金的手镯，还有嵌着仿宝石的缤纷玻璃饰物的发梳。

这种对假珠宝的爱好，让她的丈夫有些不快，他时常说："亲爱的，如果我们没钱买真的珠宝，那么美貌和优雅就是我们的饰品，而这恰恰是最珍稀的宝物。"

但她柔和地微笑着，一次次地回答他："可有什么办法呀？我就是喜欢。这是我的毛病。我很清楚你说得对，但本性难移。我当然更爱真正的珠宝啊！"

她用手指拨弄着珍珠项链，让精雕细琢的水晶闪烁光芒，又说道："但是你看看！这做工多好啊，简直像真的一样。"

他笑着说："你这爱好倒像波西米亚女子一样。"

有那么几回，夜里的时候，他们还挨坐在炉火旁，她就把自己的珠宝盒拿到平日里他们喝茶的桌子上,那盒子里收着她的"赝品"——这话是朗丹先生说的。她则开始沉醉地细细赏玩这些仿制的珠宝,就像在享受某种秘密而深邃的乐趣。她坚持要把一条项链戴到丈夫的脖子上,并发自内心地大笑,喊道:"你太滑稽了!"然后扑进了他的怀抱,狂热地亲吻他。

一个冬季的夜晚,她去了歌剧院,回来的时候冷得浑身发抖。隔天,她开始咳嗽。八天之后,她就因为肺炎去世了。

朗丹几乎要随她而去。他陷入可怖的绝望中,头发在一个月的时间里全白了。他从清晨哭到夜晚,难以忍受的痛苦撕裂了他的灵魂,回忆缠绕其身,她的音容笑貌、她的娇媚可爱都萦绕在他心头。

时间一点儿也没有缓解他的痛苦。上班的时候,他的同事正聊着当日的事情,会经常突然发现他的脸颊鼓了起来,鼻子一抽一抽的,眼里噙满了泪水;他露出极为难看的表情,随后啜泣起来。

他原样保留了妻子的房间,每日把自己关在里面,思念着她。所有的家具,还有衣服,都在原来的位置上,仍然保留着他们在一起的最后一日的光景。

但对他而言,生活变得太艰难了。他的薪水在他的妻子手里的时候,足以维持一切生活开销,如今他只身一人,却变得不够花了。他错愕不已,思索着她如何让他总是能喝上美酒、品上佳肴,而这些却是他现在靠那微薄的薪水已经承受不起的了。

他借了债,像走投无路的人一般,想方设法地搞钱。终于,某天早上,他身无分文了,那时离月底还有一个星期,他盘算着卖掉一些东西。突然之间,有个想法在他脑海里闪过——卖掉他妻子的"赝品",因为他在内心深处仍然掩藏着这些"骗人玩意"曾经给他带来的愤懑之情。甚至每天看见它们,都是在一点儿一点儿损害他对自己心爱之人的回忆。

他在她留下的成堆的假珠宝里翻找了许久，因为她直到去世前的最后几天还在不断地买回来，几乎每个晚上都要带回一件新的玩意。他选定了她似乎最爱的那条大项链，它应该能值不少钱，他想，大概能值七八法郎，因为作为一件假货，它的做工实在太精细了。

他把它放进口袋里，沿大街朝自己的工作单位走去，在路上寻找着能让他信任的珠宝店。

他最终看定了一家珠宝行，走了进去。他感到很羞耻，既因为要暴露出自己的窘迫，也因为自己想要卖掉一件如此廉价的东西。

"先生，"他对珠宝商人说道，"我想请您对这件东西估个价。"

那人接了过去，仔细察看它，把它翻过来，又放在手里掂量，然后他拿来放大镜，叫来自己的伙计，低声细语地嘀咕了几句，接着把项链放到柜子的台面上，从远一些的地方看它，像是为了更好地观察它的成色。

朗丹先生被这一串动作搞得局促不安，张嘴说道："哦！我知道这不值什么钱……"这时珠宝商人宣布道："先生，这件珠宝的价值在一万两千到一万五千法郎，不过，您得让我知道它的来源我才能收购它。"

这个鳏夫睁大了自己的眼睛，一脸茫然，没有理解是什么意思。他终于结结巴巴地说："您是说……您确定吗？"珠宝商人误会了他的震惊，冷冷地说道："如果别的地方开价更高，您可以到其他地方去。在我看来，它最多值一万五千法郎。如果找不到开价更高的地方，您会回来找我的。"

朗丹先生几乎吓呆了，他拿起自己的项链走了出来。他脑子里一团糨糊，只想找个地方独自待着，好好思考这件事情。

但是，他刚走到街上，想要大笑的欲望擒住了他，他心想："傻瓜啊！啊！真是个傻子！要是我当时就把珠宝卖给他呢？居然有这样不分真假的珠宝商！"

他随后走进位于和平街街口的另一家珠宝行。那老板刚刚接过珠宝，就叫唤起来：

"啊！上帝哟，我当然认识这件珠宝，这条项链就是从我这儿卖出去的。"

朗丹先生的脑袋都被搞乱了，他问道：

"它值多少钱？"

"先生，它的售价是两万五千法郎。我能够按照一万八千法郎的价格回购它，当然，按照法律的规定，您得先明确地告诉我，您是如何得到这条项链的。"

这一次，朗丹先生震惊得动弹不得。他又说：

"但是……但是，请您再仔细鉴定鉴定，先生，我直到刚才都以为它是……它是假的。"

珠宝商人又说道：

"您能告诉我您的姓名吗，先生？"

"当然。我姓朗丹，在内政部工作，家庭住址是殉道者街16号。"

珠宝商打开自己的登记簿，查了查，说道：

"这串项链的确是在1876年7月20日那天寄给了住在殉道者街16号的朗丹夫人。"

两个男人面面相觑,这个小职员惊喜得简直要发狂了,珠宝商人则觉得他是个贼。

珠宝商又说:

"您愿意把这串珠宝留在我这里二十四个小时吗?我给您写个收据。"

朗丹先生结结巴巴地说:

"当然可以。"他把那张纸折了起来,放进口袋里,走出去了。

他随后穿过街道,沿大马路而上,意识到自己走错了路,又往回走,来到杜伊勒里花园,从塞纳河上过去,再一次发现自己弄错了,便又回到香榭丽舍大街上,脑袋里始终一片混沌。他努力让自己恢复理智,努力理解发生了什么。他的妻子绝对买不起一件这般价格的东西。对,绝对买不起。那么,这是件礼物!礼物!谁送的礼物?为什么要送?

他停下脚步,在路中间呆立着。一个可怕的怀疑掠过。她?那其他所有的珠宝也全是礼物!他觉得脚下的大地在移动,眼前的一棵大树倒下了;他伸开双臂,瘫倒在地上,失去了意识。

他在一家药店里恢复了意识,是路过的人把他送到这里来的。他请人送他回家,把自己关在屋里。

他疯狂地哭到深夜,咬着手帕才让自己不喊出声来。后来他上床了,被疲惫和忧伤折磨着,最终沉沉睡去了。

一缕阳光唤醒了他,他缓慢地起床,准备去部里上班。但在遭受了这般打击之后,工作变得令人难以忍受。于是他思忖着自己可以求得上司的原谅,就给上司写了封信。之后,他想起来自己该去珠宝商那里;一阵羞耻感让他满脸通红。他花了很长的时间思考。然而，他也不能就这样把珠宝丢在珠宝商那里，于是他穿好衣服出门了。

天气晴好，湛蓝的天空在这让人感到舒心的城市上空绵延。几个正把手插在口袋里闲逛的人走在他前面。

朗丹看着身旁经过的人，心里想："一个人有了财富是多么幸福的事情啊！有了钱，连忧愁都能丢在身后，想去哪儿就去哪儿，到处旅行，吃喝玩乐！啊！要是我有钱就好了！"

他觉得饿了，从昨晚到现在他都没吃过东西。但他的口袋里空空如也，于是他又想起了那串项链。一万八千法郎！一万八千法郎啊！这可是个大数目！

他取道和平街，在那家珠宝店对面的人行道上来回踱步。一万八千法郎！有二十次，他差点就要走进去了，但羞耻心又把他拦了下来。

但他感到饥饿，实在太饿了，而且他一分钱也没有。他突然下定了决心，跑步穿过街道，不留一点儿时间来思考，径直冲进了珠宝店里。

珠宝商一认出他来，就立刻献起殷勤，脸上挂着客气的笑容，让他在椅子上坐下。伙计们也都来了，他们在一旁瞧着朗丹，眼里、嘴角都挂着笑意。

珠宝商说："我已经打听过了，先生，如果您没有改变主意的话，我准备向您支付我先前说过的价格。"

这个小职员结结巴巴地说：

"当然，没有改变。"

珠宝商从一只抽屉里抽出十八张大票，点了一遍，随后递给了朗丹。后者在一张小小的收据上签了字,然后颤抖着把钱放进了自己的口袋里。

然后,就在他要走出去的时候,他转过身来,对着仍然带着笑意的珠宝商,低下头说道:"我还……还有其他的珠宝……都是从同一个……从同一个人那儿继承来的。您也愿意回购吗?"

珠宝商弯腰鞠躬道:"当然愿意,先生。"有个伙计跑了出去,为的是能够笑出声来;另一个则是使劲地擤起了自己的鼻子。

朗丹无动于衷,但脸涨得通红,他庄重地说道:

"我去给您拿来。"

他拦了一辆马车,回去拿那些首饰。

当他一个小时之后再回到珠宝商这里时,仍然还没有吃早饭。他们一件一件地验查那些珠宝,给每一件估价。几乎每一件都是从这里卖出去的。

朗丹现在也开始讨价还价了,他火冒三丈地要求伙计把账簿拿来给他过目,随着价格攀升,他说话的声音也越来越高。

一对硕大的钻石耳坠值两万法郎;手镯值三万五千法郎;那一堆胸针、戒指和链坠,值一万六千法郎;一副镶嵌着祖母绿宝石和蓝宝石的首饰值一万四千法郎;一条有独立挂坠、被当作项链的金链子值四万法郎;总数目达到十九万六千法郎。

珠宝商带着故作天真的语气说道:

"这个人把所有的积蓄都存在珠宝上了。"

朗丹郑重地说:

"这和其他存钱的方法没什么两样。"他和买主商量好,第二天再来做一次复核鉴定,随后便走了出来。

当他来到街道上时，一瞧见旺多姆纪念柱[1]，简直想像玩夺彩竿[2]那样爬上去。他自觉身轻如燕，能够从耸立在天空之中的皇帝雕像上一跃而过。

他到邻人餐厅去吃了饭，还点了一瓶二十法郎的红酒。

他拦了一辆马车，到森林里兜了一圈。他用鄙夷的神色看着往来的马车，强忍着冲动才没有对路人们大喊："我现在也有钱了，我有钱了！我有二十万法郎！"

他想起了内政部，让马车朝着部里驶去，他故意走到上司的办公室里，宣布道："先生，我专程过来向您辞职。因为我得到了一笔三十万法郎的遗产。"

他走去和旧同事们一一握手，还告知他们自己新生活的种种计划；随后，他到英国咖啡厅[3]去吃晚饭。

他坐在一位看起来身份高贵的先生旁边，心痒难耐，于是忍不住向这位先生炫耀起来，说自己刚刚得到了一笔四十万法郎的遗产。

他人生中也第一次不觉得看戏是件心烦的事情，之后他还和几个妓女厮混了一整夜。

半年后他再婚了。他的第二任妻子虽然十分正派，但是脾气极差，让他受了不少苦头。

《珠宝》（*Les Bijoux*）1883年3月27日发表于《吉尔·布拉斯》（*Gil-Blas*）杂志，发表时署名"墨菲涅斯"（Maufrigneuse）。

---

[1] 位于巴黎旺多姆广场（Place Vendôme）的纪念柱，顶端有拿破仑像。
[2] 一种游戏，在竿子顶端挂有奖品，能爬上去取得者便获得奖品。
[3] 英国咖啡厅（Le Café Anglais）是一家曾位于巴黎二区的著名餐厅，1913年停业。

壁橱

晚饭后大家谈论起了女孩们,毕竟在男人之间,还能聊些什么呢?

我们中的一个人说道:

"听着,说到女孩子,我可有一个不寻常的故事。"

随后他讲了起来——

去年冬天的某个晚上,我忽然觉得一阵心烦意乱,十分疲乏,整个人简直要垮了,这种感觉时不时地就会缠上你的灵魂和身体。那时候我独自一人在家里,我很清楚,如果自己继续那么待着,马上就会被那种可怕的愁绪搞得崩溃,这种忧愁要是经常出现,肯定要让人走到自我了断的路上去。

我披上外套出门了,但完全不知道自己要去做什么。我来到大街上漫无目的地走着,因为下雨了,经过的咖啡馆几乎都是空的,那时的蒙蒙细雨既能浸湿衣裳,也会润湿情绪,不是那种像瀑布似的全倒下来、把狼狈的行人全都赶到门洞下去的瓢泼大雨,而是几乎看不见水珠子的细雨,潮湿的水汽幻化成无数无从察觉的小水滴,一刻不停地粘在你身上,很快一层苔藓般的冰冷而有穿透力的水雾,便会覆盖你身上的衣物。

怎么办?我往前走去,又走回来,找寻能够消磨上两个钟头的地方，我头一回发现，在巴黎，到了晚上根本没个消遣的去处。最后我决定到女神游乐厅[1]去，那是让人快活的烟花之地。

大厅里没几个人。马蹄铁形状的室内长廊里，只有几个看起来低俗不堪的家伙，从他们走路的步态、衣着和发须的样式，从他们的帽子和面色上，都看得出来他们属于同一个阶层。这儿几乎瞧不见一个洗漱干净、从头到尾认真洗漱、整套衣物协调得体的人。至于这里的女子们，也都是这般模样，跟你们知道的那些姑娘一样丑陋，面色疲乏、皮肉松弛，让人看了厌恶，但她们却走出了狩猎般的步伐，带着一副愚蠢的轻蔑神色，我搞不懂这是为什么。

我心想，这些无精打采的女人，说她们胖不如说她们满身脂肪，身上这儿浮肿，那儿却干瘦，挺着个议事司铎才有的大肚子，底下却是两条膝盖外翻的鸟腿。她们开口要价五个路易，费了一番口舌之后，最后拿到的只有一个路易，但哪怕是这一个路易，她们也不值。

但是我突然瞧见一个可爱的女子，不是非常年轻，但看起来神清气爽，是个有趣又诱人的女人。我叫住她，也没多想，稀里糊涂地就说了我愿意为过夜付的钱。我不想一个人回家去，孤零零的；我更想她陪着我，我想和这个可爱女子搂搂抱抱。

我跟着她走。她住在一栋位于殉道者街上的很大很大的楼房里。楼道里的煤气灯已经灭掉了。我慢慢地爬楼梯，跟在她窸窣

---

[1] 女神游乐厅（Folies-Bergère），1869年5月2日开始运营，位于巴黎第九区，是一家著名的剧院夜总会。19世纪画家马奈曾以该地点为背景，画了《女神游乐厅的吧台》（*Un Bar aux Folies-Bergère*）。

作响的裙摆后面，时不时地划亮一条蜡绳，脚踢到了台阶上，跌跌撞撞的，心里有些不满。

她在五楼停住了，关上外门后，她问我：

"要待到明天吗？"

"是的。你很清楚，我们说好的。"

"好的，亲爱的，只是问一下。在这儿等我一分钟，我马上就回来。"

随后她把我留在黑暗中。我听见她关了两扇门，然后她似乎在说话。我感到很惊讶，不安起来，脑海里有个念头一闪而过：那里面有她的姘头。但我拳头硬实、身强体壮。"等着瞧吧。"我心里想。

我竖起耳朵，全神贯注地仔细听着。有人在搬动东西，十分小心地轻轻走着。然后，另一扇门打开了，我似乎仍然听得见说话的声音，但声音极小。

她回来了，手里举着一支点燃的蜡烛。

"你可以进来了。"她说。

她用"你"来称呼我，表明她已经属于我了。我走进去，经过一个空荡荡的餐厅，说明从来没有人在这儿吃饭，我来到一间与其他女孩住的并无不同的房间，这个房间是带着家具出租的，挂着棱纹平布窗帘，床上有条鸭绒绸面的被子，上面有可疑的斑点。

她又说道：

"你随便吧，亲爱的。"

我用猜疑的目光审视这套公寓。然而没有什么东西让我感到紧张。

我还没来得及脱下大衣,她就无比迅速地脱下了身上的衣物,躺到了床上。她笑了:

"哎,你这是怎么了?怎么待在那里?嘿,动作快点儿。"

我同她一样脱去衣物,躺到她身旁。

只过了五分钟,我就几乎忍不住想要穿上衣服走人了。但在家时那种纠缠我的压迫人心的疲乏感再一次擒住了我,让我丧失了动弹的力气,于是,尽管躺在这张人尽可上的床上令我感到厌恶,我还是留了下来。先前在游乐场的灯光下,我在这个女人身上所见的那种充满肉欲的魅力,如今在我的臂弯之中却消失殆尽。与我肉贴着肉的,只不过是个庸俗的女子,和其他风尘女子一样,她那看似殷勤却冷冰冰的吻里,还带着一股大蒜的味道。

我和她聊了起来。

"你在这儿住了多久了?"我问她。

"到一月十五日就半年啦。"

"你之前住哪儿?"

"在克洛泽尔街。但是门房总是刁难我,我就搬走了。"

随后她就开始没完没了地跟我说起那女门房是如何说她闲话的。

突然,我听见近旁有了动静。起初是一声叹气,随后是一点儿极轻的声响,但十分清楚,像某个坐在椅子上的人正在挪动身体。

我猛地从床上坐起来,问道:

"这是什么声音?"

她语气里有十足把握，平静地回答我：

"别担心，亲爱的，是邻居的动静。这墙板太薄了，听起来就像在我们旁边。这楼简直像是用肮脏的纸箱子搭起来的。"

我那时太懒，就钻回了被窝里。我们又开始说起话来。每个男人都有那种荒唐的好奇心，总爱问失足女子们，她们的初次遭遇如何如何，想着揭开这第一次犯错的面纱，好像想从她们身上找寻一丝已然远去的清白，只为了从她们的某句真话里，在这种一闪而过的回忆中，找到她们旧时的单纯与害羞，进而爱上这些女孩。我向她提了几个问题，都是关于她最初的情人们的。

我知道她撒谎了。但又有什么关系？在这些谎言中，我或许会发现一些真挚而触动人心的东西。

"来，告诉我他是什么人。"

"是个划船运动员，亲爱的。"

"啊！快告诉我。你们是在哪儿遇上的？"

"我那时在阿让特伊[1]。"

"那时候你做什么工作？"

"在餐厅里当服务员。"

"哪个餐厅？"

"在淡水海员餐厅，你知道那个餐厅吗？"

"当然知道，是博南风开的。"

"是的，就是那儿。"

"这个划船运动员，他是怎么跟你示好的？"

1　位于巴黎西北方向的一座城市，在塞纳河畔。

"我在给他铺床的时候,他强迫我的。"

然而,我忽然想起了自己一位医生朋友的见解。他是个善于观察而且哲思敏捷的医生,一直以来都在一家大医院里工作,日常工作接触的是那些未婚先孕的女孩,以及烟花女,看尽了女人的羞耻和苦难。这些可怜的女人,成了口袋里有钱的闲逛男人们的悲惨牺牲品。

"总是如此,"他对我提道,"一个女孩总是被与她阶级地位差不多的男人带坏的。在这个事情上,我已经有无数的观察。人们指责有钱人拈花惹草,摘了平常人家的清白花朵。这是不对的。有钱人是付钱买那些已经被摘下来的成束的花!他们确实也摘花,但摘的是第二次绽放的花朵;他们从不去折断初次绽开的花朵。"

于是我扭头看向身旁这个女子,笑了起来。

"你知道的,我很清楚你的故事。这个划船运动员不是第一个认识你的人。"

"哦!他当然是第一个,亲爱的,我跟你发誓。"

"你说谎了,亲爱的。"

"啊!没有,我保证!"

"你说谎了。来吧,都告诉我吧。"

她看起来迟疑了,十分惊讶。

我又说道:

"我是个魔法师,小美人,我会催眠术。要是你不跟我说实话,等我把你催眠了就全知道了。"

她怕了,跟她的其他同类一样愚蠢。她支支吾吾地说:

"你是怎么猜到的?"

我又开口:

"来,说吧。"

"哦!第一次,那简直不值一提。那天是当地的一个节日,我们从外面请了个厨师来,叫亚历山大先生。他一来就按自己的想法忙活起来了,给每个人都派了任务,甚至也命令老板和老板娘,好像他是个皇帝……他长得很高大,也很英俊,在他那口炉子跟前一刻也没停过。他一直扯着嗓子喊:'拿黄油来,——拿鸡蛋来,——拿马德拉调味酱来。'你得跑着给他把东西拿过去,不然他就会发火,骂难听的话,让人羞得全身都红了。

"当一天的工作结束之后,他站在门口抽他的烟斗。我抱着一堆盘子从他身旁经过时,他对我说:'欸,姑娘,跟我到河边去走走吧,带我看看这里的风光。'我就跟个傻子似的去了;刚走到河边,他就强迫了我,我甚至都没明白他在干什么。然后,他就搭晚上九点的火车离开了。之后我再也没有见过他。"

我问她:

"就这样?"

她吞吞吐吐地说:

"哦!我相信费洛朗坦是他的。"

"费洛朗坦是谁?"

"是我儿子啊!"

"啊!好啊。但是你让那个划船运动员相信自己才是孩子的爸爸,是不是?"

"当然啦。"

"他有点儿钱吧,这个划船运动员。"

"是的,他给费洛朗坦留下了三百法郎的年金。"

我开始觉得有趣了,继续说:

"太好了,我的宝贝,这太好了。说起来,你比我想的要聪明一些。那费洛朗坦现在几岁了?"

她说:"他已经十二岁了。等到开春,他就要第一次领圣体了。"

"这很好啊,从那之后,你就能心安理得地干这个工作了。"

她叹了口气,似乎听天由命了:

"我也只能干这行……"

但一声巨响从房间里传来,惊得我从床上跳了起来,那听起来是有个人摔到了地上,又摸索着墙壁爬了起来。

我抓起蜡烛,环视周身,又惊诧又愤怒。她也从床上起来了,试图让我平静下来,拦着我,低声咕哝道:

"没什么的,亲爱的,我跟你保证没什么事情。"

但我已经发现这奇怪的声响是从什么地方传来的了。我径直走向隐藏在床头后边的一扇门跟前,猛地打开它……我随即看见一双恐惧却明亮的眼睛,正战战兢兢地望着我,一个可怜的男孩子,脸色苍白,瘦骨嶙峋,正坐在一把软垫椅子旁,他刚刚从这椅子上掉了下来。

他一看见我就哭了起来,张开手臂伸向他的母亲:

"这不能怪我,妈妈,我真的不是故意的。我睡着了,然后就掉下来了。不要骂我,我不是故意的。"

我转身看那女人,说道:

"这是怎么回事?"

她看起来局促不安,十分懊恼。她断断续续地说:

"你说怎么回事?我赚的钱不够把他送去寄宿学校啊!我只能自己照看他,但我也没钱再多租一间房。要是没有人来,他就跟我一块儿睡觉。要是有人来了,一两个钟头里,他就待在壁橱里,安安静静的;他明白这是怎么回事。但要是有人想在这儿待一整夜,像你这样,那这孩子就得忍着腰痛在椅子上睡觉……这当然不能怪他……我真想让你也试看看……在一把椅子上睡上一晚……你就明白那是什么感觉了……"

她生起气来,情绪激动,喊了起来。

那孩子始终在哭。这是个孱弱又害羞的可怜孩子,是啊,这是个壁橱里的孩子,又黑又冷的壁橱里的孩子,这孩子时不时就会醒来,等到床铺空了,才能到上面去感受一丝暖意。

我也想哭了。

后来,我就回自己家里睡觉了。

《壁橱》(*L'Armoire*)1884年12月16日发表于《吉尔·布拉斯》(*Gil-Blas*)杂志,发表时署名"墨菲涅斯"(Maufrigneuse)。

修软垫椅子的女人

献给莱昂·埃尼克[1]

在德·贝尔唐侯爵家中,庆祝狩猎季开始的晚宴即将结束。灯火明亮的巨大餐桌上摆满了水果和鲜花,餐桌边上,围坐着十一位参加打猎的男人、八位年轻妇女,还有本地的医生。

他们聊到了爱情,随即引起了一场热烈的讨论,讨论的是那个永恒的问题:他们想弄清楚一个人是只能真正爱一次,还是能爱许多次。有人举出只认真地爱了一次的人作为例证;也有人举了其他例子,说那些人疯狂地爱了许多次。通常而言,男人们相信激情就如同疾病一般,能够多次击中同一个人,倘若有一些障碍挡在他跟前,这打击几乎能杀死他。尽管此种看法无可争议,但是女人们的看法更多的是将诗歌作为依据,而远不是观察所见。她们确信,爱情,真正的爱情,乃至伟大的爱情,在一生中只能遇见一次。这爱情就如一道闪电,遭其触及的心,此后便永久地被掏空了,这颗心被蹂躏、被焚毁,再没有什么有力的情感甚至梦境,能够在它之中重新发芽了。

---
[1] 莱昂·埃尼克(Léon Hennique,1850—1935),法国自然主义作家,亦为《梅塘之夜》六位作者之一,系莫泊桑的好友。

侯爵曾经爱过许多次，他强烈地反对这种观点：

"我告诉你们，依我所见，一个人是能够用尽力气，全心全意地爱上许多次的。你们举出许多因爱情自杀的人作为例子，要证明第二次热烈情感是不可能的。我要回答你们的是，如果他们没有干出自杀这种蠢事——自杀剥夺了他们第二次坠入爱河的机会，他们是会痊愈的；他们会重新开始，总是会如此的，而且一直到他们自然死去为止。深陷爱情的人就像醉鬼。喝过的人会继续喝，爱过的人会继续爱。此乃性情之事。"

大家请医生做公断人。这位老医生从巴黎退休之后，如今隐居乡间，大家请他说说自己的看法。

他对此没有意见：

"正如侯爵所说，此乃性情之事；要我谈谈这个事情，我倒是知道一段持续了五十五年之久的热恋，一天也不曾落下，而且最后是死亡为这段爱情画上句点。"

侯爵夫人拍起手来。

"多美的故事啊！难道人们不会梦想被这样爱着吗！五十五年的生活都被如此这般炙热而强烈的爱恋包裹着，是多么幸福啊！被这样爱着的那个男人，他是何等的幸福！他该怎样赞美生命啊！"

医生露出微笑：

"说实话，夫人，您倒是说对了这一点，被爱的确实是个男人。您认识他，就是舒盖先生，镇上的药剂师。至于这位女子，您也认得，就是那位每年都到贵府维修软垫椅子的老太婆。但我要从头细细地说给你们听。"

在座的女人们的热情降了下去,她们那嫌恶的脸庞像是在说:"啧!"仿佛爱情只能落在出众之人的头上,只有这些人才值得她们这样的上流人士关心。

医生继续说道:

三个月前,我被叫到这位老太婆的家里,来到她临终的病榻前。她是前一天晚上坐着那辆被当作房子的车子来的,拉车的那匹老马你们都见过,陪着她的还有两条大黑狗,那是她的朋友,也是她的守卫。本堂神父已经到了,她要我们做她的遗嘱的执行人。为了让我们明白她的遗愿的意义,她向我们讲述了自己的一生。我不知道还有什么会比这更离奇、更让人心碎的了。

她的父母都是修软垫椅子的工匠。她从未有过一个固定的住所。

她从小就到处流浪,衣衫褴褛,浑身长满虱子,而且肮脏不堪。一家人总是停在村口的路沟旁,给拉车的马卸套,马就在边上啃食青草;狗躺下睡觉,鼻子搁在自己的爪子上;当父母在路边的榆树影子下忙碌着修补从村里收来的旧椅子时,小女孩就在草地上打滚。在这到处流浪的家里,他们几乎不说话。为了决定由谁到村里去绕着村舍喊出那句人人熟悉的"修椅子",他们会说上几句必要的话,随后就重新面对面或者肩靠肩坐着,捻起麦秸来。当小女孩走得太远,或是要跟村里的小孩玩闹的时候,她的父亲就会生气地喊她:"你最好滚回来,死丫头!"这是她听过的仅有的温存话语了。

等她长大了一些,家里就让她去收坏掉的旧椅垫。如此一来,她从一个地方到了另一个地方，就这样认识了一些男孩；但是这一次，是她这些新朋友的父母粗暴地把自己的孩子喊回去："你最好给我滚回来，浑小子！我看你居然敢和要饭的说话！……"

有些顽皮的小男孩时常朝她丢石子。有些太太会给她几个苏，她小心翼翼地把它们都存起来。

有一天，她路过我们这个地方，那时候她已经十一岁了。她在公墓后面遇到了小舒盖，他正在哭，因为一个小伙伴从他手里骗走了两个里亚[1]。在她这个一无所有的人的那颗小脑袋里，她总以为一个家境优裕的小孩应该总是开心快活的，因而小舒盖的眼泪完全颠覆了她的想象。她走近小舒盖，当知道他为什么如此痛苦之后，她把自己所有的积蓄都放到了他的手里，一共是七个苏，小舒盖自然而然地收下了，擦去了自己的眼泪。女孩心中高兴得要发疯了，壮着胆子亲吻了他。因为小舒盖正全神贯注地盯着手里的钱，就让她亲了自己。见自己没有被推开，也没有挨打，她就又亲了他一次；她用尽全力抱住了他，带着满心的激动，然后她就逃走了。

这颗可怜的脑袋里想到了什么？她已经爱上这个小男孩了，是因为她把自己流浪所得的全部财富都给了他，还是因为她已经把自己温柔的初吻献给了他？无论是对小孩，还是对大人而言，这都是一个谜。

接下来的几个月，她想念着公墓后面的那个角落，也想念那个男孩。怀着再见到他的期望，她这里攒一个苏，那里再攒一个

1　里亚为法国古货币，1苏等于4里亚。

苏，在修椅子或者被喊去买食物的时候，偷摸向父母报了假账来攒钱。

当她再次回到那里的时候，她的口袋里揣着两法郎。但她只能透过玻璃窗，从一个装了红色药水的广口瓶和一条绦虫之间，看见这个药店老板家的小孩穿戴整齐，正坐在他父亲的店里。

她却因此更加爱他了。彩色的药水闪着光，发亮的水晶瓶子给他染上一层光晕，让她心醉神迷，使她的内心激动不已。

她把这不可磨灭的记忆留藏在心里。一年之后，当她又一次遇见小舒盖的时候，他正在学校后面和几个同学玩弹珠，她径直扑向了小舒盖，把他抱入怀中，疯狂地亲吻了他，他吓得发出了尖叫声。为了让他平静下来，她把钱给了他：三法郎二十生丁，一笔真正的财富。小舒盖睁大了眼睛看着这些钱。

他收下钱，任由她尽情地抚摩自己。

此后的四年间，她把自己积攒的钱一笔一笔交到了他的手里，而他收下这些钱，明白它是用来让他同意亲吻的。一次是三十苏，一次是两法郎，一次只有十二苏（她为此痛苦而羞愧地流泪了，但那年实在太不景气了），最后一次是五法郎，一枚浑圆的硬币，让他露出了满意的笑容。

她只想着他；他也有些迫不及待地等着她再次出现，一看见她，就跑过去迎接她，这让女孩的心脏几乎要蹦出来了。

然后，他消失了。他家里把他送进了中学。她到处打听才知道了这件事。接下来，她用尽一切手段和计谋，让她的父母改变了路线，使得他们假期的时候路过这里。她成功了，但也花了整整一年去筹谋。这样算来，她有两年没见到他了；她差点儿认不出他，他的改变是如此之大，长高了，变得更英俊了，穿着带金扣子的学校制服显得十分神气。他装作没看见她，从她身旁傲慢地走了过去。

她为此哭了两天；从那以后，她就陷入了无尽的痛苦中。

每一年她都会回到这里，从他面前经过，却不敢和他打一声招呼，而他也从来不屑于转过来看她一眼。她发了狂一样地爱着他。她告诉我："他是我在这世间唯一能看见的男人，医生；我都不知道这世上还有其他的男人。"

她的双亲已经去世。她继续从事他们的职业，但她养了两条狗，而不是一条，那是两条谁也不敢招惹的恶狗。

有一天，她走进这座她心之所向的村庄，看见一个年轻女人从舒盖的药店里走了出来，挽着她心爱之人的胳膊。那是他的妻子。他结婚了。

当天夜里，她纵身跃入市政厅广场上的水池里。一个晚归的醉汉把她捞了起来，将她带去药店。舒盖穿着睡衣下楼来照料她，却没有表露出与她认识的样子，他给她脱去衣物，为她擦拭身体，而后用冷酷的语气对她说道："你简直疯了！怎么能做这样的蠢事！"

这就足够让她痊愈了。他和她说话了！她为此幸福了很久。

对这次照料的费用，他分文不收，尽管她激动地坚持要付钱。

她的生活就这般度过了。她一边修理软垫椅子，一边想念舒盖。每一年，她都透过玻璃窗看看他。她养成了到他店里去买点儿药的习惯，这样她就能近点儿看他，和他说上话，而且能继续把钱给他。

就如我一开始和诸位提到的那样,她在今年春天的时候去世了。和我说完这个让人伤感的故事之后,她请求我,让我把她毕生的积蓄都交到她自始至终爱着的那个人的手里,因为她只为他劳作,一切都只是为了他。她说,自己哪怕忍饥挨饿也要攒下一些钱,只为了在她死去之后,让他能够想到她,哪怕只有一次。

于是,她交给我两千三百二十七法郎。我将二十七法郎交给神父,用来支付她的丧葬费用,她咽下最后一口气之后,我带走了剩下的钱。

翌日,我来到舒盖夫妇的家中。他们刚吃完早餐,面对面坐着,面色红润,体格壮硕,浑身散发着一股药物的气息,看起来自命不凡又心满意足。

他们让我入座,给了我一杯樱桃酒,我接受了;随后我动情地说了起来,心里认定他们一定会流泪。

当他意识到自己被这个流浪女、这个修软垫椅子女工、这个居无定所的女人所爱时,舒盖一下子气得跳了起来,就像她玷污了他的声誉、他这种正派人士的尊严、他的体面,还有对他来说比生命更重要的某种珍贵的东西。

他的妻子和他一样暴跳如雷,嘴里念叨着:"这个要饭的!这个要饭的!这个要饭的!……"似乎再也找不到其他的话可说了。

他站起身,在桌子后面迈着大步走着,希腊式的帽子歪到一边的耳朵上。他含混不清地说:"您明白这意味着什么吗,医生?这对一个男人来说简直是糟糕至极的事情!怎么办?啊!要是她活着的时候我能知道,我肯定要让警察来逮捕她,把她丢进牢里。

然后她就再也不会出来了,我跟您保证!"

我惊愕不已,没料到自己诚恳的一番话竟然引来这样的结果。我不知道该说什么,也不知道该做什么。但我得完成自己的使命,便又开口:"她委托我把积蓄都交给您,总共是两千三百法郎。但就目前看来,您似乎觉得受到了极大的冒犯,我想或许最好把这笔钱捐给穷人们。"

他们俩看着我,这个男人和这个女人,震惊得呆立在原地。

我从口袋里取出钱,那一沓皱巴巴的钱币,来自不同的国家,有着不同的花纹,有金币,也有铜币,全都混在一起。随后我问道:"你们怎么决定?"

舒盖太太先开口说话:"但是,这毕竟是她的最后的心愿,对这个女人来说……我觉得我们很难拒绝。"

当丈夫的有一丝尴尬,接着说:"我们总归可以拿这笔钱给我们的孩子买点儿东西。"

我冷冷地回道:"随你们的便。"

他又说:"她既然都委托给您了,那就交给我们吧;我们总会找到一些办法把钱花在慈善事业上。"

我把钱交给他们,道别,然后离开了。

隔天,舒盖突然来找我:"她还把那辆车留在这里了……那个,那个女人。您打算怎么处理这辆车?"

"没什么想法,如果您想要的话就拿走吧。"

"太好了,我正好需要;我要把它改造成窝棚放在菜园里。"

他刚要离开,我又叫住他:"她还留下了一匹老马和两条狗。您想要吗?"他停住了,吃惊地说:"啊!不要。您觉得我要它们能干什么？您随便处理吧。"说完他笑了。随后他向我伸出手，我和他握了手。还能怎么样？在我们这里，医生和药师总不能是敌人吧。

我把狗留在自己身边。神父有个大院子，就把马牵了去。车子成了窝棚，在舒盖家里；他拿着那笔钱，买了五股铁路的股票。

我这一生中遇见的深爱，仅此一桩。

医生说完了。

侯爵夫人的脸上挂着泪痕，叹气道："说到底，只有女人才懂得爱！"

《修软垫椅子的女人》（*La Rempailleuse*）1882年9月17日发表于《高卢人报》（*Le Gaulois*）。

幸福

这是华灯初上前的茶歇时间。别墅俯瞰大海；日轮已经落下，在天空行经处留下了一片玫瑰红，像涂抹了一层金色的粉末；而地中海毫无波澜，不曾有一丝微荡，在夜幕即将到来之前的余晖下光滑闪亮，仿佛一块抛了光的巨大金属板。

在右侧的远方，锯齿状的群山在落日淡红的霞光中，显露出自己黝黑的侧影。

大家聊起了爱情，讨论着这个古老的话题，人们一再重复曾经说过的事物，总是如此。暮色带来的淡淡愁绪让话语变得温和，让众人生出一缕感动。而"爱情"这个词一次次地出现，它有时被男人用浑厚的嗓音说出来，有时被女人轻快地说出来，充斥了整个沙龙，像一只鸟儿在此间飞舞，也像一个幽灵在这里盘旋。

一个人能够持续地爱许多年吗？

"能。"一些人如此断言。

"不能。"其他人也言之凿凿。

他们区别不同的情况，划出界线，举出例证，而所有人，不论男女，脑海里都浮现了许许多多扰乱人心的回忆，即便到了嘴边，也无法说出来引证，他们似乎因此变得激动了，带着一股深沉的情感和一种炙热的关切，谈论着如此寻常却又至高无上之物——

两个生命之间温柔而又神秘的结合。

但是,有个一直盯着远处看的人忽然喊道:

"喂!你们看那边,那是什么?"

海面上,海平线的尽头,出现了一团巨大又模糊的灰色。

女人们抬起头,看着这从未见过的、让人惊奇的光景,并不明白那是什么。

有人说道:

"那是科西嘉岛!需要在极其特殊的大气条件下,只有当总是笼罩着远处的水雾没有遮住它,空气极度清透时,才能看见它。一年之间能看见两三次。"

他们模糊地辨认着山脊,有人觉得自己看见了顶峰上的积雪。所有人都处在惊奇之中,不知所措,被这突然出现的世界、这从海里浮现的幽灵吓坏了。那些像哥伦布一样穿越未经勘探的大洋的人,或许见过这般奇特的景观。

这时,一位始终一言不发的长者开口说道:

"你们瞧,我很熟悉这座出现在我们面前的岛屿,就像是为了用自己来回应我们的讨论似的,这让我想起了一段独一无二的往事。我知道一段忠贞不渝的爱情,那是一段让人难以置信的幸福爱情。"

以下便是这个故事。

我曾经到科西嘉岛去旅行,那是五年前的事情了。这座蛮荒之岛,虽然有时候我们能够从法国的海岸望见它,就像今天这样,但它简直比美洲大陆更远、更让人感到陌生。

诸位可以想象一个尚在混乱之中的世界，群山绵延，狭隘的山谷里奔腾着激流；连一片平坦之地也找不到，只有硕大的如海浪般的大片花岗岩，还有起伏不定的土地，覆盖在土地上的不是丛林就是栗子树或者松树的高树林。那是一块处女地，从未耕作，荒无人烟，尽管有时候我们能遇到一个村庄，但看起来就像是山顶上的一堆岩石。没有农业，不见工业，更无艺术。在那儿，你绝对遇不上一块加工过的木头，或者一块雕刻过的石头，也见不到任何一件纪念物可以说明祖先们对美好事物的或幼稚或高雅的品位。在这壮阔冷峻的地方，就是这一点最让人惊奇——世世代代以来，这里的人对我们称为艺术的这种美好形式的追求所表现出来的冷漠之情。

意大利的每个皇宫里都充斥着大师杰作，而它本身就是一件杰作，在这个国度里，大理石、木、铜、铁，还有各类金属与石头，都在证明人类的天才。摆放在古老建筑里的老物件，哪怕是最微不足道的，也能彰显对美的虔诚追求。对我们所有人而言，它是我们神圣的祖国，我们爱它，因为它向我们展示和证明了创造性智慧的成果、伟大、力量和胜利。

而在它的对面，蛮荒的科西嘉岛仍然保留了它诞生之初的样子。那里的人住在自己粗陋的房子里，对与他们的生存和家庭纷争无关的事情，一概漠不关心。他们也保留了未开化民族的缺点和优点，暴烈、记仇，意识不到自己的嗜血，但又热情、大方、忠诚而天真，对过客敞开自家的大门，对一切最微小的好感投以真挚的友情。

因此，我在这座美丽的岛上游荡了一个月，感觉自己在世界尽头。在那儿遇不见一家旅馆、一间餐厅，甚至连一条路也没有。在那儿，走的是骡子踩出来的小道，那些小村庄就挂在山坡上，俯视着无尽的深渊，可以听到那底下传来湍流的遥远而沉闷的声响，到了夜里也不曾停歇。我们敲响了当地人的门，请求留宿一夜，还请他们给予我们一些吃的东西。我们坐到简陋的桌子上，吃到了简单的食物，夜里睡在简陋的屋顶下；隔日清晨，我们与主人紧紧地握手，他会把我们一直送到村口。

然而有天夜里，走了十个小时之后，我来到在狭小山谷深处的一个孤零零的茅舍前，这房子几乎就要落入相距一里之远的海中了。两侧的陡坡上尽是灌木丛，落满了坍塌后坠下的山石，大树林立，像两堵阴暗的长墙把这凄凉的山谷掩盖其中。

这茅舍周围栽种了几株葡萄，还有个小花园，再远一些的地方还有几棵高大的栗子树。这一切就足以过好生活了，对这贫穷之地而言，这已然是一份财富。

迎接我的那位女士已经年老，神色端庄，衣着整洁，这在当地是不常见的。那男人坐在一张藤椅上，起身来向我打了个招呼，但并未吐露半个字，又坐了回去。他的妻子对我说道：

"请不要介意，他现在已经聋了。他八十二岁了。"

她讲的是法兰西本土口音的法语，这让我感到很惊讶。

我问道：

"您不是科西嘉人？"

她答道：

"不是，我们是从大陆来的。不过我们已经在这里住了五十年了。"

我一想到这五十年来都困在这阴暗的洞穴中，远离人们聚居的城市，一股混杂了焦虑和恐惧的感觉就涌了上来。一位年老的羊倌回来了，我们吃起晚餐，只有一道菜，是加了肥猪肉的炖土豆和卷心菜浓汤。

这短暂的晚餐很快结束了，我坐到门前，眼前暗淡的景致让我的心被一阵忧郁侵扰，在某些悲伤的夜晚、某些荒芜的地方，这种愁绪经常向旅人袭来，如今它也擒住了我。无论是生活还是宇宙，似乎一切都要结束了。人们会突然想起生命中的极其悲惨之事，离群索居，万物虚无，还有心中难以忍受的寂寞，至死都要靠幻梦来得到安慰，来欺骗自我。

老妇人坐到我身旁，她已经饱受那寄居于最顺从之灵魂深处的好奇心的折磨。

"您是从法国来的？"她问。

"是的，我来旅行散心。"

"我猜，您是巴黎人？"

"不，我是南锡[1]人。"

我觉得她的情绪好像变得激动起来。至于我是如何知道，或者说如何感觉到这一点的，我一无所知。

她缓慢地重复了我的话：

"您是南锡人？"

那男人出现在门边，就跟所有的聋子一样，无动于衷。

她又说：

1　南锡（Nancy），法国东北部城市，位于洛林大区。

"没关系的,他听不见。"

过了几秒钟之后,她说:

"那么,您认识南锡那儿的人?"

"可以这么说,几乎所有人我都认识。"

"那圣阿莱兹家的人呢?"

"啊,我很熟悉,他们家和我父亲有交情。"

"请问如何称呼您?"

我说出自己的名字。她盯着我看,而后用一种回忆起往事的低沉嗓音说道:

"是啊,是啊,我都想起来了。那么,布里斯马尔家的人呢,他们如今怎么样了?"

"都已经去世了。"

"啊!那思尔蒙家呢,您认识他们吗?"

"认识,他们家最年轻的那位已经是将军了。"

她因激动和不安而颤抖着,那是一种我并不能体会的强烈、神圣的混乱情感。出于一种我说不清的欲望,她想要坦诚相告,想要说出一切,想要聊一聊长久以来埋藏在内心最深处的一些事情,也想要聊一聊这些提起名字就会扰乱她内心的人。于是,她说道:

"是的,亨利·德·思尔蒙。我当然知道他,他是我的弟弟。"

我抬起头看她,错愕不已。记忆顿时涌上心头。

往日,曾经发生过一桩震动了洛林地区贵族们的丑闻。一位美丽而富有的年轻女子,名为苏珊娜·德·思尔蒙,被自己父亲所指挥的团里的一个骑兵拐走了。

那是个俊俏的男孩，出生在一个农民之家，穿着蓝色骑兵上装的样子十分英俊。这个骑兵引诱了自己团长的女儿。她看见他，注意到他，爱上了他，这或许就发生在骑兵营列队经过的时候。但她是如何和他说上话的，他们是如何见面，又是如何相会的呢？她怎么敢让他知道自己爱上了他？没有人知道这一切。

谁都没有猜到，谁都没有怀疑。某天夜里，这个士兵刚刚服完兵役，就和她一同消失了。大家到处找寻他们，但一无所获。从此再也没有他们的消息，人们就当她已经不在人世了。

而我就这样在这阴森的山谷中遇见了她。

随后我开口说道：

"我都想起来了。您就是苏珊娜小姐。"

她点头承认。泪珠从她眼角落下。随后，她看了一眼坐在这个破陋小屋门槛上的一动不动的老头，告诉我：

"就是他。"

我随即明白了，她始终爱着他，她看他的时候，眼神里带着迷恋。

我问道：

"至少您是幸福的，对吧？"

她用一种发自肺腑的声音回答我：

"哦！当然，我非常幸福。他让我感到非常幸福。我从未后悔。"

我望着她，心中既悲伤又惊讶，为爱情的力量而赞叹！这个富有的女孩追随了这个男人，这个农民。她自己也成了一个农妇。她适应了他那没有魅力的生活，毫不奢侈，没有一丝一毫的精致和讲究，她也适应了他那些简单的习惯。她始终爱他。她已经变成了一个粗犷的女人，戴便帽，穿平纹布做的裙子。她坐在草编的椅子上，在木头桌子上用瓦盘子吃饭，吃的是一锅加了肥肉的土豆卷心菜汤。她躺在他的身边，睡在草褥上。

除了这个男人，她什么都不关心！没有金银珠宝、锦衣绸缎，也没有风雅之情和舒适之家，更不曾感受到帷幔垂挂、香气氤氲之屋中的温馨，也不曾有过在鹅绒被褥中舒心小憩的温柔之意，但她从未后悔。她除了他，别无所求；只要他在身边，她无欲无求。

她在青春年华抛弃了自己的生活，抛弃众人，抛弃了那些养育她、爱她的人。她孤身一人跟随他来到这荒凉的山谷。对她来说，他就是一切，是她所求、所梦、所期待的一切，是她无穷的希望。他让她的生命充满了幸福，自始至终。

她不会比现在更幸福了。

那一整夜，听着这年老的士兵躺在简陋的床铺上发出低沉的呼吸声，而他身旁躺着漂洋过海与他相随的女人，我想着这一段非同寻常却又简单的故事，这幸福如此完整，而它的要求又如此之少。

太阳升起，我和这两位老人握手之后就离开了。

讲故事的人停住了话音。一个女人说道：

"不管怎样，她的理想太过于简单了，她的要求太微不足道了，她的需求太简单了。只能说，这是一个傻女人。"

另一个女人缓声说道：

"这有什么关系！她幸福啊。"

远处，在海天一色的尽头，科西嘉岛隐入夜色，缓缓退回海洋之中，抹去了自己巨大的黑影，仿佛它的现身只是为了亲自来述说这对隐居在它海岸上的爱人的故事。

《幸福》（*Le Bonheur*）1884年3月16日发表于《高卢人报》（*Le Gaulois*）。

勋章到手了！

有些人一旦开始说话、开始思考，就能显现某种与生俱来的天赋，一份使命，或者仅仅是一种被唤醒的欲望。

自童年起，萨克蒙先生的脑袋里就只有一个想法，那就是获得勋章。年纪还小的时候，他就像其他小孩戴军帽一样，戴着镀锌的荣誉军团[1]十字勋章走在街道上，他挺起自己佩戴着红缎带和金属勋章的胸膛，骄傲地把手伸给自己的母亲。

他成绩不佳，高中毕业会考[2]失利之后，他不知道该干什么，因为家里有钱，他就和一个漂亮女孩结婚了。

他们像有钱的中产阶级那样住在巴黎，只跟同类人打交道，不和其他的群体往来。他认识了一位将来有可能当上部长的议员，为此沾沾自喜。他还认识了两位当司长的朋友。

但是，幼年时就根植于萨克蒙先生头脑中的那个念头，从未离开过他。长久以来无法给自己的礼服别上一条小小的彩色缎带，这一点一直折磨着他。

---

1 荣誉军团（Légion d'honneur），1802年由拿破仑创立，用来表彰对国家有功的军人或平民，是一种荣誉军衔，分为五个等级，下文提到的"军官"（Officier）和"骑士"（Chevalier）分别为第四和第五等级。
2 高中毕业会考（Baccalauréat）简称"Bac"，亦可翻译为"业士学位考试"，指法国高中生在结束高中学业时，为了进入大学、大学预备班、就业而参加的考试。

在大街上遇到那些佩戴勋章的人,都像是在他心里扎了一刀。他心中燃着熊熊妒火,在一旁盯着他们看。有时候,漫长的午后他无所事事,就开始数遇到了几个这样的人。他心里想:"让我们瞧瞧,从马德莱娜教堂到德鲁奥大街,我能遇见多少个。"

他走得很慢,审视他们的穿着,老练的眼睛远远地辨认着那一个小小的红点。当他走完这趟路途的时候,总要为那数字感到惊愕:"八个军官,十七个骑士。这么多!这样颁发十字勋章真是太愚蠢了!让我们瞧瞧,要是我原路走回去,是不是还有这么多。"

回程的时候他走得很慢,来往的人群十分拥挤,干扰了他的调查,他担心自己数漏了几个人。

他很清楚在哪些街区可以碰到最多这样的人。王宫附近尤其多;歌剧院大街就比和平街要少一些;林荫大道的右侧要比左侧多。

他们似乎还偏爱某几家咖啡馆、某几个戏院。萨克蒙先生每回瞧见一众须发皆白的老先生聚在人行道上,妨碍交通时,他心里总会想:"这些人都是荣誉军团的军官!"他内心简直忍不住想要向他们致意。

比起区区骑士,军官们有一种不同凡响的仪态(他时常注意到这一点)。他们昂首的姿势就不同。在一般人看来,他们正式地享有更高的声誉,拥有更大的影响力。

有时候,愤怒也会涌上萨克蒙先生的心头,那是一股冲着勋章获得者的怒火;他怀着社会党人的那种仇恨之情,怨恨着这些人。

然而，当他回到家中，在与如此多的十字勋章擦肩而过之后，他受了刺激，就像一个饥饿的穷人从一家家大食品商店门口走过一般，他大声嚷着："所以啊，我们到底什么时候才能和这个肮脏的政府分道扬镳？"他的妻子有些意外，问他："你今天是怎么了？"

他答道："我为到处都能看见的一切不公感到愤怒。啊！巴黎公社那些人是对的！"

但是吃完晚饭他又出门了，他要去仔细看看售卖勋章的店铺。他细细查看那形状各异、颜色缤纷的象征之物。他渴望拥有这一切，在一个公开的仪式上，在一间人头攒动、到处都是赞叹声的大厅里，挺着胸膛，走在队伍的前列，胸口上顺着他的肋骨挂的一排勋章闪闪发光，他领着一众人庄重地走过，胳膊下夹着折叠式的高顶礼帽，在一片赞赏的低语和钦佩的嘈杂声中，宛若一颗明星。

可是！他并没有任何可以拥有勋章的头衔。

他心想："荣誉军团的勋章对一个没有公职的人来说实在太难了。没准我可以试试拿一枚学术军官勋章！"

但他并不知道该如何获得它。他将这件事告诉了自己的妻子，后者十分错愕。

"学术军官勋章？你有做过什么能拿到这枚勋章的事情吗？"

他发起火来："你最好听明白我说的话。我就是想找点儿事情做。你有时候真的很蠢。"

她露出笑容："太好了，你说得对。但我不知道。"

他有了一个主意："要是你能跟若赛兰议员谈谈这件事，他肯定能给我非常好的建议。你也知道，我不敢直接和他提起这件事情。这太敏感，而且太难了。但是由你来说，事情就会变得自然了。"

萨克蒙太太就按他要求的去做了。若赛兰先生打包票说会跟部长提这件事。接下来，萨克蒙先生一直纠缠他。议员先生最后回答道，他应该拟一个申请，罗列自己的职衔。

职衔？这下好了，他甚至连业士文凭[1]都没有。

然而他还是行动起来，开始写一个小册子，探讨的主题是"论公民受教育之权利"。但由于才思匮乏，他没能完成。

他开始找寻其他比较容易的主题，连续尝试了几次。一开始是"论儿童的直观教育"，他想着在贫穷的街区为小孩子们建几个免费的戏院，父母可以在孩子还小的时候就带他们去，通过幻灯片的方式，教给孩子们所有人文知识的概念，就像正式的课程一样。通过观看来训练大脑，图片会留下深刻的印象，这样一来，科学就变成了可见的事物。

用这种方式来教通史、地理、自然史、植物学、动物学、解剖学，等等，难道不是再简单不过了吗？

他把这篇论文印刷成册，给每个议员都寄了一册，给每位部长寄了十册，给总统寄去五十册，还给巴黎的每个报社都寄了十册，外省的报社则每个寄了五册。

之后他开始研究街头图书馆的问题，认为国家应该在每条小道上设立装满图书的流动车，就像小商贩装满橘子的小车那样。

---

1 通过了高中毕业会考便可获得此文凭。

只需支付一个苏的租金，每个居民每月就有权租借十本书。

萨克蒙先生还说："公众只愿意为娱乐而挪动身躯。既然他们不会去找寻教育！那教育就应该主动去找他们。"诸如此类的话。

他的这些论文没有引来一点儿反响。然而他还是提交了申请。得到的回复是，他的申请已经记录在册，正在研究之中。他自信一定能成功。他等待着，但再无音信。

于是，他决定采取一些个人的手段。他要求和国民教育部部长见面，接待他的是部长办公室的一位专员，十分年轻，但相当严肃，一副自以为是的样子，他就像弹钢琴那样，不时地按下一排白色的小按钮，把前厅的传达人员、侍者还有下属们叫进来。他对这位求见的人说，他的申请正在顺利进行中，还建议他继续进行这些卓越的研究。

萨克蒙先生再一次投入创作中。

议员若赛兰先生眼下似乎对他的成功有了更多的兴趣，还给了他许多非常实用的好建议。他早先就已经获得勋章，但没有人知道他是由于何等成就而获此殊荣的。

他给萨克蒙先生指明了应该着手进行研究的新项目，介绍他加入一些学术团体，这些团体为了名声，总是研究一些晦涩的科学问题。他甚至在部里帮萨克蒙先生说好话。

而之后的某一天，议员来到这位朋友家中吃饭时（几个月以来他经常到萨克蒙先生的家里用餐），握住了萨克蒙先生的手，低声说道："我刚刚帮您争取到一件美差。历史研究委员会委托您到全法国的不同图书馆去做调查研究。"

萨克蒙先生激动得要晕过去了，饭也不吃，水也不喝。一周后，他出发了。

他去了一座又一座城市，研究图书馆的藏书目录，在塞满落了灰的书籍的阁楼里到处翻看，图书馆管理员对他简直恨之入骨。

然而，有一天晚上，他正在鲁昂，忽然想要回去和自己已经一周未见的妻子亲热一番；他搭乘了晚上九点的火车，午夜时分就能到家。

他用自己的钥匙开了家门，悄无声息地走了进去，愉快得颤抖起来，想到自己要给妻子带来惊喜就十分激动。但他妻子的房门紧闭，真扫兴！于是，他隔着门喊了一声："让娜，是我！"

她应该是吓坏了，他听见她从床上蹦了下来，像还在睡梦中那样自言自语。随后她跑向了自己的洗漱间，打开门又关上，光着脚在房间里快速地来回跑了好几趟，家具都晃动起来，玻璃器皿也发出响声。终于，她问道："真的是你吗，亚历山大？"

他答道："是的，是我，开门！"

门开了，妻子扑进他的怀中，吞吞吐吐地说着："哦！太吓人了！太惊喜了，太让人开心了！"

就像往常那样，他开始依次脱去自己身上的衣服，随后伸手从一把椅子上抓过大衣，往常他都把大衣挂在前厅。但是，他突然被惊得一动不动了。这件大衣的纽扣孔上挂着一条红缎带。

他结结巴巴地说："这……这……这件大衣上有勋章！"

他的妻子一下子蹦得老高，一把扑过来抢过他手里的大衣："不……你搞错了……把衣服给我。"

但他始终扯着一只袖子没有放开，十分慌乱，嘴里反复叨念着:"嗯?为什么?……你跟我解释解释?……这件大衣是谁的?……这上面有荣誉军团的勋章,肯定不是我的!"

她猛地从他手里扯走衣服,惊慌失措,磕磕巴巴地说:"你听着,你听着……把衣服给我……我不能告诉你……这是个秘密……你听我的。"

但他怒气冲冲、脸色惨白:"我要知道为什么这件外套会出现在这里。这不是我的。"

于是,她冲着他的脸大喊起来:"就是你的,你闭嘴,我发誓……你听着……嗯,就是说!你已经获得勋章了!"

他一时间情绪过于激动,放开了那件大衣,跌坐在椅子上。

"我获……你说……我获得勋章了!"

"是的……这是个秘密,一个天大的秘密……"

她把那件光荣的大衣收进衣柜里,随后走回自己的丈夫身旁,浑身颤抖,脸色发白。她接着说道:"是这样的,这是一件新大衣,是我给你定做的。但我发誓不能跟你说这件事,因为还得等上一个月或者六个周,才会正式通知授勋。得等到你的任务都完成之后才行。本来应该等你回来的时候才让你知道。这是若赛兰先生为你争取到的……"

萨克蒙先生浑身瘫软,嘴里念叨着:"若赛兰……得到勋章了……他让我获得勋章了……我……他……啊!"

他不得不去喝了杯水。

有张白色的小卡片躺在地上,是从那件大衣的口袋里掉出来的。萨克蒙先生捡起它,那是一张名片。他读出来:"若赛兰,议员。"

"你瞧吧。"他的妻子说道。

他开心地哭了起来。

一周之后,政府公报上宣布:由于特殊的功绩,萨克蒙先生被授予荣誉军团骑士勋章。

《勋章到手了!》(*Décoré!*) 1883 年 11 月 13 日发表于《吉尔·布拉斯》(*Gil-Blas*)杂志,发表时署名"墨菲涅斯"(Maufrigneuse)。

一家人

开往纳伊的有轨电车刚刚经过马约门，眼下正沿着林荫大道行驶，大道的尽头就是塞纳河。小小的火车头拖着车厢，不时鸣笛让车前的行人让开，它喷着蒸汽，呼哧直响，像一个快速奔跑的人，简直要喘不过气来了；火车的铁腿一直运动着，它的活塞一个个都发出急促的响声。夏日傍晚的酷热笼罩在整条铁路上，虽然一丝风也没有，但还是到处飞舞着尘土。那白色的尘土像粉笔末一样，浓厚，让人窒息，而且还热烘烘的，它们粘在汗湿的皮肤上，或者粘在人的眼睛上，最后跑进了肺里。

好些居民都走到自家门外，想要透透气。

电车的窗子都被降了下来，窗帘则在急速行驶中高高扬起。只有零星几个人还待在车厢内，因为在这种炎热的日子里，大家总是更乐意去顶层或者车厢外的平台上。有几位穿着十分滑稽的胖太太，一般是住在郊区的小市民，她们总爱用这种不合时宜的端庄来弥补自己所缺乏的高贵气质；还有几位单位里的小公务员，面色蜡黄，背也驼了，长期伏案工作导致他们的肩一高一低。他们那忧愁不安的神色透露出对生计的忧虑，钱总是不够用，早年的雄心壮志已经被磨灭干净；他们最终变成了那种衣着破旧的穷人，拮据地住在巴黎郊区的垃圾场边上，房子破旧不堪，用白灰刷了墙，门口有个花坛，就当作自己的花园了。

紧挨车门的地方，坐着一个矮胖的男人，整张脸浮肿着，肚子都垂到两条张开的大腿上了，穿着一身黑，佩戴了勋章，他正与一位穿着随意的瘦高男人说话，后者身上的白色斜纹衣服很脏，还戴着一顶破旧的巴拿马草帽。矮胖男人说话时语速缓慢，每每迟疑的时候都像个结巴。这人是卡拉万先生，海军部的高级文员。另一位从前在一艘商船上当过卫生员，后来在库尔布瓦圆形广场一带落脚，利用自己一生漂泊所剩的浅陋的医学知识，给那儿的穷苦百姓看病。他让别人叫他医生，名为舍耐。关于他的德行，有不少流言蜚语。

卡拉万先生一直过着办公室职员那种规规矩矩的生活。三十年来，他一天不落地去办公室，每天早上都走同一条路，在同样的时间经过同一个地方，碰见同一群要去上班的人；每天傍晚，他原路返回，再一次看见同样的面孔，而他们正在一点点老去。

每天，他在圣奥雷诺街区的街角花一苏买一份报纸，再买上两个小面包，接着就像个罪犯似的走进部里，他看起来仿佛要去自首；他匆匆忙忙地走进自己的办公室，满心焦虑，总是害怕自己什么时候的一点儿疏忽会引来一顿斥责。

他这一成不变的生活从未有过什么变故；因为他只关心自己办公室里的事物，只关心晋升和奖金。他不论是在部里，还是在家里（他娶了部里一位同事的女儿，对方没有嫁妆），从来只谈论自己的工作。他那毫无技术含量的活计和空泛的日常生活，使得他的大脑无须思考和部门无关的事情，他也没有其他的期望和梦想，以至于他的头脑日益退化了。虽然他在这份工作中自得其乐，心中却也时常有苦涩之感：那是因为部里来的那些海军专员，人称"白铁匠"，因为他们的制服上有银白色的饰带，他们一进来就成了科长或副科长；每天夜里吃晚餐的时候，他总要激动地和妻子说起这件事，两人同仇敌忾，认为这无论如何都是极不公正的，怎么能把巴黎的这些职务给了那些本该在海上游荡的人呢？

他如今已经老了，根本没有察觉到自己的一生是如何流逝的。从中学毕业之后他马不停蹄地进了办公室，原先他怕得浑身发抖的学监，如今被自己的上司所取代，他们依旧让他心有戚戚。从那些暴君上司的办公室门口经过时，他常常怕得浑身战栗；由于长期处在这惊吓之中，他习惯露出一副局促不安的模样来，脸上挂着卑微的神色，一紧张说话就结巴。

他对巴黎的了解少之又少，甚至不比那个每天被自己的狗引到同一扇门前的瞎子了解得更多；而且，哪怕他读着那份一苏买来的报纸，那上面的种种逸事或丑闻，都被他当成了编造出来的异想天开的故事，目的不过就是供他们这些小职员消遣罢了。他循规蹈矩，是个无帮派的保守分子、一切"新生事物"的敌人，他看报纸的时候跳过了那上面的政治新闻，再说了，这份报纸总是因为某一方给了钱就扭曲事实的真相；而当他每天晚上走到香榭丽舍大街上，看见汹涌的人潮、来往的马车和随从时，他就像一个从遥远国度来的旅人，感到浑身不自在。

这一年，他达到了三十年的服务期限。这年的一月一日，政府给了他一枚荣誉军团的十字勋章，用以表彰他——作为被钉在绿色卷宗上的可怜苦役犯中的一员——在这军事化管理的机关中的"长期苦役"（大家一般称为"竭诚服务"）。这未曾料到的荣誉使得他对自己的能力刮目相看，有了更高的评价，而且还改变了他的各种习惯。从那之后，他再也不穿杂色的长裤和样式新奇的上衣了，取而代之的是黑色的马裤和长礼服，如此一来，他就能更好地把那条宽宽的勋章缎带别上去了。此外，他开始每天早上都刮胡子，仔细修剪自己的指甲，每两天换一次衬衣。这一切都出于一种想要符合礼仪、尊重国家荣誉军团的情感，毕竟他是荣誉军团的一员。换言之，一夜之间，他像换了个人似的，成了另一个卡拉万先生，浑身上下干净整洁，而且威严得体。

在家里的时候，他时时提起"我的勋章"。他是如此骄傲自满，以至于他无法容忍别人在衣服的扣眼上挂着其他类型的勋章。特别是看见外国勋章的时候，他简直被激怒了："就不该允许他们在法国戴那种勋章！"他尤其对每天晚上在轻轨上遇见的舍耐医生有十足的意见，因为后者戴着一枚不知道什么来历的勋章，有白的、蓝的、橙的或者绿的。

这两人的谈话从凯旋门持续到纳伊，内容也总是相同的。这一日同往常一样，他们先是谈起了本地的种种弊病，这些问题让他们十分光火，但纳伊的市长却似乎对此并不关心。接下来，既然与他同坐的是一位医生，卡拉万自然谈起了关于疾病的话题，期待借此拾得落穗，得到一些免费的建议，甚至是一次诊断。当然，不能让医生看出他这点小心思。此外，他近些日子也为自己的母亲担忧。她最近有过几次眩晕，而且持续的时间越来越长；尽管老人已经九十岁了，但她偏偏拒绝接受治疗。

母亲的高龄牵动着卡拉万的心，他几番重复地对舍耐"医生"说道："您能经常遇到这么高寿的人吗？"他愉悦地搓着自己的双手，这倒不是说明他期望自己的母亲能永远在世，而是因为母亲的高龄似乎也预示着他能长寿。

他继续说道："哦！在我们家里，人人都挺长寿；所以啊，我很确信，要是不出什么意外，我也能活到特别老。"这个卫生员同情地瞥了他一眼，看了看眼前这张红润的脸庞，那堆满脂肪的脖颈，还有那垂到两条肥厚大腿上的肚腩，以及这个脑力早已衰退的办公室职员那一身暗示着容易中风的肥肉；随后，他伸手抬了抬自己头上那顶老旧的巴拿马草帽，嘿嘿笑了两声，回应道："别这么肯定嘛，老兄，您的母亲身形干练，而您却大腹便便。"卡拉万十分尴尬，便不吭声了。

但电车这时到站了。这两人下了车，舍耐先生提议去对面那家他们俩经常光顾的环球咖啡馆，他要请卡拉万喝杯苦艾酒。老板是熟人了，朝他们伸出两根手指头，他们越过柜台上的酒瓶子握了下手，随后就朝那三个从中午起就在那儿打多米诺骨牌的牌迷走去。他们热情地互相打了招呼，习惯地问了句："有什么新鲜事吗？"牌迷们又重新投入牌局，等到他们告辞的时候，这几个牌迷头都没抬起来，只是伸出手来；他俩握了手之后就各自回家吃晚饭了。

卡拉万住在一栋三层楼的小房子里，那房子在库尔布瓦圆形广场附近。一楼开了一家理发店。

两间卧室，一个餐厅和一个厨房，还有几张修补过的椅子，根据需要在不同的房间里被搬来搬去，这就是公寓的全貌了。卡拉万太太把时间都用在了打扫上，而她十二岁的女儿玛丽-露易丝和九岁的儿子菲利普-奥古斯塔则在街上的水坑里狂奔，和街区的其他顽童混在一起。

卡拉万让自己的母亲住在楼上,这老太太的吝啬远近闻名,她那骨瘦如柴的身形简直让人感叹,"上帝"在她身上践行了她节俭的原则。她脾气也不好,没有哪一天不和别人争吵或者发脾气。她从自己的窗户对站在自家门口的邻居们破口大骂,或者大声斥责小商小贩、马路清洁工,还有小孩们。那些孩童为了报仇,总是在她出门时远远跟在她身后,朝着她喊:"老——妖——婆!"

家里有一个矮小的女佣,是个诺曼底人,粗心大意得让人难以置信。她负责打理家务,睡在三楼老太太旁边,以防万一。

卡拉万回到家里的时候,他那位打扫成瘾的妻子正拿着一块法兰绒擦拭那几张散落在各个房间里的桃花心木椅子。她总是戴着线手套,头上是一顶饰有五彩斑斓的缎带的无檐软帽,那帽子老爱滑到她一边的耳朵上。每次有人因为瞧见她不停地打蜡、洗刷、擦拭或者清洗而感到惊讶的时候,她总会一次次地说道:"我并不富有,在我们家里一切都很简洁,但整洁就是我的奢侈,这和其他的奢侈没有什么两样。"

她固执,而且十分讲究实际,所以她在各方面都成了自己丈夫的指导。每天晚上,无论是在餐桌上,还是到了床上,他们始终不停地谈论办公室里的事情。尽管她比自己的丈夫小了二十岁,卡拉万还是像对待神父那般向她吐露内心的想法,并且遵循她的一切建议。

她未曾有过标致的岁月,而如今她已经丑陋难看,身材矮小、瘦骨嶙峋。糟糕的着装让她仅有的一点儿女性特征也消失了,本来,只需要一点儿穿衣的技巧,就能让这些特征凸显出来。她的裙子似乎总是歪向一边，而且她很爱挠痒，不分场合、随时随地，就像一种成瘾的习惯。她身上唯一的装饰，就是那些饰有不同颜色丝绸缎带的浮夸帽子，但她也只习惯在家里戴这些帽子。

一瞧见自己的丈夫，她就直起身来，吻了他长着胡子的脸颊，问道："你还记得波丹吧，亲爱的？"（这指的是他答应为她做的一件事情。）但他一下子惊得跌坐在椅子上；这已经是他第四次忘记了。

"太糟了，"他说道，"真的太糟了。我一整天都想着这件事，结果一到晚上我就又把它给忘了。"但正当他表现出歉意的时候，她安慰自己的丈夫说：

"你明天会记住的，这就行啦。今天部里没有什么新闻吧？"

"有啊，今天有一个大新闻：又有一个'白铁匠'被任命为副科长了。"

她瞬间变得非常严肃：

"哪个科的？"

"外部采购科。"

她愤怒了：

"那就是说把拉蒙换下来咯，我原本希望你会得到这个位置啊。那拉蒙呢？他退休了吗？"

他含混不清地答道：

"退休了。"

她暴跳如雷，帽子滑落到肩膀上：

"完蛋了，你看吧，这是什么单位啊，现在是什么指望也没有了。这个新上任的军官，他叫什么名字？"

"博纳索。"

她把海军年鉴拿了过来,这东西她一直放在手边,她翻查着:"博纳索。——土伦[1]。——1851年生人。——1871年任见习军官,1875年任助理军官。"

"这人出过海吗?"

听到这个问题,卡拉万的心绪转晴了。一阵快活让他乐得肚子都颤抖起来:"跟巴浪一样,跟他的顶头上司巴浪一模一样。"他笑得更大声了,接着又说起了整个部里都觉得很经典的那一则老笑话:"千万别让他们走水路去视察黎明[2]的水军站,因为苍蝇船[3]会让他们晕得七荤八素。"

但她仿佛没听见,神情依旧严肃,缓缓挠着自己的下巴,喃喃说道:"要是我们能认识一位议员就好了。一旦议会知道部里发生的这些事情,部长就得走人了……"

楼梯口传来叫喊声,打断了她的话。玛丽-露易丝和菲利普-奥古斯塔从街沟里回来了,他们俩每跨上一个台阶,不是你打我一耳光,就是我踢你一脚。他们俩的母亲怒不可遏地冲了出去,抓住他们俩的胳膊,使劲地晃着这两个孩子,把他们丢进屋里。

他们一瞧见自己的父亲,就立马朝他扑了过去,他温柔地抱住两个孩子,就那么抱了好久,然后让他们坐在自己的腿上,和他们谈起话来。

---

1 土伦(Toulon),法国东南部的港口城市。
2 黎明(Point-du-Jour),系巴黎的旧城门之一,位于如今的巴黎16区。该城门为塞纳河右岸下游的第一个城门,过了这个城门就能到达巴黎的郊区。
3 苍蝇船(Bateau-mouche),塞纳河上的开放式游船,顶层为露天设计,可以让旅客近距离欣赏塞纳河两岸的风光。

菲利普－奥古斯塔是个难看的孩子，头发乱蓬蓬的，从头到脚都肮脏不堪，还长了一张痴呆的脸。玛丽－露易丝和她的母亲十分相像，不仅像她一样说话，重复她说的话，甚至还模仿她的姿势动作。她也说："今天部里有什么新闻吗？"卡拉万快活地回答了她："你的好朋友拉蒙，就是每个月都会来我们家里吃一次晚餐的那个人，就要离开我们了，我的宝贝儿。有个新的副科长要坐到他的位置上。"她抬起头看着自己的父亲，带着早熟的孩童才有的怜悯口吻说道："那就是说，又有一个人踩着你的背爬上去了。"

他不笑了，也没应声。随后，为了转移话题，他就对正在擦玻璃的妻子说道："妈妈在楼上都好吗？"

卡拉万太太停下了手里擦洗的活计转过身来，把滑落到自己背上的软帽扶正，嘴唇颤抖着说："啊！对了，我们就来谈谈你的母亲吧！她简直是给我摆了一道！你知道吗，勒博丹太太，就是楼下理发师的妻子，她刚才上楼来要跟我借一包淀粉，那会儿我刚好出门了，你妈就像赶要饭的一样把人家撵了下去。当然，我也去跟你妈大吵了一架。她还是那样，一旦有个人要跟她说点儿道理、讲点儿真话，她就跟听不见人说话似的，但她肯定不比我聋啊，你也是知道的。她就是装的，完全是装的，证据就是她一句话也没说就立刻上楼回自己房间去了。"

卡拉万尴尬得一句话也说不出来，这时小个子女佣急匆匆走进来说可以吃晚饭了。于是，他拿过那把一直藏在角落里的扫帚，敲了三下天花板，通知母亲吃饭了。大家走去餐厅，卡拉万太太一边给大家盛汤，一边等着老太太下来。但她迟迟不来，汤也要凉了。于是，大家就慢慢吃了起来，等到汤盘空了，大家又继续等着。卡拉万太太气愤不已，开始埋怨起自己的丈夫："她就是故意的，你知道吧。你还老是站在她那一边。"他夹在这两人之间左右为难，于是让玛丽-露易丝去叫奶奶，自己一动不动，低下头去，而他妻子正愤怒地拿刀子敲着玻璃杯的杯脚。

门突然开了，女孩独自一人回来了，喘着气，脸色苍白，她着急地说："奶奶摔倒在地上了。"

卡拉万猛地站了起来，把餐巾往桌子上一扔，冲上楼梯。他沉闷但匆忙的脚步声传了下来。他的妻子则认定这是她婆婆耍的花招，轻蔑地耸了耸自己的肩膀，这才慢悠悠地跟着上楼去。

老人就直挺挺地趴在房间的中央，当她的儿子把她翻过来的时候，她一动不动，那身躯如此干瘦，饱经风霜的肌肤发黄起皱，她双眼紧闭，牙也咬得死死的，整个消瘦的身体已经僵硬了。

卡拉万跪在老人身旁，呜咽着说："我可怜的妈妈呀，我可怜的妈妈啊！"而卡拉万太太只是看了老人一眼，就断言道："啊哈！她又晕过去了，就是这样而已。她就是不让我们吃晚饭，肯定是这样。"

大家把她抬到床上，脱去她身上的衣物。所有人——卡拉万，还有他的妻子、女佣，开始给她按摩起来。但无论怎么努力，她都没有恢复意识。随后，他们就让女佣罗萨莉去找舍耐"医生"。他住在离码头不远处，靠近叙雷纳[1]的地方。那位置有点儿远，等待格外漫长。他终于来了，他仔细地察看了老人，触诊并听诊

---

1 叙雷纳（Suresnes），巴黎西郊的城市，位于塞纳河左岸。

了这位老人后,才说道:"节哀。"

卡拉万扑到母亲身上,急促地抽泣起来,浑身颤抖;他亲吻着自己母亲已经僵硬的脸庞,抽搐般地抖个不停,号啕大哭,硕大的泪珠像水滴一颗一颗地落在了死者的脸上。

卡拉万太太也露出了恰当的悲伤神情来,她站在自己的丈夫身后,发出轻轻的呜咽声,不停地揉着自己的眼睛。

卡拉万突然又站了起来,脸庞浮肿,稀薄的头发也凌乱不堪,在这真正的痛苦中显得十分丑陋:"但是……您确定吗,医生……您真的确定吗?……"卫生员急忙靠过去,用专业而且灵巧的手法摸了下尸体,像一个生意人夸耀自己的商品那样,说道:"您瞧,我的老兄,看这眼睛。"他翻开老人的眼睑,老人的眼珠子在他手指底下露了出来,那看起来并没有什么两样,或许只是瞳孔有点儿大。卡拉万的心就像是被捅了一刀,一阵惊骇穿透了他的骨头。舍耐先生抓起那条已经僵硬了的胳膊,用力掰开老人的手指头,面有愠色,仿佛眼前是一位反驳他的人,气冲冲地说道:"您看这手,我从来不可能弄错的,尽管放心吧。"

卡拉万又扑到床上打起滚来,几乎是在大喊大叫;而他的妻子,虽然始终假装哭哭啼啼,但也做起了必要的事情。她把床头柜挪过来,在上面铺了块餐巾,点燃了四根蜡烛立在上面,然后取来了挂在壁炉台镜子后面的一根黄杨枝,搁到了位于蜡烛之间的一个碟子里,那里面装满了清水——因为一时找不到圣水。但是她脑子里迅速转了转,又往这水里加了一小撮盐,心想,这样毫无疑问就算是完成了祝圣仪式。

当她完成死神到来所需的种种仪式之后,就又站在那里一动不动了。而那个卫生员,之前一直在帮她摆各种物件,眼下低声对她说道:"应该把卡拉万领到外面去。"她点头表示同意,便走到自己丈夫身旁。卡拉万还在啜泣,始终跪在那儿,她拉住卡拉万的一条胳膊,舍耐先生拉另一条,把他扶了起来。

他们先让他坐到一张椅子上,他的妻子亲了亲他的额头,劝慰他。卫生员也附和着种种道理,要他坚强,要他鼓起勇气,还要他接受这事实,而这恰恰是一个人在这种突如其来的不幸中根本做不到的事情。随后两人又搀起他的胳膊,把他领到屋外去了。

他就像一个巨大的孩童,不停地啼哭着,不时痉挛般地打几个嗝,整个人萎靡不振,双臂垂落,双腿也瘫软了。他毫无意识地走下楼梯,机械般地挪动着两条腿。

他们让他坐到平日里吃饭时坐的那张扶手椅上,眼前是几乎见底的盘子,他的汤勺还浸在没喝完的汤水里。他就那么待着,一动也不动,眼睛直勾勾地盯着自己的杯子,完全呆滞,脑袋里一片空白。

角落里,卡拉万太太和"医生"交谈着,打听种种手续,询问各种必要的信息。末了,舍耐先生像是在等待什么似的,抓过自己的帽子,说他还没有吃晚饭,道过别便要离开了。她喊了起来:

"什么,您还没有吃晚饭吗?您得留下来,医生,您留步!您可以吃我们吃的那些,您是了解我们的,我们吃不了太多东西。"

他带着歉意地拒绝了,她坚持说:

"这怎么可以?您得留下来。在这样的时候,我们很庆幸有朋友陪在我们身边;而且,您或许能让我丈夫振作一些,他非常需要打起精神来。"

"医生"鞠了一躬,然后把他的帽子放到了家具上:"要是这样,那我就留下来吧,太太。"

罗萨莉依旧十分慌乱,卡拉万太太吩咐了她几句,随后在餐桌边落座了,她说:"这不过是做做吃饭的样子,主要是要陪着'医生'。"

大家吃起了已经凉掉的汤。舍耐先生还添了一次。接下来上的菜是里昂牛肚,飘着一股洋葱的香味,卡拉万太太决定也尝尝这道菜。"非常美味。""医生"说道。她露出微笑:"的确如此。"随后她转向自己的丈夫:"你也吃一点儿吧,我可怜的阿尔弗雷德,好歹填点儿肚子,想想你还得熬过这个夜晚呀!"

他顺从地把盘子递了过来,就好像如果有人让他到床上去,他也会照做。他服从一切,毫无挣扎,也不会多想。他吃了起来。

"医生"自己动手,盛了三次,都吃完了。而卡拉万太太则时不时用餐叉叉起一大块牛肚来,再装出漫不经心的样子把它吃掉。

当一大盘通心粉端上来的时候,"医生"喃喃自语道:"太棒了!这可是好东西。"而卡拉万太太这一回还给大家分餐,她甚至把俩孩子的碟子也装满了。这两个孩子合在一起吃了,眼下没人管,还喝起了纯葡萄酒,桌子底下的腿更是早就已经互相踢来踢去了。

舍耐先生想起来,罗西尼[1]就爱这道意大利菜,他突然说道:"瞧!这居然还押韵呢,我们可以这么开头写一首诗啊——"

---

[1] 罗西尼(Gioachino Antonio Rossini, 1792—1868),意大利作曲家。

罗西尼音乐大师
爱挑通心面条吃……

没有人听他说话。卡拉万太太突然变得心事重重，思忖着这件事所有可能的后果。而她的丈夫把面包搓成了一个个小团，放在桌布上，然后像个呆子一样死死盯着它们看。他好像被一阵极度的渴意击中，不停地把倒满葡萄酒的杯子送到自己嘴边；而他的理智已然被这打击和悲伤弄得崩溃了，变得飘忽不定，仿佛在刚刚开始的、充满艰难的消化进程所带来的那种眩晕中起舞。

至于"医生"，他像个无底洞似的喝个不停，明显看得出已经有了醉意。卡拉万太太自己被精神上的震动所带来的反应弄得坐立不安，也心烦意乱，尽管只喝了水，她却觉得自己的脑袋有点儿混乱了。

舍耐先生开始说起那些他觉得古怪的死亡故事。巴黎的郊区住满了外省来的人，他发现这些农民对死亡并不在乎，无论逝者是自己的父亲还是母亲，而这种不尊重，这种毫无意识的冷漠，在乡下很常见，但在巴黎是很罕见的。他说道："听我说，上个礼拜，皮托路有人来喊我，我就跑着去了。我发现那病人已经去世了，他的家人就围在他边上喝完了整瓶茴香酒，那酒是前一天病人一时兴起想喝，他们才买的。"

但卡拉万太太没听进去，眼下她在思考遗产的事情；而卡拉万脑袋空空，听了也没明白。

咖啡端上来了，为了提神，这咖啡煮得非常浓。这一杯杯加了白兰地的咖啡很快就让他们的脸上出现了红晕，还把他们脑袋里最后那些已经虚无缥缈的思绪搅得更乱了。

而后,"医生"忽然抓过酒瓶子,给大家都倒上了"漱杯酒"。没有人说话,大家都在消化带来的温柔暖意中变得迟钝了,而且饭后还饮了酒,使得他们都沉浸在这肉体的安逸之中,缓缓啜饮着在杯底变成了淡黄色糖浆的甜白兰地。

孩子们已经睡着了,罗萨莉就把他们送到床上去了。

卡拉万如机械一般,试图麻痹自己,想要逃避这一切痛苦,他一次次地喝掉杯中的酒,呆滞的眼神里闪烁起光芒。

"医生"终于起身要告辞了,他抓住自己朋友的胳膊。

"我们走吧,来吧,跟我走,"他说,"呼吸点空气会让您好受一些;面对烦恼,我们可不能原地不动啊。"

他的朋友温顺地服从了,戴上自己的帽子,拿上手杖,出去了。他们两个人互相搀着胳膊,在明亮的星辰之下,走到了塞纳河边上。

夜里的阵阵热风带着香气,这个季节,附近的每个花园里都开满了花,它们的香气仿佛白日里在沉睡,到夜幕低垂时就醒来了,四散而去,混入穿过黑暗的微风中。

宽阔的街道冷冷清清,四下寂静,只有路旁亮起的两排煤气灯,一直延续到凯旋门。但是,在那个地方,巴黎仿佛在红色的雾气中响动起来。那是一种连续不断的轰鸣声,像是远处平原上偶尔有一趟列车全速驶过,或是发出鸣笛声,穿越外省,驶向海滨。

室外的空气拍打在两个人的脸上,先是让他们吓了一跳,差点儿让"医生"失去平衡,而对于卡拉万来说,则是加重了从晚餐时候就已经开始侵蚀他的眩晕。他像是身在梦中,精神已经麻木,不再有跃动的忧伤,一种精神上的迟钝擒住了他,使他无法感知痛苦,甚至由于弥漫在夜色中的温热气息,他感到了一阵轻松。

来到桥上之后,他们转身向右望去,河面上吹来清新的风,扑到他们脸上。塞纳河从高高的杨树前流淌而过,忧郁而寂静;一些星星随波而动,就像游在水中一样。一股轻盈而微白的水汽飘向另一侧的河岸,让吸入肺中的空气有了一丝湿润之意;卡拉万突然站住了,这河水的气息打动了他,挑起他心中些许十分久远的记忆。

他忽然想起了自己童年时的母亲。她弯着腰,跪在以前在皮卡第的家的门口,在那条穿过花园的小溪流边上洗衣服,身旁是堆叠起来的衣物。他听见捣衣杵在寂静田园中回响的声音,听见她的呼喊声:"阿尔弗雷德,帮我把肥皂拿过来。"他闻到了这同样的流水的气味,这相同的从潮湿土壤里升腾而起的雾气,那种沼泽地里散发出来的水汽始终停留在他心上,无法忘却。就在这个夜晚,在他母亲刚刚去世的这个夜晚,他再一次闻到了这个味道。

他直挺挺地站在原地,一阵汹涌的绝望裹挟着他。它就像一道光亮,猛地照亮了他的全部不幸;与这飘忽不定的气息相遇,他一下子被推进了充满无药可医之痛苦的黑暗深渊中。他觉得自己的心被这永恒的分别撕裂了。他的生命被一切为二;他的整个青春被这一场死亡吞噬,彻底消失了。所有的"往昔"都结束了;所有少年时代的回忆都消散了;再没有人能跟他说起旧时的事与物、从前认识的人、故乡,乃至他自己、他过去生命中的点滴的亲密故事。那是他生命中不复存在的部分,而如今,死亡来到了另一部分。

回忆接二连三地浮现。他又看见了年轻时的"妈妈"。她穿着一条旧裙子，那条裙子已经穿了那么久了，仿佛成了她这个人的一部分。他在无数已经忘记了的场景中再一次看见她，那模糊的面容、行为举止、说话的语调，她的习惯、爱好、愤怒，乃至她脸庞上的皱纹、她纤瘦手指的每个动作，还有她那些今后不再会有、曾经却无比熟悉的姿势。

他伏在"医生"身上，发出几声呜咽。他软弱无力的大腿颤抖着，整个肥硕的身躯因为抽泣而颤抖着，他含混不清地说着："我的妈妈呀，我可怜的妈妈啊，妈妈啊！……"

但他的同伴一直醉醺醺的，心里始终想着要去他经常秘密光顾的那些地方结束这个夜晚，对这深沉的悲伤之情失去了耐心，于是他让卡拉万坐到河边的草地上，找了个要去给病人看诊的借口，就立刻离开了。

卡拉万哭了很久，直到他流尽了眼泪，或者说直到他所有的痛苦都流尽了，他才重新感到轻松，仿佛得到了平静，获得了一种突然到来的安宁。

月亮升起来了，温和的月光沐浴大地。高大的杨树站立着，倒映出银色的身影，而平原上的雾气仿佛飘扬的雪花。河水里不再有星辰摇曳了，而是像覆盖了一层珠色，河水始终流淌着，荡漾着闪闪发光的波纹。夜风温柔，气有芬芳。大地在沉睡中透出一股慵懒，卡拉万享受着这夜晚的温柔，他深深地吸气，感觉一股清新之气、一种宁静和超人的慰藉已经沁入他身体的各个末梢中。

尽管如此,他还是抵触这袭上心头的惬意,反复念着"我的妈妈,我可怜的妈妈",想让自己出于一种正派君子的良心而哭出声来;但他已经哭不出来了,甚至再也没有悲伤能让他感到难受,使他像刚才那样痛哭了。

于是他站起身,要回家去了。他步履缓慢,沉浸在宁静的大自然所带来的淡然之中,心也随之平静下来。

来到桥上时,他瞧见了最后一班路面轻轨即将离开月台的信号灯,而轻轨后面,环球咖啡馆的一排窗户里灯火通明。

这时,他忽然想要找个人倾诉自己的不幸,让别人来同情他、关心他。他挂着一副悲伤的神情,推开了咖啡馆的门,径直走向柜台,老板一如既往地待在那儿。他原本以为大家都会站起身来,走过来握住他的手,问他:"您这是怎么回事?"但是,并没有人察觉到他脸上的忧伤。于是,他把臂肘支在柜台上,把脸埋进了自己的手掌里,喃喃道:"上帝啊,上帝啊!"

老板盯着他看,问道:"您生病了吗,卡拉万先生?"他答:"不是的,老兄啊,我的母亲刚刚去世了。"对方心不在焉地说了声:"啊!"这时咖啡馆最里面有一个顾客喊了一声:"请来杯啤酒!"他随即用难听的声音答道:"好的,啊!……马上就来。"然后就上前服务去了,留下错愕的卡拉万。

晚饭前他们来过的那张桌子上,那三位多米诺骨牌的牌迷还在打牌,他们专心致志,一动不动。卡拉万走近他们,希望寻得同情,但似乎谁也没看见他。他决定开口说话:"我刚刚发生了一件非常不幸的事情。"

这三人同时微微抬起头来,但目光仍然锁在自己手中的牌上。

"发生了什么?""我妈妈刚刚去世了。"他们中的一人咕哝道:"啊!太惨了!"一边露出了漠不关心之人假装出来的那种悲伤神色。另一个人不知道该说什么,只是听着,摇摇头,发出一点儿表示悲伤的嘘声来。第三个人继续打牌了,仿佛心里在想:"不过如此!"

卡拉万期待的是人们说的那种"掏心掏肺"的话。看见自己受到这般对待,他便走开了,为这些人对朋友的痛苦如此冷漠而感到愤怒,尽管这种痛苦在这个时候也早已被麻痹,他自己都几乎察觉不到了。

他走了出去。

他的妻子穿着睡衣,坐在敞开的窗户边的一把矮椅子上等他,心里始终想着遗产。

"把衣服脱了吧,"她说,"我们到床上躺下之后再聊聊。"

他抬起头,望着天花板:"但是……楼上……一个人都没有吗?"

"有人,罗萨莉在她身边,你先睡一觉,到凌晨三点再去换她。"

以防万一,他还是穿着短衬裤没脱。他往头上裹了一条头巾,跟在妻子后边也钻进了被子里。

有那么一会儿时间,他们俩并排坐在床上。她思忖着。

哪怕已经到了这个时间,她的睡帽上还缀着一个玫瑰色的蝴蝶结,有些歪向她一侧的耳朵,仿佛这是出于一种她戴所有软帽时都必不可少的习惯。

她突然扭过头来,问他:"你知不知道你妈有没有立过遗嘱?"他支支吾吾:"我……我……不知道……不,肯定没有,她没有立过遗嘱。"卡拉万太太盯着自己丈夫的眼睛,语气低沉又愤怒:"这太卑鄙了,你知道吗!到头来,这十年来是我们在辛辛苦苦地照料她,给她住、给她吃!你妹妹可没为她做这么多事情,早知道换来的是这种报答,我也肯定不干!她如今走了,还留了这个耻辱!你可能要跟我说她给了食宿费,这倒是没错,但是对她孩子的照顾可不是用钱就能付清的,这应该死后用遗嘱来证明。这是体面人都应该做的事情。好啊,我这辛辛苦苦一场算是白忙了!啊!她还真做得出来!还真做得出来啊!"

卡拉万简直要发疯了,他一遍遍地说着:"亲爱的,亲爱的,我求你了,算我求你了。"

慢慢地,她终于平静下来,恢复了平日里的那种语气,说道:"明天早上得通知你妹妹。"

他心中一惊:"说得没错,我都没想到这件事情。天一亮我就去给她发个电报。"但卡拉万太太是个万事都想得十分周全的女人,她阻止了自己的丈夫:"不,十点到十一点之间发就行了,这样在她到达之前,我们才有时间把事情安排妥当。从夏朗东[1]到我们这儿,最多只要两个小时。我们就说你整个人都晕了。而且,隔天早上通知她,也不算什么错误!"

但是,卡拉万拍了拍自己的脑门,用每次谈起自己的上司时用的那种胆怯的语调——甚至是想起这位上司就足以让他发抖了——说道:"还得跟部里说一声。"她答道:"为什么要通知部里?遇到了这种事情,忘了说总是可以原谅的。不用通

---

[1] 夏朗东(Charenton-le-Pont),巴黎东南方的小城,在马恩河汇入塞纳河的交界处,紧邻文森森林(Bois de Vincennes)。

知,你信我;而且你那个科长也不能说什么,你可以让他尴尬一下。""哦!这样没错,"他应声道,"他要是见我没去上班,一定还会大发脾气。没错,你说得很对,这真是个好主意。等我一说我妈妈去世了,他就只能闭上自己的嘴了。"

这个职员为这个玩笑窃喜,一边搓着双手,一边想象自己上司的脸色。此时此刻,老太太的尸首正躺在楼上,就在已经睡着了的女佣身旁。

卡拉万太太又忧心忡忡起来,像是被什么难言之隐所困扰。末了,她下定决心说:"你妈妈把她的摆钟给你了,是不是?就是有个女孩在耍剑球的那个。"他在脑袋里思索了一番,答道:"是,是啊,不过那是很久之前的事情了,那会儿她刚来我们这里。她跟我说,说'如果你好好照顾我的话,这个摆钟将来就给你'。"

卡拉万太太安心了,脸上也转了晴:"那么,你知道吗,我们得去把它拿下来,因为你妹妹要是来了,她肯定就不让我们碰它了。"他迟疑了:"你是认真的吗?……"她起了怒火:"我当然是认真的,我们去搬,没人看见、没人知道,这钟就是我们的了。还有她房间里的那个有大理石面的五斗橱,她把那个橱柜给我了,也是我的,那是先前有一天她心情好的时候说的。我们也把它搬下来。"

卡拉万将信将疑地说:"但是,亲爱的,这可不是件小事情啊!"她转过头看他,怒不可遏:"啊!果真如此!你还是一点儿没变是吧?你宁愿让你的孩子都饿死,也不去动动手吗?在她说要给我的那一刻,这个五斗橱就已经是我们的了,不是吗?要是你妹妹不乐意,那就让她来跟我说啊!我才不把你那个妹妹放在眼里呢。来吧,快起来,我们赶紧去把你妈妈给我们的东西搬下来。"

卡拉万虽然惶恐不安,但还是被说服了,他下床打算穿上裤子,他的妻子阻止了他:"没必要穿那么多,走吧,穿这条短裤就够了。我也就这样上去了。"

于是这两个人穿着睡衣出了房门,悄无声息地走上楼梯,小心翼翼地推开门,来到了这个房间里,四支燃烧的蜡烛围在浸着水的黄杨枝的盘子旁,仿佛只有它们在给僵直的死者守夜。罗萨莉躺在自己的扶手椅上,伸着两腿,双手交叉放在自己的裙子上,头歪向里边,嘴巴也张着,一动不动地睡着了,正发出微微的呼噜声。

卡拉万抱起摆钟。这个帝国时代的艺术品和它同时期的许多其他物件一样,有点儿稀奇古怪。钟上有个镀金的女孩铜像,头上缀了各种花朵,手里抓着剑球,而那个球就是钟摆。"把那玩意儿给我,"他的妻子对他说道,"你去搬那个橱柜的大理石面。"

他照办了。他费了好大力气,呼呼直喘,把那个五斗橱的大理石面扛到了肩上。

随后这对夫妻就离开了。卡拉万弯着腰过了门,颤颤巍巍地开始下楼梯,而他的妻子正倒着走,一只手拿着蜡烛给他照路,另一边胳膊下夹着那个摆钟。

刚回到他们的房间里,她深深地呼出一口气来,说道:"最重的已经搬好了,我们去把剩下的都搬下来吧。"

但柜子的抽屉里全是老人的旧衣服。他们得先找个地方把它们收起来。

卡拉万太太有了主意："你去把门厅里那个冷杉木的箱子拿过来，那东西值不了四十苏，就把它放在这里吧。"箱子拿过来之后，他们就开始倒腾东西。

他们一件一件地把东西拿出来，什么袖套、领饰、衬衣、帽子啦，全是躺在他们身后的这位老太太的破旧玩意，随后他们又把这些衣物整整齐齐地放进木箱里，这么做是为了蒙骗将于隔天到来的布洛太太，也就是逝者的另一个孩子。

把衣服都收拾完之后，他们先把抽屉拿下楼，然后才一人抬着一边把橱柜搬了下来；他们俩思考了许久，要把橱柜放在什么地方才好。他们决定放在卧室里，正对着床，摆在两面窗户之间。

五斗橱一放到位，卡拉万太太就立刻用自己的衣服把它装满了。摆钟立在客厅的壁炉上，这对夫妻认真看了看布置的效果，他们很满意。"这样很好！"她说。她的丈夫也回答道："是啊，很好！"随后他们就上床睡觉了。她吹灭了蜡烛，很快，这栋房子两层楼里的所有人都睡着了。

卡拉万再睁开眼的时候，天已经大亮了。刚起床，他的脑袋里十分混乱，花了好几分钟才把事情都想起来。这一记忆在他的胸口留下重重的一击，他跳下床，情绪又一次激动起来，差点儿哭了。

他立刻来到楼上的房间，罗萨莉仍然睡着，还保持着昨晚那个姿势，一觉睡到了现在。他把她叫起来干活，然后把已经燃尽的蜡烛换掉。之后，他端详着自己的母亲，脑袋里翻涌着一些似乎十分深刻的思想，智力庸常之辈在面对死亡时，总不免受此类宗教哲学的平庸之见所困扰。

但妻子在喊他了,他便下楼去。她罗列了这天上午要做的种种事项,他十分惶恐地接过了这张清单。

他读了起来:

第一,向市政厅报备;

第二,请验尸官过来;

第三,订购棺材;

第四,联系教堂;

第五,联系殡仪馆;

第六,到印刷厂去印讣告;

第七,联系公证人;

第八,发电报通知亲戚。

后面还列了一堆要办的琐事。于是他戴上帽子就出门了。

然而,消息已经传开了,邻居开始陆续上门来,要求瞻仰死者的遗容。

一楼的理发店里,理发师刚刚一边给顾客理发,一边还因为楼上的丧事和妻子拌嘴。

妻子正织着袜子,咕哝道:"又少了一个,少了一个吝啬鬼,像她这种人可不多见了。说实话,我是一点儿也不喜欢她。不过,我还是得上去看一眼。"

她的丈夫正在给客人的下巴抹肥皂,低声抱怨了起来:"瞧瞧,全是这种怪事!只有女人才会这样。活着的时候没闹够你,死后也不给你安宁。"但他的妻子却不慌不忙地接了话:"没办法啊,我还是得去一趟。这件事从早上就烦着我。如果我不去看她,我可能心里会惦记一辈子。不过,只要我去好好看看她,瞧瞧她的模样，后面就能心安了。"

手里拿着剃刀的理发师耸了耸肩膀，朝正在被刮着脸的客人悄悄说道："我想问问您有什么高明的见解没有，这些该死的娘儿们！跑去看一个死人，我可不会觉得有趣！"但他的妻子听见了，不过她没有动怒，只是说："我就是这种人啊，就是这样的。"随后，她把手里的针织活儿往柜台上一放，上楼去了。

已经有两位女邻居在那儿了，和卡拉万太太谈论着这场意外，女主人正在描述细节。

四个女人往停尸的房间走去，轻手轻脚地进了房间，依次往被单上洒了点盐水，跪到地上，一边画十字，一边喃喃祈祷着，末了再起身，睁大眼睛，张着嘴，久久地注视着遗体。这会儿，死者的儿媳妇拿着一条丝巾捂在脸上，装出悲痛欲绝的样子来。

正当转身要离开的时候，她瞧见玛丽-露易丝和菲利普-奥古斯塔两个孩子都穿了衬衣，正站在门边好奇地张望着。她忘了自己假装出来的悲伤，朝两个孩子冲过去，举起手，气冲冲地喊起来："你们在这里干什么？快滚！小浑蛋！"

十分钟之后，她带着另一众邻居又上来了，又一次拿黄杨木往她的婆婆身上洒水、祈祷、哭泣，凡此种种。完成这些任务之后，她又一次发现自己的两个孩子一块儿出现在她身后。她故意给了他们一巴掌；但再往后，她就不再理他们了。只要邻居来致哀，这两个孩子总是跟着，同样跪在一个角落里，一点儿不落地模仿着他们母亲的每一个动作。

到了下午，好事的人就少了许多。很快就没有人来了。卡拉万太太回到自己房里，开始忙碌地准备葬礼的事情。死者此刻孤零零地躺在楼上。

那房间的窗户开着，火辣辣的热气裹挟着飞扬的尘埃涌了进来；四支蜡烛的火苗在一动不动的尸首旁跳跃着；床单上，在那张双眼紧闭的脸上，在两条平放的手臂上，有好些苍蝇爬来爬去，飞来了，又飞走，一刻不停地动着。它们拜访这位老人，也等待着自己死亡的时刻到来。

而玛丽-露易丝和菲利普-奥古斯塔已经跑到街上闹去了。很快，他们俩就被其他小伙伴们围住，尤其是好些小姑娘，她们更机灵，更快地嗅出了生活的一切秘密。她们就像大人那样问道："你的奶奶死了？""嗯，昨天晚上。""死人是什么样的？"玛丽-露易丝解释了起来，说到蜡烛、黄杨枝，还有遗容。一种强烈的好奇在所有孩子心中升腾起来，他们也要上楼去看死者。

过了一会儿，玛丽-露易丝就组织了第一次参观。五个女孩和两个男孩，他们是年纪最大的，最大胆的。她让他们把鞋都脱掉，免得被发现；这个队伍溜进了房子里，就像一群老鼠一样敏捷地上了楼。

一进到房间里，女孩就学起自己的母亲，主持整个仪式。她煞有其事地引导着自己的小伙伴们跪到地上，画十字，口中念念有词，再起身，往床上洒圣水，其他孩子则挤成一团，靠了过来，心中恐惧又好奇，想要看看死者的脸和手，玛丽-露易丝则突然把自己的脸埋进一张小小的手帕里，假装在哭。随后，想到家门外还等着的人，她像是突然得到了慰藉，连忙带着大家跑下楼去，然后把第二组人带了上来，再来是第三组。满街的顽童，甚至是那些个衣不蔽体的小乞丐，都跑来想要体验这新奇的乐趣；而且，每一次她都能把自己母亲的那套动作完美地模仿一遍。

过了许久，她觉得累了。其他的什么乐子把孩子们都吸引了过去；她的奶奶，这个老人孤零零地留在那儿，被所有人完全地遗忘了。

黑暗笼罩了整个房间，在她那满是皱纹的干枯脸庞上，摇曳的烛火光芒正在起舞。

八点钟，卡拉万上楼来，关掉窗户，换了新的蜡烛。眼下他能够平静地走进这个房间了，因为他看惯了尸首，仿佛她已经在那儿躺了好几个月。他发现尸体还没有任何要腐败的迹象，到了吃晚餐的时候，他便把这一点告诉了自己的妻子。后者答道："是吧，她简直就像是木头做的，她能放上一年。"

大家喝着浓汤，一言不发。孩子们疯玩了一天，已经累坏了，坐在自己的椅子上打起了瞌睡，所有人都不说话。

突然，灯光暗了下去。

卡拉万太太连忙去拧灯芯，但油灯发出了油已耗尽的声响，那嗞嗞的声音持续了一会儿，灯灭掉了。忘了买灯油！如果去趟杂货店，肯定要耽误晚饭，大家就去找蜡烛了；但除了楼上床头柜上正在燃烧的那几支，就再没有其他蜡烛了。

卡拉万太太迅速拿了主意，让玛丽-露易丝去拿两支下来；其他人就在黑暗中等着。

大家清清楚楚地听见了女孩上楼的脚步声。随后是几秒钟的寂静；再之后，孩子匆匆忙忙地下楼来了。她推开门，惊慌失措，比前一晚来宣布坏消息的时候还要激动，她喘得几乎说不出话来，咕哝了一句："啊！爸爸，奶奶她在穿衣服！"

卡拉万一下子蹦了起来,他的椅子被带倒了,一直滚到了墙边。他结结巴巴地说:"你是说?……你说什么?……"

但玛丽-露易丝慌了神,也说不出其他话来,只是重复道:"奶……奶……奶奶……她在穿衣服……她要下楼了。"

他疯了一样冲到楼梯口,他的妻子惊恐地跟在他身后;但他在三楼的房门前站住了,一阵惊骇擒住了他,他不敢进去。他会看见什么?反而是卡拉万太太胆大一些,她拧动门把,走进房间里。

屋里好像变得更加阴暗了。屋子的正中央,有个高大而枯瘦的身影在动。老太太站起来了;她从昏迷中醒来,甚至意识还没有完全恢复,她就已经侧过身子,用肘关节撑着自己起身了,吹灭了灵床边上燃烧着的其中三支蜡烛。然后,她有了力气,便起身找寻自己的衣服。她的五斗橱不见了,这起先使她感到困惑,但她一点点地在木箱子里找到了自己的东西,便一言不发地穿起了衣服。倒掉了碟子里的水,把黄杨枝挂到窗户后面去,再把椅子都摆回原来的位置之后,她就准备下楼了,就在这时候,她的儿子和儿媳妇出现在她面前。

卡拉万扑了过去,抓住母亲的手,亲吻她,满眼的泪水;而他身后的妻子假惺惺地念叨着:"真是让人高兴啊!哦,太让人高兴了!"

但老太太没有被感动,甚至没有明白这是怎么一回事,像一尊雕像那样僵在那里,眼神冷冰冰的,唯独问了一句:"晚餐已经准备好了吗?"他有点儿失神,含混不清地答道:"准备好了,妈妈,我们在等你呢。"说完,他十分难得地连忙拉起她的胳膊,而卡拉万太太则拿着蜡烛给大家照路,她倒着一步一个台阶地走在他们前面下楼,就像今天凌晨她给扛着大理石板的丈夫照路那样。

来到二楼的时候,她差点儿撞上正在上楼的人。那是从夏朗东来的一家子,布洛夫人和她的丈夫。

这个女人又高又胖,挺着个像是患腹积水的大肚子,让她整个身子往后仰着。她睁着惊恐的眼睛,差点儿逃走。她的丈夫是一个修鞋匠,个子矮小,络腮胡几乎长到了鼻子上,看起来像一只猴子,倒是不怎么激动地喃喃道:"这是怎么回事?她复活了!"

卡拉万太太一认出他们来,就给他们做了几个十分失望的手势,然后才提高嗓门说道:"瞧呀!怎么回事!……你们来了!真是没想到啊!"

但布洛太太被吓昏了头,没听懂这话里的意思。她低声回了一句:"是你发电报让我们来的啊,我们以为人已经救不回来了。"

她身后的丈夫连忙掐了她一把,让她闭嘴。他从满脸的胡子里露出一个难看的笑容来:"你们邀请我们来,真是太让人高兴了。于是我们立刻就来了。"他话里有话,顺便揶揄了一番两家人长久以来的不睦。而老太太已经走下最后几个台阶,他连忙往前走,用胡须密布的脸在老太太的脸上贴了贴,然后对她那已经半聋的耳朵喊了一句:"都好吗,妈妈?身体还硬朗吧?"

布洛太太还在惊愕中,看着眼前这个自己以为已经死去的人依然活着,她不敢上前亲吻自己的母亲;她那肥大的肚子几乎堵住了整个楼梯,其他人都无法往前走。

老太太有些不安，起了疑心，但还是不发一言地看着围在身旁的这群人，她那灰色的眼珠子十分凌厉，一会儿盯着这个，一会儿盯着那个，可以看出她脑袋里正在想什么，这让她的孩子们很是不安。

卡拉万试图说几句话解释一下："她先前有点儿不舒服，但她现在已经好了，非常好，是吧，妈妈？"

老太太继续往前走，用微弱的、就像是从远处飘来的声音说道："我晕过去了，不过从头到尾我都能听见你们在干什么。"

此后便是一阵尴尬的沉默。大家进入餐厅，随后坐下来吃一顿花了几分钟临时做出来的晚餐。

只有布洛先生保持了镇定。他拿自己凶神恶煞般的猴子脸做起怪相，还说了些阴阳怪气的话，显然搞得大家都十分局促不安。

但只要前厅的门铃一响起来，昏了脑袋的罗萨莉就进来找卡拉万，他不得不丢下自己的餐巾，赶忙出去。他的妹夫还问他今天是不是他的接待日。他支支吾吾地说："只是我订的一些东西，没什么。"

随后，有人送来一个小包裹。他冒冒失失地打开了它，一沓印了黑框的讣告信冒出来。他的脸涨得通红，连忙把包裹合上，塞进了自己的坎肩里。

他的母亲没看见这一幕，她正死死盯着自己的摆钟，那镀了金的剑球在壁炉上摇来晃去。在一阵冰霜般的沉默中，气氛更加尴尬了。

这时，老太太把自己那张女巫般的满是皱纹的脸转向了自己的女儿，眼睛里闪过一丝狡黠，说道："周一的时候，带你女儿来吧,我想见见她。"布洛太太脸上一下子亮了,喊道:"好的,妈妈!"卡拉万太太则脸色苍白,焦虑得几乎要晕过去了。

然而两个男人却开始慢慢地谈论起来了。不过,为了点儿小事,他们开始了一场辩论。布洛胡子拉碴的脸上,一对眼睛在放光,他喊了起来:"先生,私有制就是对劳动者的盗窃。土地是属于所有人的。遗产是下流可耻的!……"但他突然停住了,像一个刚说了蠢话的人那样局促不安;末了,他的语调柔和了许多,补充说道:"但现在不是谈论这些事情的时候。"

门开了,舍耐"医生"出现了。他有那么一瞬间的惊恐,但随即恢复了镇定,走向老太太:"啊哈!老妈妈!今天怎么样啊?哦!我本来就相信您会好的,您瞧,我刚刚上楼的时候还在想,我敢打赌您肯定已经好起来了。"他轻轻地拍了拍她的背:"她就像新桥[1]那么硬朗;她到时候还要参加我们的葬礼呢,大家等着瞧吧。"

他坐下来,接过别人端给他的咖啡,迅速加入两个男人的谈论中去,他同意布洛的看法,因为他自己曾经和巴黎公社有些牵连。

然而老太太觉得累了,想要上楼去。卡拉万连忙走过去。她盯着他的眼睛,跟他说:"你,你立刻把我的摆钟和五斗橱搬回来。"他结结巴巴地说:"是,妈妈。"老太太拉着自己女儿的胳膊一块走了。

卡拉万夫妇两人目瞪口呆,一句话也没说,他们算是栽在了

---

[1] 新桥(Le Pont-Neuf),巴黎塞纳河上最古老的一座桥,于1607年修建完毕。

一场十分难堪的失败里。这会儿布洛搓了搓自己的手,抿了口咖啡。

突然间,卡拉万太太被愤怒冲昏了头脑,朝布洛扑了过去,喊道:"你是个小偷、无赖、下流坯子!……我要吐您一脸口水,我要,我要……"她喘着粗气,找不到词;但他脸上带着笑容,始终喝着咖啡。

他的妻子这个时候正好回来了,于是卡拉万太太又扑向了自己的小姑子。这两个女人,一个身形硕大,挺着个气势汹汹的大肚子,一个身材干瘦,却像得了癫痫一样疯狂;两人嘴上你来我往,什么污言秽语都脱口而出,声调变了,手也气得直哆嗦。

舍耐和布洛上前劝架,布洛推着自己老婆的肩膀,把她推到了房外,喊叫着:"快走吧,你这头蠢驴,别再瞎嚷嚷了!"

所有人都能听见他们在街上一边吵架一边走远了。

舍耐先生也告辞了。

只留下卡拉万夫妇俩面面相觑。

这丈夫跌坐在椅子上,鬓角全是冷汗,喃喃自语:"我该怎么跟科长交代啊?"

《一家人》(*En Famille*)1881年2月15日发表于《新杂志》(*Nouvelle Revue*)。

骑马

这可怜的一家子仅靠丈夫微薄的薪水度日。婚后有了两个孩子后,他们的贫困就成了那种低声下气、遮遮掩掩、自惭形秽的贫困,那种没落贵族家庭强撑门面的尴尬。

赫克托·德·格里布兰是在外省的家族庄园里长大的,抚养他的是一位充当家庭教师的年长神父。那时整个家族已经不太富有,但仍然在表面上维持着体面的生活。

到了二十岁,家里人帮他谋得一个职位,他就进了海军部成了一名职员,年俸一千五百法郎。就像那些没能早早为生活的搏击做好准备的人一样,他在这里触礁了。这些人都是隔雾看山,既不知道耍手段,又不知道反抗,也没有从小就好好培养起来的特殊本事,或是某种突出的才华、激烈斗争的能力,这些人手中也从没获得过一件武器或是一件工具。

他在办公室的头三年非常难熬。

他重新和家族的几位朋友有了联系,都是些落后的老人,而且也并不富裕,他们住在富人街区,也就是说住在圣日耳曼区那些萧索的街道上。这样一来,他周围就形成了一个熟人圈子。

这些拮据的老贵族游离于现代生活之外,谦卑又自负,住在沉睡般的死气沉沉的房子里的最后几层。在这些楼房里,从上到下,人人都有头衔,但不论是二楼还是七楼的住民,钱都是不多的。

无尽的偏见、对贵族地位的眷恋、对失去贵族地位的忧虑,纠缠着这些旧时辉煌、却因为后辈子孙游手好闲而没落的家族。赫克托·德·格里布兰就是在这里遇到了一位和他有着同等贵族头衔又一样贫穷的女孩,便娶她为妻了。

四年里,他们生了两个孩子。

在接下来的另一个四年时间里,贫穷追着这个家庭不放,他们除了每周日在香榭丽舍大街散步,以及每年冬天拜同事所赠的门票去一两次剧院看看夜场演出之外,再无其他娱乐。

但到了这年开春的时候,赫克托的上司给了他一份额外的工作,他因此获得了三百法郎的额外报酬。

一拿到这笔钱,他就对自己的妻子说:

"亲爱的昂莉埃特,应该拿这笔钱来干点儿事,比如带孩子出去玩一趟。"

经过漫长的讨论之后,他们决定到乡下去吃午饭。

"亲爱的,"赫克托大声说道,"老话说'仅此一遭,下不为例',我要为你、孩子们和女佣租一辆四轮大马车,而我呢,就到马场去租一匹马,这对我也是一件好事。"

接下来的一周里,大家的谈话句句不离这次计划中的出游。

每天晚上从办公室回来之后,赫克托都要抓住自己的大儿子,让他跨坐在自己的大腿上,再一用尽力气颠他,一边跟他说:

"下周日,我们去玩的时候,爸爸就要像这样骑马了。"

于是,这孩子整天跨坐在椅子上,然后拖着椅子满屋子跑,一边喊着:

"爸爸骑马马。"

女佣一想起他要骑马伴随马车,就忍不住用一种钦佩的眼神看着男主人;每顿饭的时候,她都要听他说起马术,听他讲从前他在父亲庄园里的赫赫战绩。哦!他受过良好的训练,而且,一旦跨上马,他绝不会害怕,他无所畏惧!

他搓着手对妻子再一次说道:

"要是他们能给我找一匹性子烈一点儿的马,我会很高兴的。你就看我怎么骑马吧。而且,要是你愿意的话,我们从森林[1]回来的时候就走香榭丽舍大道。我们那样肯定很神气,要是遇上部里的什么人,我也觉得高兴。单单凭这一点,就能让部里的上司们对我刮目相看。"

到了说好的日子,马车和马儿一块来到了门前。他连忙下楼去,准备好好检查他的座驾。他已经让人在裤子上缝好了系在鞋底用来扣紧裤管的带子,手里舞着前一天买的马鞭。

他依次将马的四条腿抬起来,一一抚摩检查,又摸了摸马的脖子、两侧的肋部,还有飞节,又用手指头触碰它的腰部,再掰开它的嘴查看它的牙,然后得出这匹马的年纪。这时全家人都下楼了,他就从普遍意义上的马说起,给大家做了些结合了理论与实践的论述,然后讲到了眼前的座驾,他认为这是一匹上好的马。

所有人都在马车里坐好之后,他检查了一番马鞍的肚带,然后踩住马镫,一跃而上,跨落到马背上。马儿一察觉背上有了重量,就立刻蹦了起来,险些把这位骑士摔下来。

---

1 这里指的是布洛涅森林(Bois de Boulogne),紧邻巴黎16区,临近凯旋门和香榭丽舍大街。

赫克托吓了一跳，尽力让它平静下来。

"好啊，我的朋友，安静。"

等到这匹座驾重归平静之后，骑士也恢复了镇定，他说道：

"大家准备好了吗？"

所有人异口同声地答道：

"准备好了。"

于是，他发号施令：

"出发！"

这一队人终于上路了。

所有的目光都汇集到他身上。他像英国人那样让马儿小跑，身子夸张地起起落落，一落到马鞍上，就立刻又蹦跶起来，像是要飞到半空中去。好几回他都差点儿扑到马鬃上，他的眼睛紧紧地盯着前方，脸上的肌肉绷得紧紧的，面色惨白。

他的妻子让一个孩子坐到自己的膝盖上，女佣则抱着另一个，她们一刻不停地说着：

"你们看爸爸，你们看爸爸！"

两个孩子看着来往的车辆，为快乐与鲜活的空气而感到兴奋，发出好些尖锐的喊叫声。那匹马被这些喧闹声所惊吓，终于跑了起来，就在这名骑士试图让它停下的过程中，他的帽子掉到地上了。马车夫不得不在那儿下车帮他捡回来，而当赫克托从他手里接过帽子时，远远地对自己的妻子说道：

"别让孩子们这样叫唤了，不然马要被吓跑了。"

这一众人在维西涅树林里的草地上吃了午饭，食物是放在木盒子里带来的。

尽管有马车夫照料着三匹马儿,赫克托还是不停地站起来去查看自己的那匹马是不是啥也不缺,他抚摩这匹马的脖颈,让它吃面包、蛋糕和糖。

他声称:

"这匹马性子烈,受过专门的小跑训练。刚开始骑它的时候,我甚至都觉得有点儿颠,但你也看见了,我很快就适应了;这匹马儿认识了它的主人,它现在可不再那么好动了。"

就如之前决定好的那样,他们返程的时候走的是香榭丽舍大道。

宽阔的大街上挤满了马车,而且路两边也塞满了散步的行人,简直就像是两条飘扬的黑色长缎带,一直从凯旋门延续到协和广场。剧烈的阳光倾泻在所有人身上,敞篷四轮马车的漆彩反射着光芒,马鞍上的钢、车门上的把手都闪闪发亮。

这车水马龙中的某种疯狂,一种对生活的沉醉,似乎在搅动人群、车辆和牲口。方尖碑就在那儿,立在一片金色的雾气中。

赫克托的马一过凯旋门,立刻就被新的狂热擒住,在一众马车间疾步行走,大步小跑,直奔马厩而去,全然不管背上的骑士费了多大心思想让它平静下来。

马车现在被远远地甩在后面,而他已经来到了工业宫[1]跟前,马儿看见草场,掉头朝右边开始奔跑起来。

一位围着围裙的老太太正缓步穿过车行道,她正好慢悠悠地走在了赫克托前进的路上,他朝她飞奔而去,眼见是控制不住自

---

1 工业宫(Palais de l'Industrie),法国为 1855 年世界博览会而建的建筑,位于香榭丽舍大街,后于 1896 年开始拆除,在该旧址上建起小皇宫(Petit Palais)。

己的马了,他开始拼了命地喊起来:

"喂!嘿!让开啊!"

她可能是个聋子,因为她仍然不急不缓地走在自己的路上,下一秒,马儿的前胸就像一个火车头那样撞上了她,这老太太头着地连翻了三个跟头,身上的裙子凌乱不堪,摔出去大概有十步之远。

周围有人喊起来:

"快拦住它!"

赫克托惊慌失措,紧紧抓着马鬃,吼叫着:

"救命啊!"

一个猛的晃动,让他从这匹马的头上像一颗子弹一样被抛了出去,摔进了一位刚刚冲过来要拦住马匹的警察的怀里。

一时之间,愤怒的人群指手画脚、叫叫嚷嚷,围到他身边。尤其是一位老先生,这位老先生佩戴着一枚硕大的圆勋章,长长的胡须已经白了,似乎已经彻底被激怒了。他一遍遍地说:

"真是活见鬼!怎么会有人笨到这种地步,这种人就不该出门。要是不会骑马,就别到大街上来害人!"

四个人扶着那个老太太出现了。她看起来已经死了,脸色蜡黄,帽子歪在一旁,浑身上下都是尘土。

"快带这位太太去药房,"那位老先生命令道,"我们去警察局。"

赫克托被两个警察夹在中间,往前走去,第三个警察则牵着他的马,一群人跟在后面。这时马车突然出现了。他的妻子跑了过来,女佣几乎要被吓昏了,两个孩子正在哇哇乱叫。他说自己撞到了一个老太太，但没什么大事，他很快会回来的。他的家人们惶恐不安地先离开了。

到了警察局，他做了简短的说明。他报上自己的名字，赫克托·德·格里布兰，在海军部工作，大家等待着伤者的最新消息。有一个警察带着消息回来了。老太太已经恢复意识，但她说自己受了非常严重的内伤，非常难受。她是一个女佣，已经六十五岁了，大家叫她西蒙大妈。

一听到她没有死，赫克托重新燃起了希望，承诺自己会承担医药费用。随后他一路跑着去了药店。

一大群人吵吵闹闹地围在店门口。那个女佣正躺在一张扶手椅上哼哼唧唧，手也不能动弹，满脸痛苦的表情。两个医生还在给她检查身体。四肢都好，没有骨折，但恐怕有内伤。

赫克托问她：

"您很疼吗？"

"啊！疼。"

"哪儿疼？"

"我的整个胃都火辣辣地疼。"

有一位医生靠了过来：

"先生，您就是这起事故的始作俑者对吗？"

"是的，先生。"

"必须送这位女士去疗养中心，我知道有个地方每天的收费是六法郎。您需要我来安排吗？"

赫克托高兴地表示同意，道谢之后就如释重负地回了自己家。

他的妻子满含泪水地等着他。他安慰她：

"没事的,这位西蒙太太现在已经好多了,过不了三天就跟什么都没发生过一样了;我已经把她送去疗养中心了,没什么大事。"

没事!

翌日,从办公室离开之后,他便去看看西蒙大妈的情况。他见到她的时候,这位大妈正满足地吃着一大碗肉汤。

"都好吗?"他问道。

她回答:

"哦,这位可怜的先生,还是那样。我觉得自己差不多要死了。一点儿也没好起来。"

医生则声称还得再等等,因为可能突然会有并发症。

过了三天,他再一次去疗养中心。老太太面色红润,眼神明亮,一见到他就开始哼哼唧唧起来:

"我动不了啦,可怜的先生,动不了啦。我算是残废了,要这样到死了。"

赫克托打了个寒战。他去询问医生,医生举起双手说:

"您想怎么样呢,先生,我也不知道啊。只要我们想把她扶起来,她就开始号叫。甚至我们给她的椅子挪个位置的时候,她都免不了要发出一阵凄惨的尖叫。我只能相信她说的话,先生,我也看不见她内部的情况啊。而且我也没见过她起身行走,所以我真不敢说她在撒谎。"

老人听着,一动不动,眼睛里闪过一丝奸诈。

一周过去了,两周过去了,然后一个月过去了,西蒙大妈始终没有离开她那把扶手椅。她从早吃到晚,开始发胖,快活地和其他病人聊天，似乎已经习惯这一动不动的日子，仿佛是因为她过去五十年跑上跑下、收拾床铺、一层一层往楼上抬煤炭、扫地、到处洗刷，才换来这好好休息的日子。

赫克托慌了神，他每天都来，每天都见她泰然自若、心平气和，她对他说：

"我是动不了啦，可怜的先生，我动不了啦。"

每天晚上，德·格里布兰太太都要焦虑不安地问道：

"西蒙太太怎么样了？"

但每一次，他都万分沮丧地回答：

"还是那样，完全没变！"

他们把女佣辞退了，因为眼下她的工资变得难以负担了。他们比以前更加节俭，那笔额外的报酬也完全搭进去了。

然后，赫克托叫来了四位医生，他们围到老太太身旁。老太太也让他们检查了自己的身体，医生又是把脉，又是按压，她则睁着狡猾的眼睛警戒地看着这几个人。

"得让她起来走路。"其中一人说道。

她喊叫起来：

"我走不了，好医生们，我不能走路了！"

这时候，他们抓住她，把她架了起来，硬拽着走了几步，但她挣开了他们的手，直挺挺地摔在了地板上，发出了骇人的喊叫声，他们连忙十二分小心地把她扶回了椅子里。

医生们谨慎地提出了看法，但最后总结道，她已经丧失了劳动能力。

而当赫克托把这条消息带给妻子的时候，她一屁股跌坐到椅子上，含混不清地说道：

"还不如把她接到我们家里来，这样还能节省一点儿开支。"

他跳了起来：

"这里，我们家，你这是在想什么？"

但她现在已经听天由命了，眼里噙满泪水地说道：

"那你说怎么办，啊？这又不是我的错！……"

《骑马》（*A Cheval*）1883 年 1 月 14 日发表于《高卢人报》（*Le Gaulois*）。

绳子

献给哈利·阿利[1]

戈代维尔[2]附近的每条大路上，都挤满了要来镇上的农民和他们的妻子，因为今天是赶集的日子。男人们沉闷地走着，长长的罗圈腿每迈一步，整个身体都要往前倾一下。他们耕地时，为了把耕犁压进土里，得同时耸起左肩，歪着上半身；收割麦子的时候，要把双腿张开，这样重心才稳。由于田地里凡此种种漫长而艰辛的活计，他们的腿已经变了形。他们的蓝色衬衣上了浆，光泽夺目，像是涂了一层清漆，领口和袖口处用白线绣了些花纹，这衬衣套在他们瘦骨嶙峋的上半身上，只有一个脑袋、两条胳膊、两条腿从里面伸出来，鼓得像一个马上要飞走的气球。

几个农夫用绳子拉着母牛或者牛犊，他们的妻子走在牲口后边，拿着一根上面还有树叶的枝丫鞭打牛的后腿，让它走快点儿。她们胳膊上挎着大篮子，从里边冒出些鸡啊鸭啊的脑袋来。比起

---

[1] 哈利·阿利（Harry Alis, 1857—1895），原名于勒－伊波利特·贝尔西（Jules-Hippolyte Percher），法国记者、作家，莫泊桑曾在他创办的《现代与自然主义杂志》（*Revue Moderne et Naturaliste*）上发表过小说。

[2] 戈代维尔（Goderville），法国诺曼底地区塞纳－海滨省的一个城镇，位于法国西北部，靠近费康（Fécamp）与勒阿弗尔。

各自的丈夫，她们的步伐要更小、更快。这些农妇身形消瘦，腰杆挺直，裹着窄窄的小披肩，用别针固定住，搭在她们平坦的胸部上。她们用白色棉麻裹住了自己的脑袋，紧贴着头发，然后再戴上一顶软帽。

接着，一辆有长凳的载人马车过去了。拉车的小马一路小跑，车子颠个不停，车上的人都晃得厉害。两个男人并排坐着，后一排则坐着一个女人，她正抓着车子的边缘，想要减轻这剧烈的颠簸。

戈代维尔广场上人声鼎沸，人和牲口混在一起，吵吵闹闹的。一些牛的角、富农的长绒毛高帽，以及农妇的头饰和帽子冒出人群。各种尖叫和吵闹声混杂成了一种持续而粗野的喧嚣，其间不时能听见某个快活的村夫从他结实的胸膛里发出的大笑，或是某头被系在墙边的母牛发出的长哞。

这里的一切都混着马厩、牛奶、厩肥、干草，以及汗水的味道，演变成了特别是村夫老农身上那种人畜混杂、令人作呕的酸臭味。

布雷奥代的奥斯科尔纳大叔刚到戈代维尔就径直去了广场，这时他瞧见地上有一截绳子。作为一个如假包换的诺曼底人，奥斯科尔纳大叔十分节俭，他心想该把这绳子捡起来，或许能派上用场。因为患有风湿病，他费了很大的劲才俯下身去，从地上把这一段细绳捡了起来，然后小心翼翼地把它缠好，就在这个时候，他发现马具皮匠马朗丹大叔正站在自家门口看着自己。他们先前因为笼头[1]的事情有过一些口角，而且这两个人都记仇，所以至

---

[1] 一种驯养牲口的工具，套在牲口的头上，可以防止其随意吃东西。

今心有不快。被仇敌瞧见自己从烂泥里捡了一段绳子，奥斯科尔纳大叔心里感到很羞耻。他连忙把捡来的东西藏进自己罩衫里，随后又塞进了自己裤子的口袋里；接着，他还做出在地上寻找什么东西的样子来，他当然什么也没找到，之后便忍着疼痛，头朝前、弯着腰往集市走去了。

他随即走进了四面喧嚣、流动缓慢的人海中，被无尽的讨价还价声弄得十分激动。这些乡下人牵着牛，往前走去，再走回来，茫然而不知所措，总是担心自己会上当，迟迟不敢做决定；他们观察着卖家的神色，始终努力地想要看穿卖家的诡计，也想找出牲口的毛病。

村妇们把自己的大篮筐放在脚边，把鸡鸭从篮子里抓出来。这些家禽肉冠鲜红，双爪被绑住，睁着惊恐的眼睛，侧躺在地上。

她们听人还价，咬住价格不放，要么说起话来毫不客气、面无表情，要么突然决定让个价，朝着缓缓走开的顾客大喊大叫：

"行吧行吧，昂蒂姆大叔。您拿走吧。"

随后，广场上的人一点儿一点儿地变少了，教堂敲响了正午的钟声，家住得太远的那些人就都分散到各个客栈去了。

朱尔丹的店里挤满了吃饭的人，偌大的庭院里停满了各式各样的交通工具：双轮运货马车、带篷的双轮马车、带长凳的四轮畜力车、轻便马车，还有些说不上名字的简陋小车。它们沾满黄泥，歪歪扭扭，到处都有修补的痕迹，有些马车的两只拉柄就像两条胳膊一样朝着天，有些马车鼻子朝地、撅着屁股。

已经入席要吃饭的人背对着巨大的壁炉，那里头燃烧着明亮的火焰，把右侧客人的后背都烤得暖烘烘的。三根烤肉的铁钎转动着，上面插着鸡肉、乳鸽、羊后腿，一阵诱人的烤肉气味和金黄脆皮上流淌着的汁液的芳香，从炉膛中飘出来，让人心情愉快，口齿生津。

有钱的乡下人都爱来朱尔丹的店里吃饭，他既是这小旅店的老板，还是一个马贩子，是个有钱的滑头。

菜端上来了，很快就像金黄的苹果酒那样被一扫而光。每个人都在谈论自己的生意，买了什么又卖了什么。他们彼此间还说了说收割的消息。这个时节对草料来说是不错的，但对小麦来说，雨水就有点儿多了。

忽然，屋子前的庭院里响起鼓声。除了几个漠不关心的人，大家都立刻站了起来，跑到门边或者窗边，嘴里塞得满满的，手里还抓着餐巾。

鼓声敲完，来宣读公告的差役断断续续地读了起来，还总在无须强调的地方提升自己的音量："敬告戈代维尔的居民及各乡来赶集的民众，今天早上九点到十点间，有人在博泽维尔大道上遗失黑色皮夹一个，内有五百法郎及商票若干。烦请拾获者即刻交至镇公所，或马内维尔的富尔图内·乌勒布雷克大爷家中，失主会奉上二十法郎以示感谢。"

随后这差役就走了。大家听到远处又一次传来敲鼓的声音，接着是差役的嗓音，只是这次弱了许多。

大家开始七嘴八舌地说起这件事情来，罗列种种可能，讨论着乌勒布雷克大爷到底能不能找到他的皮夹子。

午饭时间结束了。

警察大队的队长出现在门边的时候，大家刚喝完咖啡。

他问道：

"从布雷奥代来的奥斯科尔纳大叔在这里吗？"

奥斯科尔纳大叔坐在桌子的另一头，他答道：

"我在这儿。"

队长接着说：

"奥斯科尔纳大叔，能不能请您和我去一趟镇公所？镇长先生有话和您说。"

这个老农民吓了一跳，心中不安，一口喝完自己杯子里的酒，站了起来，但他的背弯得更厉害了，因为每次休息之后最初的那几步总是格外艰难。他走了过去，一边说着：

"我来了，我来了。"

他跟在警察大队的队长身后。

镇长正坐在一把扶手椅里等他。这人原先是地方上的公证人，身体肥胖，面容严肃，说起话来故作庄重。

"奥斯科尔纳大叔，"他说道，"有人说，今天早上看见您在博泽维尔的路上捡到了马内维尔来的乌勒布雷克大爷弄丢的那个钱包。"

这个乡下人目瞪口呆，盯着镇长，不知道为什么。他被这落到头上的怀疑惊住了。

"我，我，我捡了这个皮夹子？"

"是的，就是您。"

"上帝作证，我见都没见过这个皮夹子。"

"有人看见了。"

"有人看见了我吗？那是谁看见我的啊？"

"马具师傅,马朗丹大叔。"

老人一下子就想起来了,随即明白了,气得满脸通红:

"啊!他看见我了,这个王八蛋!他是看见我捡了条绳子,您看吧,镇长先生!"

说罢他在自己的口袋里掏了掏,把那一小段绳子扯了出来。

但镇长并不相信,摇了摇头。

"您别想让我上当啊,奥斯科尔纳大叔。马朗丹大叔是一个值得信赖的人,我不相信他会把这根绳子看成钱包。"

这个农民气坏了,举起手,朝边上啐了一口,他要捍卫自己的声誉,说道:

"上帝作证,我说的就是事实,镇长先生。我用我的灵魂和它的得救再发一次誓。"

镇长又说:

"捡到皮夹子之后,你还在烂泥里找了好一会儿呢,看看会不会有几个子儿从皮夹子里掉了出去。"

这个乡下来的老好人又气又怕,简直说不出话来。

"怎么能这么说!……怎么能说……这样的谎话来诬陷一个老实人!怎么可以说这种话!……"

但这抗议并无作用,大家不相信他。

他和马朗丹先生当面对质,后者又说了一遍,并且认定自己说的话。他们互相辱骂了足足一个小时。在奥斯科尔纳大叔的要求下,大家对他进行了搜身,但在他身上什么也没发现。

最终,不知所措的镇长就让他走了,但同时告诉他,这件事会通报给检察机关,向他们请示。

消息已经传开了。他一从镇公所走出来，立刻就被团团围住，大家要么是带着严肃的好奇心，要么只是想嘲弄他，都来问东问西，但没人理会他的气愤。于是，他又说起那条绳子的事情。没人相信他，大家都在笑。

他往前走，被好多人拦下来，或者是他拦住了自己的熟人，然后一遍遍地说起绳子的故事，表达自己的抗议，同时还把自己的口袋翻出来，就为了证明他自己啥也没拿。

那些人都这么说：

"老滑头，拉倒吧！"

他感到生气，十分恼火，心里久久不能平静，为别人不相信他而懊恼，也不知道该怎么办，只能一遍遍地说着自己的事情。

天黑了，他该回去了。他和三个邻居一起出发，还给他们指了自己捡到绳子的位置；之后的一路上，他都在说自己的遭遇。

当天晚上，他在布雷奥代整个村子里转悠，就为了把这件事情告诉所有人。但碰见的人都不相信他。

整个晚上，他就像病了一样。

隔天下午约莫一点钟的时候，布勒东大叔农场里的帮工，一名伊摩维尔的农夫，名叫马里乌斯·博梅尔，把皮夹子原封不动地交还给了马内维尔的乌勒布雷克大爷。

这个人声称自己是在大马路上捡到了这个皮夹子，但因为不识字，他就先把这东西拿回家去，后来交给了自己的雇主。

这个消息在附近传开。奥斯科尔纳大叔也知道了，他立刻又到附近转了一圈，讲述自己的遭遇，而且还加上了这个结局。他赢了。

"让我感到悲哀的，"他说道，"不是这件事情本身，您明白吗？而是这个谎言。没有什么比因为别人的谎话而挨骂更让人寒心的了。"

他每天都在倾诉自己的遭遇，他到路上去，对路过的人说，到小酒馆里去，对正在喝酒的人说，接下来那个礼拜天，他还去教堂门口说。他拦住不认识的人，跟他们说这件事。现在，他的心情平静了，然而好像还有什么事情让他觉得不太舒服，但他又不清楚那到底是什么。大家听他说话的时候，似乎都有意无意地笑着。大家好像不相信他。他觉得背地里似乎有些风言风语。

到了下一周的星期二，他又去戈代维尔赶集了，唯一的目的就是去讲述自己的遭遇。

马朗丹站在自家门口，一瞧见他走过去就笑了起来。这是为什么？

他走到一个克利戈多的农夫跟前，还没等他说完自己的故事，这人就拍了拍他的肚皮，对着他的脸喊了一句："拉倒吧，老狐狸！"说完他就走开了。

奥斯科尔纳大叔错愕地呆立在原地，心里越发不安起来。为什么别人会喊自己"老狐狸"？

他又来到朱尔丹的餐馆里，刚一落座，就又开始说起这件事情来。

有个从蒙蒂维利耶来的马贩子朝他喊道：

"说吧，说吧，老把戏了，我知道你要说什么，是不是那根绳子！"

奥斯科尔纳结结巴巴地说道：

"可那个皮夹子不是已经找到了吗?"

然而又有人接着说:

"你消停会儿吧,我的老兄。一个人捡,一个人还,神不知鬼不觉的,大家都被耍得团团转啊!"

这个老农民气得话都说不出来。他终于明白了。大家都认定是他让自己的同伙、自己的同谋把皮夹子还回去了。

他想抗议。整桌人都笑了。

在一阵嘲讽声中,他饭都没吃完就走了。

他回到自己家中,感到又羞耻又愤怒,气得、窘得差点喘不上来气,更令他惊愕的是凭借自己身为诺曼底人的狡黠,他本来可以做到别人指责他做过的那些事情,甚至可以因此而自吹自擂一番。他的清白已经不清不楚了,仿佛再无证明的可能,因为他的狡猾人尽皆知。这不公的怀疑,仿佛往他的心口来了重重一击。

于是,他又开始讲述自己的遭遇,这个故事一天比一天长,每次说起来,他就往里面加上几个自认为崭新的理由,添上几条更有力的抗议,以及一些他能想到的更庄重的誓言。这些都是他独自一人时想出来的,他的心思完全放在了那条绳子的故事上。他的自我辩护越是复杂,他的证词越是精妙,大家就越是不相信他。

"这些全都是狡辩。"人们在背后这样说他。

他察觉到了,怒血涌动,但到头来还是无济于事,这让他疲惫不堪。

他看起来日渐憔悴。

爱搞恶作剧的人现在总让他讲"那根绳子"的故事来取乐,

就像对一个士兵提起他参加过的战役一样。他的精神一天天衰退，终于崩溃了。

到了十二月末，他卧床不起了。

一月初的时候，他死了。在临终的谵妄之言中，他说自己是清白的，一遍遍地讲着：

"一根小绳子……一根绳子……您看吧，就是这根绳子，镇长先生。"

《绳子》（*La Ficelle*）1883 年 11 月 25 日发表于《高卢人报》（*Le Gaulois*）。

泰奥迪勒·萨波的忏悔

萨波还没有踏进马丁维尔的那家小酒馆，人们就已经笑起来了。萨波这家伙是个笑话吗？话说起来，他可是一个对神父不甚敬重的人！啊！不敬重！相当不敬重！这个朝气蓬勃的小伙子简直要把神父们都吃掉。

泰奥迪勒·萨波，木匠师傅，是马丁维尔激进党派的代表。他身材高大而消瘦，一双灰色的眼睛透着奸诈，头发紧贴在太阳穴上，嘴唇很薄。当他阴阳怪气地说起"我们的醉鬼圣父"时，所有人都捧腹大笑。周日弥撒时，他勤勤恳恳地工作。每一年，他都要在圣周[1]的周一宰猪，就是为了一直到复活节都有猪血肠吃，而且，每次有神父经过时，他总要语带戏谑地说道："这不就是那个刚刚在酒馆柜台前把自己的上帝吞下去的人嘛。[2]"

这位神父身材魁梧，也十分高大，对萨波感到畏惧，因为这些玩笑话给萨波带来了好些支持者。马日蒂姆神父是一个政治人物，与精明的中产阶级交好。他们两人之间的斗争已经持续了十年，这是一种暗地里较量的、猛烈而无止尽的斗争。萨波是市议

---

1 圣周，纪念耶稣基督受难、死亡以及复活的节日，一般从棕枝主日持续到复活节。
2 耶稣在最后的晚餐中曾说道："这杯是用我的血所立的新约，你们每逢喝的时候，要如此行，为的是纪念我。"因此酒代表了耶稣的血。

员。大家都认为他能当上市长,这件事一旦成真,就说明教会彻底地失败了。

选举就要举行了。马丁维尔的教会势力惶恐不安。然而某天早上,神父动身去了鲁昂,还对自己的女仆说,他是要去见大主教。

两天之后他回来了,看起来满心欢喜、胜券在握。隔天,所有人得知教堂内的祭坛要重新修缮一番,主教为此自掏了一笔六百法郎的费用。

原先冷杉木做的旧神职祷告席需要全部拆除,取而代之的将是橡木坐席。这可是一份巨大的木工活儿,当天晚上,家家户户都在谈论这件事情。

泰奥迪勒笑不出来了。

隔天,当他出门走过村子的时候,左邻右舍们,朋友也好、仇敌也罢,都用一种调侃的语气问他:

"是由你去翻修教堂的祭坛吗?"

他无言以对,但他生气了,怒火中烧。

不怀好意的人又说:

"这是一份好差事,至少有两三百法郎的赚头。"

两天之后,大伙儿得知修缮工作要交给塞勒斯坦·尚布热兰,他是一位贝施维尔的木匠师傅。随后有人反驳了这则消息,之后又有人说,教堂里所有的长椅也要换新的,已经向政府申请了一笔约两千法郎的费用。一时间,群情激动。

泰奥迪勒睡不着觉了。在人们的记忆里,当地从来就没有哪个木匠师傅接过这样的活儿。紧接着就有流言传开了。有人说,因为这次修缮的活儿给了一个外地的木匠,神父心里很不是滋味,但偏偏萨波的政治主张和他自己所秉持的立场截然相反。

萨波听到了这个消息。天色一暗下来，他就去了本堂神父的住处。女佣告诉他，神父在教堂里，他便去了教堂。

两个已经将自己献给了圣母的酸溜溜的老修女，正在神父的指挥下布置祭坛，为圣母月[1]做准备。神父站在祭坛的中央，挺着浑圆的大肚子，指手画脚地让两个站在椅子上的修女把花束摆在圣体龛的周围。

萨波浑身不自在地站在那儿，就好像他刚刚走进了自己死对头的地盘，但想要捞点儿好处的欲望又挠得他心痒痒。他走了过去，把帽子抓在手里，甚至没有发现那两位修女正一脸错愕地站在椅子上，一动不动。

他结结巴巴地说：

"您好，神父先生。"

神父只关心自己的祭坛，看都没看他一眼，就答道：

"您好，木匠先生。"

萨波不知所措，也不知道该说什么。但沉默了好一会儿之后，他还是说道：

"您在做准备？"

马日蒂姆神父答道：

"是的，马上就到圣母月了。"

萨波张口应声："是啊，是啊。"之后又沉默了。

此时此刻，他非常想什么也不说就离开，但他朝祭坛看了一

---

[1] 五月为天主教的圣母月（Le Mois de Marie）。

眼之后，走不动了。他心里算了一下，有十六个神职祷告席要换，右边六个，左边八个，还有圣器室门口的两个。十六个橡木的神职祷告席，算起来最多三百法郎，这个活儿好好规划，只要是个不太笨的人，就能赚二百法郎。

于是他嘟嘟囔囔地说了一句：

"我是因为那个活儿来的。"

神父露出惊讶的神色。他问道：

"什么活儿？"

萨波有点儿发昏，喃喃道：

"要做的活儿。"

神父朝他转过身来，盯着他的眼睛看：

"您想说的是我的教堂里修缮祭坛的活儿吗？"

听见马日蒂姆神父说话的语调，泰奥迪勒·萨波感觉一股寒战传遍了全身，他再一次有了逃走的强烈欲望。但是，他极其谦恭地答道：

"您说得没错，神父先生。"

于是神父把两条胳膊交叉着搁在自己的大肚子上，仿佛被惊得呆住了。

"您……您……您，萨波……是您来问我……您……我的堂区里唯一一个不信教的人……不，这将是一桩丑闻，人尽皆知的丑闻。主教大人会训斥我，没准还会撤我的职。"

他停了几秒，深吸了口气，又用平静一些的语气说道：

"我很理解，看见这样一份重要的工作被交给附近堂区的木匠师傅去做，对您来说是一件很难接受的事情。但我没得选择，除非……啊，不……这不可能……您是绝对不可能同意的，您要是不同意，那就绝无其他可能。"

萨波眼下正瞧着那一排排延续到出口的长凳。要是这些全部都要换掉，这还了得！

他问道：

"您需要我怎么做？您就直说吧。"

神父语气坚定地说道：

"我需要一份明确的保证，用来证明您的诚意。"

萨波喃喃道：

"我没法说，我没法说。或许我们可以再商量商量。"

神父宣布道：

"必须在下周日做大弥撒的时候公开领圣体。"

木匠的脸变得惨白，他并没有回答，而是问了一句：

"那这些长凳，它们也全部要换掉吗？"

神父不容置疑地答道：

"是的，不过要等一等。"

萨波接着说：

"我不能保证，我不能保证。说实话，我也不是一个顽固不化的人，我啊，我是认同宗教的，这一点千真万确。我烦的是那些仪式，但是这些事情，我也不是非得跟它们对着干不可。"

修女们从椅子上下来了，藏在祭坛后面，她们听着，激动得脸色苍白。

神父见自己占了上风，突然露出老好人的亲切神色来：

"好极了，好极了。听听这话，你说得很对，这话一点儿也不蠢。

您就瞧着吧，瞧着吧。"

萨波露出尴尬的笑容，问道：

"领圣体这件事，总有办法推迟几天吧？"

但神父的脸色又严肃起来：

"这个活儿一旦交给你了，我希望能够确定您已经皈依了上帝。"

接下来，他的语气柔和了一些：

"您明天过来忏悔吧，因为我至少得考验您两次。"

萨波重复了他的话：

"两次？……"

"是的。"

神父笑了：

"您是知道的，您必须进行一次总体的清洁，彻底地洗刷干净。就这样吧，我明天等您来。"

木匠情绪激动，问道：

"要在哪儿做这件事情？"

"这个……在忏悔室里。"

"在那个小箱子里，那边，犄角旮旯里的那个？这……这，这个箱子，我做不到。"

"为什么？"

"因为……因为我不习惯。而且我的耳朵有点儿背。"

神父看起来相当随和：

"那好吧！您就到我家里来吧，在我家客厅，就我们两个人，面对面把这件事情给做了。这样您觉得怎么样？"

"啊,这样我觉得好多了。但要是在您那个箱子里,就不行。"

"那就明天见吧,在您干完活之后,傍晚六点。"

"那就这么说定了,一言为定。明天见,神父先生。谁要是到时候耍赖变卦,谁就是浑蛋!"

他伸出自己粗糙的大手,神父对准他的手,伸手拍了下去。

这击掌的响声在教堂的穹顶下回荡,最终消失在管风琴后边。

到了隔天,泰奥迪勒·萨波一整日都心绪不宁。他就像一个要去拔牙的人那样担忧。他的脑海里不断地想起:"我今晚要去忏悔。"他的灵魂局促不安,那是一个尚未被说服的无神论者的灵魂,在面对上帝的奥义时的一种含糊却强大的恐惧,让他惊慌失措。

他一完成自己的工作,就往神父的住宅走去。神父在花园里,正沿着一条小径走着,一边读自己的日课经,一边等他。他看起来容光焕发,脸上挂满笑意地朝萨波走来。

"很好!我们碰头了。请进来,萨波先生,我是不会吃了你的。"

萨波走在前面,他结结巴巴地说道:

"不知道您方不方便,我想把咱们这件小事情迅速地做完。"

神父回答他:

"悉听尊便。我的白色法衣就在那里,给我一分钟,然后我就听您说。"

木匠慌了神,脑袋也不转了,只能看着神父穿上一件白色的袍子,那上面满是熨出来的褶子。神父朝他示意:

"请您跪到这块垫子上。"

萨波仍然站着,觉得跪下是一件羞耻的事情。他咕哝了一句:

"这有用吗？"

但神父的神色变得十分庄严：

"忏悔的时候必须跪下。"

于是萨波跪下了。

神父说道：

"请背诵悔罪经。"

萨波问：

"这是什么东西？"

"悔罪经。如果您不知道的话，就请您跟着我一句一句地读。"

随后，神父清晰地诵读了神圣的经文，声调缓慢，格律分明，木匠跟着一句句重复。然后神父说道：

"现在，您自己忏悔吧。"

但萨波一句话也没说出来，他不知道要从哪儿开始。

于是马日蒂姆神父又来帮他。

"我的孩子，既然您好像并不知道该如何进行，那就由我来向您提问吧。我们可以按照上帝的戒律一条一条来。您只需听我的，不要担心。要说出真心话，千万别怕自己会讲太多。"

钦崇一天主在万有之上。

"您是否像爱上帝那样爱过某人或某物？您是否以您的灵、您的心，以爱的一切力量去爱上帝呢？"

萨波苦苦思索，满头大汗。他答道：

"不，哦不，神父先生。我尽可能地去爱上帝。这——是的——

我很爱上帝。但要说我不爱自己的孩子，这也不对，我做不到。要说在孩子和上帝之间做选择，我不能这样说。要说得花上一百法郎去爱上帝，我也说不出来。但我很爱上帝，这是千真万确的。我还是很爱他的。"

神父面色严肃，说道：

"你必须爱上帝胜过一切。"

萨波充满虔诚地说道：

"我会竭尽所能去爱上帝的，神父先生。"

马日蒂姆神父继续说道：

    毋呼天主圣名以发虚誓。

"您可曾说过渎神的话？"

"没有。——哦！这完全没有！——我从来不说亵渎上帝的话，从来没有。不过，我很愤怒的时候，有时会说'去他妈的上帝'！但我说这种话，不是为了渎神。"

神父大喝一声：

"这就是渎神！这就是！"

随后严肃地说：

"别再那么做了。继续吧。"

    守瞻礼主日，虔诚奉天主。

"您周日的时候做些什么？"

这一次，萨波抓了抓自己的耳朵：

"我尽力地为我的上帝服务，神父先生。我在家里……为他服务。我周日的时候继续干活……"

神父宽宏大量地打断了他：

"我明白，您将来可以更好地为上帝服务。我们跳过接下来的三条戒律吧，我很确信您一点儿也没有违反前两条戒律。我们来看看第六条和第九条。继续吧。"

毋贪他人财物，巧夺亦不容忍。

"您有没有用过什么方法骗取别人的钱财？"

泰奥迪勒·萨波感到气愤：

"啊！不可能。啊！没有。我是一个诚实的人，神父先生。这一点我可以发誓，我说的千真万确。要说有没有在报工时的时候偶尔多说一点儿，我不敢说完全没有。要说有没有在报账的时候多说几个生丁，我也不能说完全没有，只是几个生丁而已。但偷东西，没有的事情！这种事情完全没有！"

神父继续严厉地说道：

"骗一生丁也算是盗窃。别再这么做了。"

诳言不可说，谎言不可语。

"您说过谎吗？"

"没有。我从不撒谎。这是我的优点。要说我没有说上几句玩笑话，我不能这么说。要说和自己的利益挂钩的时候，我没有说过一些没有的事让别人信了，那我也不能这么说。但要说撒谎，我从来不说谎话。"

神父简单地说了一句：

"要更加注意。"

然后他说道：

> 莫非夫妻者，毋行邪淫事。

"您是否觊觎过妻子之外的女人，或者占有过其他女人？"

萨波诚恳地喊了一声：

"这种事情完全没有！没有的事，神父先生。我可怜的妻子，我欺骗她！不！不！无论是行动上的，还是脑袋里想的，我一点儿也没有过。千真万确。"

他沉默了几秒钟，之后压低了声音，仿佛有些不自信了：

"去城里的时候，要说从来不去妓院，我不敢这么说，您是清楚的，到妓院去只不过是图个乐呵，找点儿乐子，看点儿不一样的换换心情罢了……但我都付钱了，神父先生，我每次都付钱。付过钱，那就是神不知鬼不觉的。"

神父并未深究，宽恕了他的罪行。

泰奥迪勒·萨波负责了祭坛的修缮工作，此后每个月都到教堂去领圣体。

《泰奥迪勒·萨波的忏悔》（*La Confession de Théodule Sabot*）1883年10月9日发表于《吉尔·布拉斯》（*Gil-Blas*）杂志，发表时署名"墨菲涅斯"（Maufrigneuse）。

两个朋友

巴黎封锁了[1]，物资短缺，到处有垂死之声。屋顶上已经难见麻雀的踪影，阴沟里也不见各类动物的足迹。人们什么都吃。

一月某个晴朗的早晨，莫里索先生正沿着林荫大道忧愁地走着，双手插在军服的裤兜里，腹中空空。他是一个钟表匠，因为偶然成了后备兵。他碰到一位同样留下的友人，于是站住了。此人是索瓦日先生，他们是在河边钓鱼的时候认识的。

战争爆发前的每个周日，莫里索总在晨光熹微时出发去钓鱼，手里抓着一支竹钓竿，背上是一只镀锡的铁皮匣子。他先是搭乘开往阿让特伊的火车，在科隆布站下车，随后步行前往马兰特岛。一来到这块梦中之地，他就立刻甩竿坐下，直到夜幕降临。

每周日，他都会在那儿遇见一位快活的矮胖男人，也就是索瓦日先生，他在洛雷特圣母院街落脚，做服饰用品生意，也是一个垂钓爱好者。他们总是在大半天的时间里并排而坐，手里抓着钓竿，双脚垂到水面上晃悠，两人都把对方当作朋友。

有时候他们整日都不交谈，有时候两人也会聊上几句。但他们就算什么也没说，也能彼此了解对方的心思，因为他们有相近

---

[1] 普法战争于1870年爆发，同年9月16日普鲁士军队开始包围巴黎。

的品位和近乎相同的感觉。

到了春天,早上约十点钟光景,青春的阳光让平静的河面上升起了随波而动的薄薄水雾,也给两位狂热的垂钓爱好者的后背带去一股崭新时节的暖意,莫里索偶尔对身旁的朋友说道:"嘿!真舒服啊!"索瓦日先生回答他:"没有比这更舒服的了。"这三言两语,足以使他们互相了解、相互尊重。

到了秋天,每当一日将尽时,天空被夕阳染上血色,在河面上投下猩红云彩的倒影,将整条河流晕染成红色。天边仿佛正在燃烧,这两个朋友也被染红,如同身处一场大火中,树枝已经焦黄的树则镀上了一层金,在即将到来的冬日寒冽中微微战栗。索瓦日先生面带笑意,看着莫里索说道:"多美的景致啊!"莫里索也赞叹不已,眼神始终不曾离开自己的浮标,回答道:"比林荫大道的景色更胜一筹,是吧?"

他们俩一碰见,就立刻有力地握了手,在这已经截然不同的时局下见面,两人心中不免激动。索瓦日先生叹了口气,低声说道:"瞧瞧这都是什么事啊。"莫里索愁云满面,悲叹道:"什么世道!今天竟然是今年以来第一个放晴的日子啊。"

确实,这一日天空蔚蓝,阳光普照。

他们肩并肩走起来,思绪万千,心中悲凉。莫里索接着说:"还记得钓鱼吗?嘿,多美好的回忆啊。"

索瓦日先生问道:"我们什么时候再去钓鱼呢?"

他们走进一家小咖啡馆,一起喝了杯苦艾酒;随后就又一起回到街上散步。

莫里索突然停下脚步:"再喝一杯,怎么样?"索瓦日先生同意了："悉听尊便。"于是他们走进了另一家酒吧。

再出来时，他们俩已经晕头转向，就像空腹的人喝了满肚子酒一样，整个人醉醺醺的。天朗气清，和煦的微风拂得他们脸颊一阵痒痒。

这温柔的风让索瓦日先生飘飘然了，他停下脚步："我们去那儿吧？"

"哪儿？"

"去钓鱼，怎么样。"

"去哪儿钓？"

"当然是我们的小岛。法国军队的前哨离科龙贝站不远，我认识杜姆兰上校，他肯定会放我们过去的。"

莫里索想到可以钓鱼，开心得微微颤抖："那就说定了，我赞成。"他们随即分头去拿自己的工具。

一个小时后，他们肩并肩走在公路上，随后来到了上校占用的那栋别墅前。上校笑着问了他们几句，便批准了他们的一时兴起。他们手持通行证，又出发了。

很快他们就过了哨岗，路过已经废弃不用的科龙贝车站，来到了一小片葡萄园边上，从这里走一段下坡路之后就能到塞纳河边。这时大约是上午十一点钟。

河对岸的阿让特伊看起来仿佛一座死去的村庄。欧尔日蒙和萨努瓦两块高地俯视着整片区域。广阔的平原一直延伸到楠泰尔，寂寥空旷，了无一物，唯独能见到一些光秃秃的樱桃树和大片灰色的土地。

索瓦日先生用手指了指山岗的高处，喃喃道："普鲁士人就在那里。"面对这一片荒凉的景致,这两位朋友突然感到一阵不安,他们呆立在原地,无法动弹。

"普鲁士人!"他们到现在还没有碰见过,但几个月以来,这两位朋友一直能感觉到他们的存在,他们包围了巴黎,破坏法兰西,他们烧杀抢掠,使人们忍饥挨饿,看不见却有无穷的能量。对于这些素未谋面的胜利者,他们的仇恨中添上了一份迷信般的恐惧。

莫里索含混不清地说了一句:"嘿!要是我们碰上他们了怎么办?"

索瓦日先生则带着巴黎人在任何情况下都能展露出来的玩笑态度,说道:"那我们就请他们吃油炸小鱼。"

但他们犹豫着是否要冒险穿过平原,因为视野所及之处一片寂静,这让他们惶恐不安。

末了,索瓦日先生下定决心:"走吧,出发吧!小心点儿就是了。"他们往下走过葡萄园,伏下身子匍匐前行,利用灌木丛作掩护,眼神慌张,耳朵几乎竖了起来。

还需要经过一块狭长的裸露地带才能到达河边。他们跑了起来,一跑到陡峭的河岸边,就立即钻进干枯的芦苇丛里,缩成一团。

莫里索把脸贴在地上,聆听附近是否有人走动。他什么也没听见,只有他们两个人,孤零零的两个人。

他们俩放下心,开始钓鱼。

他们面前是已经荒废的马兰特岛,正好挡住了河道另一边的视线。原先是小餐馆的那栋房子大门紧闭,看起来仿佛已经被遗弃多年了。

索瓦日先生钓到了第一条鲌鱼，莫里索钓到了第二条，他们时不时地把鱼竿往上一扬，钓线的末端都有一条闪着银光的小鱼在跳动。真是一次奇迹般的垂钓。

他们轻巧地把鱼儿们装进一个网眼十分紧密的网袋里，它就放在他们脚下，浸在水里。他们感到一阵令人陶醉的愉悦，当一个人被剥夺了某种乐趣，许久之后再次将其找回之时总能感到这般快活。

明媚的阳光晒得他们的肩膀暖烘烘的；他们什么也不听、什么也不想，已然忘记了周遭的世界，一心只有垂钓。

但是，突然有一声巨响，仿佛是从地下传来的，震得大地都在颤抖。又开炮了。

莫里索转过头，越过河岸望向左手边，他看见远处瓦莱里安山高耸的轮廓，它戴上了一顶白色的羽冠，那是刚刚喷射出来的硝烟。

很快，第二道烟雾从堡垒的制高点又升腾起来，片刻之后，又一声炮响轰隆隆地传来了。

接着炮声不断，每隔一会儿，山岗就会把它死亡般的仇恨抛射出来，扬起乳白色的烟雾，慢慢飘向宁静的空中，在山头之上造出一片云朵。

索瓦日先生耸了耸肩，说道："看来他们又开始了。"

莫里索焦急地看着浮标上的羽毛一下一下地被扯进水里，向来平和的他忽然被这些疯狂打仗的人激怒了，咕哝了一句："这样互相残杀简直愚不可及。"

索瓦日先生接话道："简直猪狗不如。"

莫里索这时刚钓上来一条鲌鱼,说道:"说起来,只要还有各种各样的政府,那就总会有这些事情。"

索瓦日先生打断了他:"如果是共和政府就不会参战了……"

莫里索插话道:"国王对外宣战,共和政府会带来内战。"

他们心平气和地讨论着,这两个人性格温和,但眼界有限,凭借还算健全的理智,他们讨论着一个个重大的政治问题,最后在这个问题上达成一致,那就是人是永远不会自由的。瓦莱里安山不断传来炮声,用炮弹炸毁了法国人的房舍,捣碎了生活,夺取了人命,终结了一个个梦想,剥夺了人们希冀的种种快乐、幸福,击碎了无数妇女、女孩、母亲的心,无论是在此地还是他方,都造成了无穷无尽的痛苦。

"这就是人生。"索瓦日先生如是说。

"还不如说这就是死亡。"莫里索笑着接了话。

但他们真切地听见有人从他们身后走了过来,吓得浑身战栗。他们转过头,看见身后站着四个男人。这四个高大的男人全副武装、满脸胡子,穿得就像穿着号衣的侍从一样,头戴平顶帽,手里的枪几乎贴到了他们脸上。

两根钓竿从他们手里滑落,顺着河水流走了。

不多时,他们被抓了起来,五花大绑后丢进一只小船里,被送到了小岛上。

在那栋他们以为被废弃了的房子后面,他们瞧见了约莫二十名德国士兵。

一个毛发旺盛的大块头正跨坐在一把椅子上,嘴里叼着一个硕大的陶瓷烟斗,用流利的法语问他们:"来吧,两位先生,你们钓鱼钓得如何？"

这时，一个士兵把他专门带来的网兜放到这位士官的脚下，那网兜里装满了鱼。这个普鲁士人笑了："嘿！哈！看起来不错嘛。但我们要谈谈另一件事情。好好听我说，别害怕。

"在我看来，你们两个就是被派来监视我的间谍。我逮捕了你们，就该枪毙你们。你们假装在钓鱼，其实是为了更好地掩饰你们的任务。现在你们落到我手里了，不走运啊，这就是战争。

"但你们毕竟是经过哨岗出来的，肯定知道口令才能回去。告诉我口令是什么，我可以对你们仁慈一些。"

这两个朋友面无血色地挨在一起，双手都因为恐惧而微微颤抖着，但两人都一言不发。

那个士官接着说："没有人会知道的，而且你们还能安然地回去。秘密会随着你们消失。如果拒绝的话，那就是死路一条，立刻枪毙。做选择吧。"

他们俩一动不动，一声不吭。

普鲁士人依然很平和，朝河道伸出手去，继续说道："想想吧，再过五分钟，你们就要葬身在这河底了。五分钟！你们的父母还健在吧？"

瓦莱里安山上炮声依旧。

两个来钓鱼的人仍然站着，保持沉默。德国人用德语下了几个命令。随后，他挪了挪椅子，让自己离这两个落网之囚远了一些；然后来了十二个士兵，在离他们二十步开外的地方站好了，枪柄抵在脚边。

士官又说："我给你们一分钟时间，一秒都不会再多了。"

然后他猛地站了起来,走到两个法国人身旁,抓住莫里索的胳膊,把他拉到一边,低声说道:"快说,口令是什么?你的同伴是不会知道的,我可以假装是心软了才放走你们的。"

莫里索没有回答。

这个普鲁士人于是又把索瓦日先生拉到一边,问了同样的问题。

索瓦日先生也没有回答。

他们俩并排站着。

士官下了命令,士兵们抬起枪。

莫里索的目光偶然落到了那个装满鲌鱼的网袋上,它正躺在草地里,离他只有几步远。

成群的鱼儿还在跳动,一束阳光照得鱼鳞闪闪发亮。他突然感到一阵虚弱。尽管用尽了力气来克制,他的眼里还是噙满了泪水。

他喃喃道:"永别了,索瓦日先生。"

索瓦日先生回了他一声:"永别了,莫里索先生。"

他们俩握了握手,浑身上下止不住地颤抖。

士官喊了一声:"开枪!"

十二颗子弹齐发。

索瓦日先生脸朝下,整个人倒在地上。莫里索要高大一些,身体晃悠着转了一下,倒在他同伴的身上,脸庞朝向天空,血从制服胸口的弹孔里汩汩地涌出。

德国人又下了几个命令。

他的士兵四散开来,随后搬回一些石头,用绳子把它们绑在两个死者的脚上，然后把他们搬到河岸边。

瓦莱里安山上的炮声始终没有停歇过，此刻山头顶着一片如山般的烟雾。

两名士兵，一人抬起莫里索的头，另一人抓住他的腿；另外两名士兵用同样的方式抬起了索瓦日先生。两具尸体被一阵来回摇晃之后远远地抛了出去，呈一条抛物线，绑着石头的脚先落进水里，随后尸体直挺挺地沉了下去。

水花四溅，河水翻涌着，荡开波纹，随后重归平静，几个微小的水波才刚刚荡漾着触到河岸。

些许鲜血漂在河面上。

那个士官始终泰然自若，低声说道："接下来轮到鱼了。"

然后他朝那栋房子走去。

这时，他突然看到草地上那个装满鲌鱼的网袋。他捡起袋子，细细地察看了一番，露出笑容，喊了一句："威廉！"

一名围着白色围裙的士兵跑了过来。这个普鲁士人把两个被枪决之人钓起来的鱼丢给他，命令道："趁它们还活着，赶紧把这些小鱼都炸了，肯定很美味。"

他又继续抽起了自己的烟斗。

《两个朋友》（*Deux Amis*）1883 年 2 月 5 日发表于《吉尔·布拉斯》（*Gil-Blas*）杂志，发表时署名"墨菲涅斯"（Maufrigneuse）。

月光

马里尼亚诺神父配得上与那场战役[1]相同的名字。他身材颀长消瘦，心绪狂热，内心时刻都激情澎湃，且为人正直。他的一切信仰都无比坚定，从未有过动摇。他诚挚地认为自己已经认识了上帝，了解上帝的种种规划、意志，乃至目的。

当他迈着矫健的步伐在他位于乡下的简朴的本堂神父住宅的林荫小道上散步时，他的心中有时会冒出这样的疑问："为什么上帝会这么做？"他执拗地寻找着答案，将自己放到神的位置上去思考，这样一来，他几乎总能寻见答案。他从来不会心怀虔诚、谦卑地喃喃低语："主啊，您的旨意是无法猜透的！"他心里想的是："我是上帝的奴仆，我必须了解他做事的理由，如果我不了解，就得把它们猜出来。"

在他看来，万物被创造出来，都伴随着一套必然且恰当的逻辑。一切"为什么"都有对应的"因为"。晨光被创造出来，是为了给苏醒带去欢愉，阳光使庄稼成熟，雨水用来灌溉，夜晚是为了预备困倦，而黑夜是为了沉睡。

四季完美地契合了农业的需要；这位教士从来不曾怀疑大自

---

[1] 指的是马里尼亚诺战役。1515年，法国国王弗朗索瓦一世的军队与威尼斯的联军打败了米兰公国与瑞士。因为这场战争，弗朗索瓦一世也获得了"骑士王"的美称。

然其实根本不蕴含任何意志,相反,他相信一切生命都必须服从于时节、气候乃至物质的必然需求。

但他厌恶女人,不自觉地憎恨女人,本能地藐视女人。他时常复述基督的话语:"女人,你与我之间有何相同呢?"[1]他还补充道:"人们常说,上帝自己也对这一造物感到不快。"女人,对他而言就是诗人所说的十二倍不洁孩童[2]。女人是引诱了第一个男人的诱惑者,而且仍然在继续着自己的罪孽,是懦弱、危险、不可思议地扰乱人心的存在。而且,比起她们使人堕落的身体,他更仇恨的是她们多情的灵魂。

神父经常能感受到她们投给他的柔情蜜意,尽管他认为自己是无懈可击的,但他还是被她们身上微微颤动着的爱欲激怒了。

在他看来,神创造女人,唯一的目的就是引诱男人、考验男人。他只在全然谨慎的情况下才靠近她们,并警惕她们是否设下了陷阱。实际上,当她朝男人伸出温柔的臂弯,微张自己的双唇时,她活脱脱就是一个陷阱。

他只能容忍修女,因为她们已经发誓将自己奉献给上帝,所以是无害的,但他仍然严厉地对待她们,因为他从她们被束缚的、谦卑的内心最深处,察觉了这无尽的温情依然存在,并且仍然在投向他的身上,尽管他是一位教士。

在她们比起男修士们更加温润的虔诚目光中,在她们掺杂了性欲的痴醉神迷中,在她们对基督的炙热之爱中,他都能感觉到

---

[1] 见《圣经·约翰福音》第二章第四节,但与原文稍有不同,中译本译作:"妇人,我与你有什么相干?"
[2] 出自法国浪漫主义诗人阿尔弗雷·德·维尼(Alfred De Vigny)写的诗《参孙的愤怒》。

这种温情。这让他感到恼火，因为这是女人的爱，是肉体的爱；甚至在她们的驯良之中，在她们与他谈话时温柔的话音中，在她们低垂的眼睛中，乃至在她们被他粗鲁指责时流下的顺从的眼泪中，他都察觉到了这该被诅咒的温情。

因此，当他从修道院走出来时，他总要抖一抖自己的袍子，然后迈着大步离去，仿佛是要从某种危险面前逃开。

他的一位外甥女与她的母亲住在隔壁的一栋小房子里。他十分热衷于鼓励她去当一名修女。

她很漂亮，但没什么脑子，而且总爱讥讽别人。当神父在布道时，她咯咯直笑；当他朝她发火的时候，她总是热烈地吻他，把他搂在自己的胸口，而当他本能地试图挣脱这拥抱时，却感受到了一种温柔的愉悦，在他内心深处唤醒了那沉睡在每个男人心中的那种为人父亲的情感。

与她一同走在田间道路上的时候，他时常与她谈起上帝，他的主。她完全没有听进去，她望望天，看看草木花朵，眼睛里跃动着对生命的幸福满足。有时候，她扑上前去，抓住某只飞虫，叫嚷着把它带回来："瞧啊，舅舅，它真漂亮；我想要亲吻它。"而这种"亲吻小虫子"或是亲吻丁香果实的欲望，让这位神父感到不安、愤怒、厌恶，因为他又一次从中看见了始终萌动于女人内心之中、无法根除的温情。

后来某一日，教堂圣器室管理人的妻子在给马里尼亚神父料理家务时，小心翼翼地告诉他，他的外甥女有一个情人。

那时他正在刮胡子，满脸都是肥皂沫，他感到一阵恐慌，一时间喘不过气来。

等他重新能够思考和说话的时候,他喊了起来:"这不可能,您在撒谎,梅拉尼!"

但是这位农妇把手放到自己的胸口:"如果我说谎,就让主惩罚我,神父先生。我告诉您,每天晚上您的姐姐睡下之后,她就溜出去。他们在河边碰面。您只要在晚上十点到午夜之间到那儿去,就能瞧见。"

他停下正在刮下巴的手,开始疯狂地来回踱步,就像他每每陷入沉思之时会做的那样。等他又继续剃须的时候,他接连三次刮伤了自己,从鼻子一直到耳朵。

这一整天,他都缄默不语,心中被愤慨和怒气填满。面对这无法遏制的爱情,他那身为神父的愤怒,又增添了一股身为道义上的父亲、监护人、灵魂导师,却被一个女孩子欺骗、冒犯、玩弄而生的恼火;这种完全以自我为中心而生的窒息感,就像听闻一个女儿对着自己的父母宣布,在他们不知情也不顾他们看法的情况下,她已经选好了自己的丈夫。

吃过晚饭之后,他想要读会儿书,但他始终读不进去。他越来越愤怒。十点的钟声响起时,他拿过自己的手杖,那是一根上好的橡木拐杖,每每需要暗夜行路去看望某个病人的时候,他都拄着它。他使出了乡下人才有的强大腕力,抡起手里的棍子,一边盯着它,一边露出笑容,气势汹汹地把这根棍子抡得团团转。接下来,他突然把棍子举起来,牙齿咬得咯吱作响,拐杖猛地打在一把椅子上,那椅子的靠背裂开了,应声倒地。

他打开门正要走出去,却在门槛处停住了。月光皎皎,银辉如此耀眼,是他从前几乎不曾见过的,他惊讶万分。

正因为他生来就具有狂热的心灵——此乃神父们本应该具备的精神品质之一，他们是富于幻想的诗人，他突然分了心，为这皎洁月夜壮丽明朗的美而感动。

在他那小小的花园中，众物都沐浴在温柔的月光中。他的果树整齐地排列成线，刚刚长出叶子的枝丫在小道上投下阴影，勾勒出它们纤细的身影；忍冬却长得十分巨大，攀爬在房屋的墙上，正散发出一阵阵像糖一样沁人心脾的芬芳，仿佛有一个满怀馨香的灵魂，正飘浮在温和而晴朗的夜色中。

他开始深深地吸气，像酒鬼酗酒那样吸入空气，他步履缓慢，心醉神迷，赞叹不已，几乎忘记了自己的外甥女。

一来到田野，他就停下步伐，注视着这一片浸润在温柔光辉中的平原，安详月夜那惆怅而温柔的魅力淹没了整片平原。癞蛤蟆一刻也不停歇地把短促又尖锐的叫声抛入这片空间之中，远处的夜莺发出富有韵律的歌声，那旋律让人无所思却有所梦，轻柔而又响亮，这为接吻而唱的歌声揉进了月光的魅力之中。

神父再次迈开步伐，不知道为什么，他的心中一阵空虚。他觉得自己好像衰弱了，突然筋疲力尽。他想要坐下来，想要停在那儿好好冥想，在上帝的创造中赞美自己的主。

一条小溪在远处流淌而过，蜿蜒曲折，一长排杨树沿着河岸透迤成线。月光穿透薄雾，划过白色的水蒸气，为雾气镀上一层银，闪闪发光地悬浮在河岸周围和上空，将弯曲的河道包裹在某种轻柔而透明的棉絮之中。

神父又一次停下脚步，他的内心深处感到了一阵越来越强大的、无法抵御的柔情。

随后，他感到一阵迟疑和隐约的不安，心中又生出了他有时会向自己提出的困惑。

为什么上帝要这么做？既然夜晚意味着睡眠，意味着无意识，意味着休息，意味着忘记一切，为什么要让夜晚比白天更富于诱惑力，比晨曦和黄昏更温柔？为什么这缓缓移动的迷人星辰，比太阳更富有诗意？星辰明明如此不引人注目，但又仿佛生来就是专为照亮那些在耀眼光芒下显得微小而神秘的事物，它为何把黑暗也照得如此透明？

为什么一众善于啼唱的鸟儿之中，最善于歌唱的那一种并不像其他鸟儿一样在夜间休息，却是在混沌的黑暗之中开始了歌唱？

为什么这半透明的纱被投到了世间？为什么会有心的战栗、灵魂的激动、肉身的疲惫？

既然世人都沉睡于床榻之上，为什么还要显现他们完全看不见的诱惑？这雄伟壮丽的景色，这从天上投往大地的无尽诗意，究竟是为谁预备的？

神父完全不明白。

但是，在远处草地的尽头，树林浸润在银色雾气之中，在它形成的穹顶下面，有两个影子正并肩走着。

男人的身影要高大些，搂住了女友的脖子，而且，时不时地亲吻她的额头。忽然之间，他们给这静止的景致带来了生气，这将这两人包裹其中的景色仿佛是为他俩专造的神圣背景。他们俩宛如一人，这平和静谧的夜晚就是为这仅有的一人所准备的；他们朝着神父走来，仿佛一个鲜活的回答，他的上帝为了解答他的困惑向他抛来的答案。

他直挺挺地站着，心脏怦怦跳，心烦意乱；他相信自己看见了若干《圣经》中的事物，就如路得和阿波斯[1]的爱情，主的心意在圣书所描绘的伟大布景中实现了。他的脑袋里，有《雅歌》的诗句嗡嗡响起，那是炙热的喊叫、肉体的呼唤，是这一整卷燃烧着爱情的诗篇中全部的热烈诗意。

他对自己说："上帝创造这些夜晚，或许是为了给世人的爱情披上理想的面纱。"

他往后退去了，眼前是这对拥抱在一起的人儿，他们一直往前走着。然而，这是他的外甥女；但是，此时此刻他问自己，这样会不会违背上帝的旨意？既然上帝用如此显而易见的壮丽光辉来围绕爱情，难道还会不允许爱情吗？

他逃走了，心中狂乱不已，近乎羞耻，仿佛刚刚闯进了一座他无权踏入的神殿。

《月光》（*Clair de Lune*）1882年10月19日发表于《吉尔·布拉斯》（*Gil-Blas*）杂志，发表时署名"墨菲涅斯"（Maufrigneuse）。

1　根据《圣经·旧约·路得记》，路得是摩押人，在丈夫死后，跟随自己的婆婆拿俄米回到迦南，路得在伯利恒遇到了阿波斯。阿波斯遵照上帝的旨意，娶路得为妻，生俄备得，俄备得是大卫的祖父。

西蒙的爸爸

午间下课铃声响了。校门打开,孩子们互相推搡,急匆匆地想要快点儿冲出去。但是和往常不同的是,他们没有迅速地四散回家去吃饭,而是在离校门几步远的地方停了下来,三三两两地凑在一起,开始窃窃私语。

这是因为拉布朗肖特的儿子,西蒙,今天早上第一次来上学。

每个孩子都在自己家里听说过拉布朗肖特这个女人;无论在外面如何对她热情相待,当这些母亲们待在一起谈起她的时候,怜悯之中总带着些许的蔑视,这种态度也影响到了孩子们,但他们并不知道这是为什么。

至于西蒙,他们并不认识他,因为他从来不出门,也就从来不曾和他们在乡村小道上或者河边疯跑打闹。因此,他们不怎么喜欢他;他们怀着欣喜,同时也夹杂着相当震惊的心情,从一个十四五岁的孩子嘴里听来了那句话,然后又一个一个地传下去。那个孩子狡黠地眨着眼睛,仿佛还知道更多的事情:

"你们知道吗……西蒙……他没有爸爸。"

这会儿,拉布朗肖特的儿子出现在校门边上。

他七八岁,脸色有点儿苍白,浑身干干净净的,看起来很腼腆,显得局促不安。

他的同学们还三三两两地在小声说话，用一种机敏却不怀好意的眼神盯着他看，仿佛这些孩子正思忖着干一件坏事。他要回家去，孩子们却一点儿一点儿地围过来，最终把他完全围住了。他站在那里，杵在他们中间，又惊讶又困惑，不知道他们要对他做什么。最早带来那个消息的大孩子，对眼下的局面十分得意，问西蒙道：

"你叫什么名字？"

他回答："西蒙。"

"西蒙什么？"另一个人接着问。

这孩子完全困惑了，又说了一遍："西蒙。"

那个大孩子朝他嚷嚷道："一个人应该叫西蒙什么什么……西蒙，这可不是一个完整的姓名……"

他几乎要哭了，第三次回答道：

"我叫西蒙。"

这群顽童都笑了。那个占了上风的大孩子提高了嗓门说："你们瞧见了吧，他没有爸爸。"

四周忽然鸦雀无声。这些孩子被这超乎寻常的、难以置信的又极其可怕的事情——一个男孩没有爸爸——惊得目瞪口呆。他们看着他，像是在看一个奇观、一个违反自然的存在，他们感觉自己的母亲对拉布朗肖特的那种蔑视之情也在自己身上生长，在这之前，他们都还不了解其中的缘由。

而西蒙则靠在一棵树上，这才不至于摔倒，像是经历了一场无法补救的灾难，惊骇地呆在那里。他想要为自己辩解，但他完全不知道该回他们什么话，不知道如何反驳"他没有爸爸"这件可怖的事情。他面无血色，终于不顾一切地朝他们喊："不，我有一个爸爸。"

"那他在哪儿？"那个大孩子问道。

西蒙说不上话，他不知道。孩子们又笑了，笑得更加放肆。这些村里的顽童堪比野兽，他们心中涌起一股残忍的欲望，就如一个鸡场里的母鸡，一发现它们之间有一只受了伤，就会在这种欲望的驱动下，扑上去了结它的性命。西蒙突然看见一个邻居家的小孩，他是寡妇的儿子，西蒙总是看见这个小孩跟自己一样，只跟自己的妈妈在一块儿。

"你也没有，"西蒙说，"你没有爸爸。"

"你胡说，"那个孩子答道，"我有爸爸。"

"那他在哪里？"西蒙反驳他。

"他死了，"那孩子带着异乎寻常的自豪宣布，"我爸爸他在墓地里。"

这群顽皮鬼之间响起一阵表示赞同的低语声，仿佛有一个已经去世了的、在坟墓里的爸爸这件事让他们的小伙伴有了十足的威望，足以让另一个没有爸爸的孩子变得渺小。至于这一众顽劣的孩童，他们的父亲大多数是浑蛋、酒鬼、小偷，而且还虐待妻子。他们你推我挤，越挨越紧，仿佛这些合法的孩子想要把这个不合法的儿子活活闷死。

突然，有一个站在西蒙面前的孩子朝着他吐出舌头，讥讽地对他喊：

"没爸爸！没爸爸！"

西蒙两手抓住他的头发，用脚踹他的小腿，那孩子则狠狠地咬住了西蒙的脸颊。这引起了一阵剧烈的推搡。两个打架的孩子被拉开时,西蒙已经被打趴下了,身上的衣服被撕烂,身上有了淤青,在地上打滚,周围一圈顽童都在欢呼鼓掌。他爬了起来,机械地伸手拍了拍身上满是尘土的小衬衣,有人对他喊:

"回去告诉你爸爸吧。"

就是这一瞬间,他觉得自己心里发生了一场巨大的坍塌。他们比他强壮,他们打他,他却根本无法回击,因为他也觉得那是真的,他没有爸爸。为了自尊,他竭力忍住,不流眼泪,那几秒钟让他简直要喘不过气来。他要窒息了,紧接着,他没有发出喊叫声,但大声呜咽着哭了起来,浑身不停地颤抖。

一阵残忍的快意在他的敌人之间传开,自然而然地,就像一群野蛮人那样沉浸在可怖的快活之中,这些孩子互相拉起手,以他为中心围成一个圆,跳起舞来,还重复地喊着:"没爸爸!没爸爸!"

但西蒙突然不再啜泣了。愤怒让他失去了理智。他的脚边有一些石头,他抓起石头用尽全力朝这些折磨他的人扔过去。有两三个被击中了,他们尖叫着逃跑了。他看上去相当可怕,让其他人开始恐慌害怕。他们就像一群乌合之众见到了一个真正发怒的人那样变得胆小起来,一下子四散开来,逃之夭夭了。

只剩下他一个人了,这个没有爸爸的孩子朝田野跑去,因为他想起了某件事情,这让他在心里做了个决定:他想让自己淹死在河里。

他回想起来的是在一周之前发生的事情,一个靠乞讨为生的可怜人因为身无分文而投河了。当人们把他打捞起来的时候,西蒙也在现场;西蒙一直觉得那个可怜的家伙十分可悲,肮脏又丑陋,然而让他内心感到强烈震动的是,死去的他面色平静,脸颊上没了血色,长长的胡子湿漉漉的,眼睛睁着,却十分安详。周围的人说道:"他死了。"又有人补充道:"他现在终于幸福了。"西蒙也想去投河自尽,因为他没有爸爸,和这个没有钱的人一样悲惨。

他来到河边,望着流淌的河水。几条敏捷的鱼儿在清澈的河水里嬉戏,时不时地,鱼儿从水里跃起,咬住正在水面上飞舞的小虫子。他不哭了,看着它们,因为它们的一举一动让他有了兴趣。但是,就如风暴间隙也有短暂的平静,随后而来的狂风却足以吹折树木,然后又消失在天际,某些时刻,那个念头会回到他的思绪里,带着隐晦不明的痛苦:"我要去跳河自杀,因为我没有爸爸。"

气温很高,天气格外晴朗。和煦的阳光照得草地暖烘烘的。河水如镜,闪烁着光芒。在几分钟的时间里,西蒙置身于幸福中,沉浸在哭过之后紧随而来的一阵疲倦中,他心里特别想在那儿睡去,就在这片草地上,沉睡在暖意之中。

一只绿色的小青蛙从他脚下跳了出来。他想抓住它,但它逃走了。他追了上去,连续抓了三回都没抓住。他终于抓住了它的后腿,看着这只动物为了从他手里挣脱用尽浑身力气,他笑出声来。它将两条腿收拢,然后猛地一蹬,一下子把腿伸得直挺挺的,僵硬得像两条铁棍;两只带着一圈金线的眼珠子瞪得浑圆,两条前腿就像两只手,正挥舞着。这让他想起了一件玩具,是用窄窄的木板做成的,需要用钉子将一片片木板交叉钉住,只要做出和小青蛙差不多的动作来操作它，板子下面挂着的小士兵玩偶就会做出训练的动作。于是，他想起了自己的家，随后想起了妈妈，接着一股深深的悲伤擒住了他，他又开始哭了起来。他的四肢颤抖个不停；他跪在地上，像自己每天入睡之前那样，背着祈祷文。但他完成得并不顺畅，因为他在不停地啜泣，一声接一声，汹涌得让他无法控制自己。他没法思考，他也看不见周身的事物了，他只是不停地哭泣。

忽然，一只宽厚的手掌落到他的肩膀上，一个粗壮的嗓音问他："什么事情让你这么伤心呢，我的小家伙？"

西蒙扭过头。一个高大的工人，留着络腮胡，满头乌黑的卷发，正友善地看着他。他的眼里和喉咙里满是泪水，他回答道：

"他们打我……因为，我……我……没有……爸爸……没有爸爸……"

"怎么会呢，"这个人笑着说道，"每个人都有一个爸爸。"

孩子费力地从一阵阵痉挛和悲伤中恢复过来："我……我……我没有。"

这个工人的脸色变得沉重了；他认出这是拉布朗肖特的儿子，尽管刚刚搬到这个地方，他也隐隐约约知道她的故事。

"听我说，"他安慰孩子，"我的小家伙，振作一下。你和我一起回你妈妈那儿去。有人会给你……一个爸爸。"

他们走到路上，大人抓着孩子的手，这个男人又露出笑容，因为他完全没有因为要见到这位拉布朗肖特而感到不快，大家都说，她是这个地区最漂亮的女人；他没准正在内心深处想，一个曾经失足过的姑娘，可能会再失足一次。

他们来到一栋整洁的白色小房子前。

"就是这里,"孩子说了一句,然后喊起来,"妈妈!"

一个女人出现了,这个工人突然就不笑了,因为他立刻明白过来,他是不能和这个面色苍白的高大女人开玩笑的,她正一脸严肃地站在门边,仿佛要捍卫这个已经被一个男人跨过的家门,不让它再被另一个男人闯入。他有些慌乱,手里抓着无檐帽,含混不清地说道:

"您瞧呀,太太,我把您的儿子带回来了,他在河那边迷了路。"

但西蒙跳起来抱住了妈妈的脖子,一边又哭起来,一边跟她说道:

"不是这样的,妈妈,我是想跳到河里去,因为别人打我……他们打我……因为我没有爸爸。"

年轻女人的脸颊涨得通红,身上的肉仿佛被刀割了一样,她紧紧地搂着自己的孩子,泪水快速地滑过了她的脸庞。男人被触动了,站在那儿,不知道该怎么离开。但西蒙突然朝他跑过来,对他说道:

"您愿意当我的爸爸吗?"

一阵良久的沉默。拉布朗肖特缄默不语,被羞耻折磨着,她靠到墙上,两只手按在自己的心口上。这孩子见没有人回答他,又说道:

"您要是不愿意,我就再去跳河。"

工人把这当作开玩笑,笑着回答他:

"当然,我当然愿意呀。"

"你叫什么名字,"孩子接着问道,"这样别人想知道你叫什么的时候，我就可以告诉他们了。"

"菲利普。"男人答道。

西蒙沉默了片刻，把这个名字记到自己的脑袋里，然后他欣慰地伸出自己的双臂，说：

"太好了！菲利普，你是我的爸爸。"

工人把他从地上抱起来，猛地在他两边的脸颊上各亲了一口，然后就迈着大步飞速地溜走了。

隔天，当西蒙走进学校的时候，迎接他的是一阵不怀好意的笑声；等到放学的时候，那个大孩子正想故技重施，西蒙已经劈头盖脸地把话丢了过去，仿佛砸了块石头过去："我爸爸叫菲利普。"

四周传来了兴奋的喊叫声：

"菲利普是谁？……菲利普什么？……这是个什么啊，菲利普？……你是从哪里找来这个菲利普的？"

西蒙没有回答；但他怀着不可动摇的信念，用眼神挑衅他们，宁可被他们折磨到死，也绝不从他们面前逃走。校长来给他解了围，他才回自己的妈妈那儿去了。

接下来的三个月时间，那个叫菲利普的高个子工人经常从拉布朗肖特的房子前经过，有那么几次，他看见姑娘正站在窗边缝缝补补，便鼓起勇气跟她说话。她礼貌地回了他的话，总是神色严肃，从来不对他笑，也从未让他走进自己的家门。然而，就如所有男人一样，他有点儿自命不凡，觉得她每次和他说话的时候，脸颊要比平常更红一些。

但是名声一旦败坏了，想要再恢复是如此困难，而且哪怕是恢复了的名声也是无比脆弱的，因此，虽然拉布朗肖特为人谨慎怕事，当地却已经有人说起闲话了。

而西蒙呢，他非常喜欢自己的新爸爸，几乎每天晚上都要等他当日的工作结束之后和他一起散步。西蒙勤勉地到学校去，从同学们之间走过的时候神气十足，再也不回他们的话了。

然而有一天，那个领头攻击他的大孩子对他说道：

"你撒谎，你没有一个叫菲利普的爸爸。"

"你怎么可以说这种话？"西蒙情绪激动地问道。

那个大孩子搓了搓手，接着说：

"因为如果你有一个爸爸，那他就该是你妈妈的丈夫。"

西蒙被这恰如其分的理由震住了，但他还是答道："反正他就是我爸爸。"

"这当然是有可能的，"大孩子冷笑着说，"但他不完全是你的爸爸。"

拉布朗肖特的儿子垂着头，满脑子胡思乱想地朝鲁瓦宗大爷的打铁铺走去，菲利普在那儿干活。

这个打铁铺隐没在树林中，光线十分昏暗，唯有硕大的炉子里闪着红彤彤的火光，照映着五个光着胳膊的铁匠，他们重重地敲着铁砧，发出震耳欲聋的撞击声。他们都站立着，仿佛着了火的魔鬼，眼睛注视着正在锻造的火红铁块；他们愚钝的思绪随着铁锤起起落落。

西蒙走进去时，没有人看到他。他轻轻地走过去，抓住了他朋友的袖子。工人转过头来。突然间，活儿停下来了，所有人都认真地看着。接着，西蒙柔弱的说话声打破了这不寻常的沉默。

"菲利普，米肖太太的儿子刚才跟我说，你不完全是我的爸爸。"

"为什么这么说？"工人问他。

这孩子天真无邪地回答道：

"因为你不是我妈妈的丈夫。"

没有人笑。菲利普直挺挺地站着，一双宽大的手掌撑着立在铁砧上的锤柄，他的脑门靠在自己的手背上。他思忖着。他的四个同伴看着他，而在这一众巨人之间的小不点儿西蒙，则惶惶不安地等待着。突然，其中一名铁匠说出了大家的想法，他对菲利普说：

"不管怎么说，拉布朗肖特都是一个漂亮又坚强的女人，做人勇敢，又挺有规矩，虽然遇到过一些不如意的事情，但对一个厚道的男人来说，她会是一个好妻子的。"

"是啊，确实是这样。"其他三人也附和道。

那个工人继续说：

"那是她的错吗，她失足了，是这个女孩的错吗？那人原本答应了要跟她结婚。现在我认识的好些个让人尊敬的女人，也都曾经有过这样的经历。"

"是啊，确实是这样。"另外那三个人齐声说道。

他又接着说："这个可怜的女人，她日夜操劳，就为了独自一人把这个孩子养大，除了去教堂，她再也不出门了，她流了多少泪，只有仁慈的上帝知道。"

"这也没错。"其他人说道。

说完，大家只能听见风箱给炉膛鼓风的声音。突然，菲利普朝西蒙弯下腰去：

"去告诉你妈妈，今天我会去找她谈谈。"

然后他就推着孩子的肩膀，让他到外面去了。

不多时，他又回来继续干活了，五把大锤齐齐砸在铁砧上。他们打铁一直打到了夜里，个个身强体壮、浑身是劲，而且满心喜悦，像是快活的铁锤。但是，就像教堂在节日的时候除了有其他叮叮当当的钟声，还要敲响大钟一样，菲利普的铁锤发出的撞击声，要比其他人响得多，他一锤接一锤，哐当声震耳欲聋。他的眼睛仿佛要发出火光，他就站立在四溅的火花之间，狂热地打着铁。

当他敲响拉布朗肖特的房门时，天空之上已经布满星辰。他穿上了礼拜天才穿的外套，换了件干净的衬衫，还修剪了胡子。这个年轻女人出现在门边，苦恼地对他说道：

"这样深夜里上门来并不是一件妥当的事情，菲利普先生。"

他想回话，但结结巴巴说不出来，只能局促不安地站在她面前。

她又接着说："您应该很清楚，不能让人再对我议论纷纷了。"

于是，他突然开口了：

"如果您成了我的妻子，还会有这样的事情吗？"

没有话音回应他，但他听见屋里暗处传来了有人躺下的声响。他迅速进了屋。西蒙那时已经上床睡觉了，但他听见接吻的声音，然后是妈妈的几声低语。紧接着，突然间，他感觉自己被他的朋友的大手抱了起来，他的朋友用大力士般的手臂将他高高举了起来，对他大声说道：

"你可以告诉他们，告诉你的同学们，你的爸爸是菲利普·雷米，是一个铁匠。你告诉他们，谁要是还敢欺负你，我就会来拧谁的耳朵。"

隔天，孩子们都来到学校，快要开始上课了，小西蒙站了起来，脸色苍白，嘴唇颤抖着，用清晰的话音说道："我爸爸是菲利普·雷米，他是一个铁匠，他还说谁要是还欺负我，他就拧谁的耳朵。"

这一次，再没有人发笑了，因为大家都认识菲利普·雷米这个铁匠，要说这个人是谁的爸爸，谁都会觉得很骄傲。

《西蒙的爸爸》(Le Papa de Simon) 1879 年 12 月 1 日发表于《政治、文学、哲学、科学与经济改革》(La Réforme Politique, Littéraire, Philosophique, Scientifique et Économique) 杂志。

一个诺曼底佬

献给保尔·阿莱克西[1]

我们刚从鲁昂城出来,取道瑞米耶日的方向,快马加鞭。轻便马车一路疾行,从一片片草地穿过;直到要爬康特勒的坡道时,马儿才放慢了步伐。

从这儿可以望见世间最美的景色。在我们身后,鲁昂城里教堂林立,遍布哥特式的钟楼,看起来就像好些象牙雕筑的小玩意;而在我们前方则是圣瑟韦,那是一片工业城区,数不尽的烟囱矗立在那儿,正往天空排出浓烟,和老城区数不胜数的神圣钟楼遥相呼应。

在这边,大教堂的塔尖是文物建筑的最高点;而在那边,就是几乎和它一般高大的对手,人称"霹雳大火筒",比起埃及最大的那座金字塔,它可能都要再高出一米来。

塞纳河在我们面前流淌着,起伏波动,河道里还点缀着一些小小的岛屿,河的右岸是银白色的峭壁,头上是一丛树林,左岸则是一片宽广的草地,在远处有一片树林环绕在边上。

---

[1] 保尔·阿莱克西(Paul Alexis,1847—1901),法国小说家、剧作家、新闻记者,亦是《梅塘之夜》六位作者之一。

好些大船沿着宽阔河道的陡岸停泊着。三艘大汽船正鱼贯而出，驶向勒阿弗尔；还有一支船队由三艘三桅船、两艘双桅纵帆舟、一艘双桅横帆舟组成，被一艘吐着黑烟的牵引船拖着，正往上游的鲁昂城驶去。

我的同伴就出生在这里，却也从未见过这般壮丽的景象。他笑个不停，似乎在笑他自己。突然，他朗声说道："啊！您马上就要瞧见一个好玩的东西了——马蒂厄神父的小教堂。那可真是妙啊！我的老兄。"

我惊奇地看了他一眼。他接着说道：

"我要让您闻一闻诺曼底地道的气味，你肯定会永生难忘。马蒂厄神父是这个省里典型的诺曼底佬，他的小教堂是世界上最美的教堂，这话一点儿也不为过；但我得先跟你解释几句。"

马蒂厄神父，大家也喊他"酒神父"，早年是个士官长，退伍后就返乡了。老油条士兵的油嘴滑舌和诺曼底人的狡黠奸诈，在他身上以协调的比例完美地混在一起。一回到这里，要感谢各方面的照顾，以及靠他自己手脚灵活——虽然未必是真的，他成了一座有过圣迹的教堂的看守。那是一座受圣母保佑的教堂，怀了身孕的女子通常爱到那儿去。他给那尊不可思议的神像取了一个名字："大肚圣母"。他对待她总是带着一种嘲弄般的随意，却又不失敬重。他自己为那"伟大的圣母"写了一段特别的祈祷文，还把它印了出来。这篇祈祷文堪称无心插柳的讽刺杰作，带着诺曼底精神，既有对圣人的敬畏，还有对某些具有神秘影响之物近乎迷信的畏惧，其间还夹杂了嘲弄之意。他对自己的这位主保圣人并不太相信，但出于谨慎，他又是有点儿信的，于是，在策略上，他还是尽心侍奉着她。

以下就是这篇惊人的祈祷文的开头：

"我们的圣母童贞玛利亚，此地，以及普天之下众未婚母亲自然而然的主保圣人啊，请保佑您的仆人，她只是一时疏忽才犯下此错。"

祈祷文是这么结尾的：

"请您在您的神圣夫君身旁切勿忘记我，请代我向我们的天父求情，让他赐予我一位像您丈夫一般的好夫君吧。"

这篇祈祷文被当地的神职人员禁止了，但他私底下拿来出售，那些虔诚地诵读过这篇祈祷文的女子，都觉得大有裨益。

总而言之，他谈论起童贞圣母，就像给一个让人畏惧的王子当差的贴身奴仆谈论自己的主子那样，什么私房秘事，通通都抖搂出来。他知道一大堆关于圣母的奇闻逸事，每每杯酒入喉，他就在朋友间悄悄地说出来。

当然啦，您就亲眼瞧瞧吧。

由于服侍主保圣人给他带来的收入是远远不够的，因此，除了童贞圣母的生意，他还兼营一些圣人的买卖。他手里掌握了所有的圣人，或者说几乎是所有的圣人。小教堂里要是空位不够了，他就把那些圣人安放在柴房里，一旦有信徒前来求拜，他就连忙把他们请出来。这些木质的圣人像是他自己雕刻的，模样简直是让人难以置信的滑稽，而且他把雕像通通刷成了绿色，因为某一年刚好赶上有人来给他的房子刷漆。您知道的，圣人会医治病人，但每个圣人都有自己的专长，所以这是万不能搞混或者弄错的，因为他们不过是空有虚名，彼此之间还互相嫉妒。

为了不弄错，那些老太太会来请教马蒂厄。

"要治耳朵的毛病，哪位圣人最灵？"

"当然是欧西姆圣人啦，还有庞菲勒圣人[1]也挺不错的。"

这不过是冰山一角。

马蒂厄一有休息的时间就去喝酒；虽然他每天晚上都喝得半醉，但他喝起酒来还是有自己的路子的，对自己很有自信。他虽然喝醉了，但心里明明白白的；他明白自己醉到了几成，还每天记下自己醉的具体程度。喝酒就是他最重要的活儿，小教堂里的事情得排在后面。

然后他还发明，您听好了，听明白了，他啊，发明了一支醉度计。

这个玩意并不存在，但马蒂厄的观测，准确程度堪比数学家。

您会听见他老是这么说："从星期一起，我就超过了四十五度。"

或者是："我在五十二度到五十八度之间。"

再者是："我已经在六十六度到七十度之间了。"

更或是："好家伙，我以为在五十度，结果发现我是在七十多度！"

他从来不出错。

他信誓旦旦地断定自己从来没有达到过一百度，但就跟他自己所承认的那样，一旦超过了九十度，他的观测就不再精确了，别人也就不能完全相信他了。

---

[1] 确有庞菲勒圣人，但欧西姆圣人为莫泊桑杜撰的圣人。

当马蒂厄承认已经超过九十度时,您尽管放心,他已经醉得快不省人事了。

每每发生这种情况,他的妻子梅里——她也是个活宝——就要大发雷霆。她站在门口等着,等到他回来的时候就开始破口大骂:"你可回来了,下流坯子、畜生、酒鬼!"

而马蒂厄这个时候就不笑了,冷静地面对她,然后用一种严肃的语调说道:"闭嘴,梅里,现在不是谈话的时候。明天再说。"

如果她还继续大喊大叫,他就凑过去,用威胁的语气说话:"闭上你的嘴,我已经九十度了,我可控制不了分寸咯。我要动手打人了,你小心点儿!"

这么一来,梅里就鸣金收兵了。

到了第二天,如果她还想继续这个话题,他就会嬉皮笑脸地说:"得了,得了!我们聊得够多了,这都过去了。只要我没喝到一百度,那就不会有问题。但是啊,要是我超过一百度,我跟你保证我一定改,我说到做到!"

我们已经来到了山顶。这条路往前延伸,进入了令人赞叹的鲁马尔森林。

秋天,美不胜收的秋天,最后一丝生机的绿色已经染上了金黄与鲜红,仿佛太阳已经融化,从天上滴落,坠入了稠密的森林之中。

我们穿过杜克莱尔,接下来并不是继续往瑞米耶日的方向前进,我的朋友把马车往左调去,抄了一条近道,进入一片矮林中。

很快,我们来到一片高高的山坡顶上,美轮美奂的塞纳河谷又一次出现在我们眼前,蜿蜒的河流正从我们脚下流淌而过。

右手边有一座用石板做屋顶的小小建筑，屋顶之上矗立着一座高高的钟楼，就像一把阳伞。这栋建筑紧挨着一栋有绿色百叶窗的房屋，屋墙上爬满了忍冬与玫瑰。

有个大嗓门喊了一声："有朋友来啦！"马蒂厄就出现在门边。这是个六十岁左右的干瘦男人，留了一撮山羊胡子，嘴唇上的长长髭须已经白了。

我的同伴与他握手，向他介绍了我，马蒂厄把我们迎进一间明亮的房间，这儿既是厨房也是起居室。他说道：

"先生，这不是什么高雅的房子。我就喜欢离我的饭菜近一点儿。您瞧呀，这些锅碗瓢盆都能跟我做伴。"

接着，他转身对我的朋友说道：

"您为什么在星期四大驾光临？您是知道的，今天是我的主保圣人医治病人的日子。下午我可没办法出门。"

然后他就朝着大门跑去，发出像牛一般的可怕喊声："梅里——！"这声音肯定能把河道里那些往来船舶上的水手们震得抬起头来，甚至传得远远的，直到山谷最深处。

梅里没有应声。

马蒂厄狡黠地眨了眨眼睛。

"她正跟我闹别扭呢，您瞧呀，因为昨天我喝到了九十度。"

我的伙伴笑了起来："九十度，马蒂厄！您是怎么办到的？"

马蒂厄答道：

"我来告诉您。去年的时候，我只收了二十拉齐尔[1]的杏苹果。

1　佛拉芒的旧计量单位，用来计算煤的体积。在诺曼底地区则被用来计算苹果或块茎植物的果实的体积。1拉齐尔约为50升。

这收成干不了什么，但是用来做果酒还是够了。所以我就酿了一桶，然后昨天我开桶取酒了。琼浆玉液啊，不愧是琼浆玉液；您说是吧。那时候波利特在我这儿，我们就喝了一杯，然后又喝一杯，怎么喝也喝不够，简直能喝到第二天，一杯又一杯，我觉得胃里啊清凉痛快。我跟波利特说：'我们去喝点儿白兰地暖一暖！'他同意了。但这个白兰地吧，会让你浑身都热起来，于是我们还得回来喝果酒。就这样，我们凉爽完了，就热一热，热了就去找凉的，然后我就发现自己已经九十度了。波利特离一百度也不远了。"

门开了，梅里出现了，她都没来得及跟我们打招呼，就骂起来："畜生，你们两个明明都一百度了！"

马蒂厄一下子就火了："别说这种话，梅里，别说这种话，我从来没有到过一百度。"

他们在家门口那两棵椴树下请我们吃了一顿丰盛的午餐，紧挨着"大肚圣母"小教堂，眼前是广阔的景致。马蒂厄跟我们说了一些不怎么能让人信服的圣迹故事，那嘲弄的语气中竟夹杂着一丝出人意料的轻信。

我们喝了许多美妙的果酒，辛辣又甘甜，清凉而令人陶醉，比起其他的酒，马蒂厄偏爱这一款。我们点燃了烟斗，跨坐在各自的椅子上，这时候，两个老太婆走了过来。

她们苍老、干瘪，而且驼背。打过招呼后，她们说要请圣布朗[1]。马蒂厄朝我们眨了眨眼，回她们道：

1　圣布朗为莫泊桑杜撰的圣人。

"我这就请来。"

随后他消失在柴房里。

他在里面待了足足五分钟,然后一脸懊丧地回来了。他举起双手:

"我不知道他在哪儿,我找不到他;但是我很确定我有圣布朗像。"

接着,他用手掌做出喇叭的样子,再一次咆哮:"梅里——里——!"院子深处传来他妻子的声音:

"怎么啦?"

"圣布朗在哪儿?我在柴房里找不到他。"

然后,梅里解释了一通:

"是不是上个星期被你拿去塞在兔子窝里了?"

马蒂厄打了个哆嗦:"天杀的,好像是这么一回事!"

然后他对那两个老太太说道:"跟我来。"

她们跟在他身后。我和朋友也跟了过去,笑得差点儿喘不过气来。

果不其然,圣布朗像个破木桩一样,正扎在土里,沾满了污泥烂土,被当作兔子窝的一个角落。

两个老太婆一瞧见他,就立刻跪了下来,在胸口画十字,然后开始喃喃念起祈祷文。但是马蒂厄连忙冲过去:"等等,你们都跪在兔子粪堆里了。我给你们拿一捆麦秆。"

他去找来麦秆,给她们做了个祷告台。然后,考虑到圣人沾满了污秽之物,害怕会损害自己的生意信誉,便又补了一句:

"我帮你们给他擦干净些。"

他提来一桶水，拿了个刷子开始用力地洗刷起这个木头圣人来，而那两个老太婆始终不停地祷告着。

等忙活完了，他又说了一句："现在一点儿问题也没有了。"随后，他又领着我们俩回去喝酒了。

正当他把酒杯拿到嘴边时，突然停住了，脸上有点儿难为情，说道："不管怎么说，我把圣布朗塞进兔子窝的时候，我是以为他不会再给我赚钱了。已经有两年了，都没有人要请他。但这些圣人啊，你们知道的，永远都是圣人。"

他喝了一口，接着说道：

"来啊，再喝一杯。和朋友喝酒，至少也得喝到五十度，我现在才刚刚三十八度啊。"

《一个诺曼底佬》（*Un Normand*）1882年10月10日发表于《吉尔·布拉斯》（*Gil-Blas*）杂志，发表时署名"墨菲涅斯"（Maufrigneuse）。

泰利耶妓院

一

每天晚上约莫十一点钟,他们就到那儿去,像去咖啡馆那般平常。

聚在那里的,有六个或八个人,总是相同的面孔,他们不是什么花天酒地的人,而是些体面人、商人、城里来的年轻人。他们或是边喝着荨麻酒,边挑逗那里的姑娘,或是与人人尊敬的"太太"一本正经地谈论着什么。

他们总在午夜前回家睡觉。年轻人有时候会留下过夜。

这栋楼位于圣埃蒂安教堂后街的拐角之处,原本是民宅,面积不大,被刷成了黄色。透过窗户可望见锚地,那里满是正在卸货的船只,还能看见被称为"水池"的那一大片盐碱滩,其后更远处,便是圣母海岸和它那灰蒙蒙的古老教堂了。

"太太"出身于厄尔省一个不错的农民之家,她把这份工作当成安身之业,全然如同开一家女装店或是洗衣店一样平常。觉得卖春可耻的这种偏见,虽然在城里是那么强烈而且根深蒂固,但在诺曼底的乡下却是完全不存在的。那里的农民会说:"这是个不错的活计。"他们让自己的女儿去开妓院,管着一众姑娘,仿佛是在管理一所女子寄宿学校。

这家妓院是从一位老舅舅那里继承来的。"先生"和"太太"原先在伊夫托那一带开旅店,一发现在费康[1]做生意更有赚头,就立马把旅店盘出去了。他们在某个清晨来到这里,接管了这家因为没了老板而濒临倒闭的妓院。

他们夫妻俩为人正派,很快得到了员工和邻居们的喜爱。

两年后,先生因中风去世。来到费康之后,这份新的生意让他生活在奢侈逸乐之中,不免疏于动弹,变得过分肥胖,最终因自己的健康问题而丧命。

太太成了寡妇之后,妓院的常客都对她垂涎三尺,但到头来总是徒劳一场。人们都说她十分检点,甚至这楼里的姑娘们也从来没有发现过什么。

她身材高大,体态丰腴,惹人喜爱。由于终日在这昏暗的居所中,她的脸庞显得苍白,发出好像涂上了一层清漆一般的幽光来。她的额前有一圈蜷曲的薄刘海,是假发做成的,为她增添了一丝青春气息,却和那丰腴成熟的身姿不大协调。她终日快活,笑逐颜开,喜爱与人打趣,但又带着这个营生也不曾让她失掉的那份克制。她向来讨厌脏话,如果有哪个没教养的小子胆敢直呼这份职业之名,她绝对会发火、反驳。一言以蔽之,她是一个雅致的人,虽然她总称自己手下那些姑娘为挚友,但也时时明言,自己"和她们不是同一个箩筐里的"。

在一周当中,她有时候会租辆马车,和几个姑娘一同外出。

---

[1] 费康(Fécamp),法国上诺曼底地区的一个港口城市,濒临英吉利海峡。

她们到瓦尔蒙的山谷里去，在小溪流旁的草地上嬉闹。在那儿，她们就像是逃出女子学校的寄宿生，玩起孩童的游戏，到处疯跑，沉浸在幽禁过后感受到自由空气的欢快之中。她们在草地上吃起肉食，喝下苹果酒，直到夜色降临时才回城里去。她们带着疲惫，但也很满足，心中产生一丝柔情。在马车里，姑娘们纷纷去拥抱亲吻太太，就好像她是一个慈爱的母亲，宽厚又纵容。

这栋楼有两个入口。楼角有一个下等的咖啡馆，入夜之后，就用来接待普通百姓和水手。有两个姑娘负责照看这个咖啡馆里的生意，满足这一部分客人的需求。另外还有一个叫费雷德里克的男孩给她们俩搭把手，那个矮小子一头金发，嘴上无毛，却壮得像头牛，在他的帮助之下，一瓶瓶葡萄酒、一杯杯啤酒被送到了摇摇晃晃的大理石桌上。她们俩用胳膊勾住了来客的脖子，坐在他们的大腿上，给他们灌酒。

另外三位姑娘（她们一共就这么五个人）则组成了某种贵族阶级，只在二楼接待来客，只有当二楼没什么客人，而楼下又需要她们帮忙的时候，她们才会下楼去。

二楼的朱庇特沙龙总是聚集了当地的中产人士，这个房间里贴了蓝色的墙纸，还挂着一幅巨大的画作，画面中，勒达正躺在一只天鹅下面[1]。要来到这个房间，需要先上一道旋转楼梯，走到一扇并不显眼的窄门，那门朝着街道，门楣上有一盏彻夜点燃的小提灯，还加装了格子栅栏，就像在一些城市街旁墙上的神龛里，圣母脚下总是点着长明灯。

---
1 天神宙斯曾化作天鹅与勒达做爱。因被拐走而引起特洛伊战争的海伦就是勒达与宙斯的女儿。

这栋楼潮湿而老旧，有一股轻微的霉味。古龙水的香气时不时飘荡在走廊里，有些时候，楼下的某扇门半开半掩，一楼的那些客人们坐在桌旁发出吵闹的叫声，像打雷一般震动整栋楼，二楼的贵老爷们每每听闻此等喧嚣，总要在脸上露出忧虑又憎恶的神色来。

"太太"待这些贵客如挚友，寸步不离沙龙，对他们带来的种种城中逸事兴致盎然。她严肃的谈话消解了那三个姑娘的疯言疯语；对那些大腹便便的客人而言，这就如同一场顽皮戏谑中短暂的歇息，他们夜夜来此寻欢作乐，在一众风尘姑娘的陪伴下觥筹交错，显得风流又正直。

那三位高贵姑娘的芳名分别是费尔南德、拉斐尔和罗莎罗丝。

这座妓院里的姑娘毕竟有限，所以不得不将她们每个人都打造成一种样本，换言之，打造成某种类型女子的样品，以便每位来客都能在这里找到自己中意——或者至少是接近自己的口味——的姑娘。

费尔南德代表的是"金发美女"，身材高大，几近肥胖，整个人十分柔软，是一个脸上始终有雀斑的农家女孩。她的头发被剪得短短的，颜色很浅，甚至几乎要没有颜色了，就像被精心梳理过的亚麻，浅浅地覆盖在自己的脑袋上。

拉斐尔是一个马赛姑娘，是个混迹于海港的妓女，代表着不可或缺的"犹太美女"这一角色。她身形消瘦，颧骨很高，浓妆艳抹。她那一头乌黑的头发因为抹了牛髓油而光泽亮丽，鬓角处还梳成了钩子的样式。如果她的右眼上不长白翳的话，她那双眼睛本该是十分美丽的。她的鹰钩鼻几乎要落到那十分突出的下巴上，嘴里上排牙槽里那两颗新镶的牙，和下排那些如朽木般沾染黑渍的老牙相比，十分显眼。

罗莎罗丝身材浑圆，肚子有如一个小肉球，腿却十分短。她嗓音嘶哑，却从早到晚唱个不停，有时是放荡的艳曲，有时是感伤的歌调。她还喜欢讲没完没了却毫无意义的故事，只有在吃东西的时候，她才会停止说话，也只有在说话的时候，她才会停止吃东西。她一刻也歇不下来，虽然满身脂肪、四肢短小，但身体却像松鼠那样灵活。还有她的笑，一阵阵尖锐的笑声，总是不停地从这里、那里爆发出来，在房间里，在顶楼上，在咖啡馆里，到处都是她的笑声，但又根本不知道她在笑什么。

一楼的两位姑娘是露易丝——被取了一个外号叫"心肝儿"，和佛罗娜——人称"跷跷板"，因为她有点儿瘸腿。露易丝总是围着一条三色的腰带，仿佛自己是"自由"的象征，佛罗娜则是把一些铜质的假金币装饰到自己的红头发上，依着想象装扮成西班牙女郎的模样，她摇摇晃晃地每走一步路，头发上那些假金币就要跳一下。她们俩看起来都像为了参加狂欢节而特别打扮过的厨娘。和其他一般的女子一样，她们不算丑，也谈不上漂亮，就是货真价实的旅馆女侍者。港口上，有人给她们俩取了外号，叫两个"水泵"。

一股淡淡的嫉妒之情弥漫在这五个女子之间，但也不至于引来麻烦，这都多亏了太太用自己无穷无尽的好脾气，还有协调的智慧在其中斡旋。

在这个小城里，此种生意独此一家，因此顾客往来不绝。太太早就清楚要给这种生意蒙上一层它应有的体面。她让自己看起来十分讨人喜欢，待所有人都体贴备至。她的好心肠人尽皆知，人人也就对她尊敬有加。那些老主顾总是对她献殷勤，当她表现出更明显的热情时，这些主顾总会沾沾自喜。白日里，当他们因为生意的事情碰到一块儿的时候，总要互相说一句："今天晚上，老地方见。"就如同人们在说："晚饭后，咖啡馆见，对吧？"

说到底，泰利耶妓院就是生活之源，很少有人会错过这每日的聚会。

然而，五月底的某一天晚上，前任市长、做木材生意的普兰先生第一个到来的时候，发现泰利耶大门紧闭，格网后面的小提灯也暗淡无光，房子里静悄悄的，就像被荒废了一样。他敲了敲门，一开始力道不大，随后就猛敲了起来，但没有人应声。他缓步回到街道上，来到集市广场的时候，碰上了船商杜维尔先生，他也正要往泰利耶去。他们就一起回到了妓院，但仍旧没人应声。但他们身旁不远的地方突然传来一阵吵闹声，他们两人绕到房子一侧，瞧见一群英国水手和法国水手正拿拳头砸咖啡馆紧闭的门。

这两位有产者连忙要溜走，生怕被牵连进去；但一阵轻轻的嘘声止住了他们，原来是腌鱼商人图尔勒沃先生，与他们彼此认识，刚刚在叫他们。他们就同图尔勒沃先生说了这件事，后者更是郁闷，因为他已经结了婚，为人父，处处被看得很紧，只能星期六的时候到这儿来。他说这是"为了保险"，这话暗地里指的是某种卫生措施，因为他的朋友博尔德医生跟他透露过这类周期性变化的秘密。今天正巧是他的"日子"，不过现在他得再忍一个星期了。

这三人转了一大圈，来到码头边，在路上碰见了银行家的儿子，年轻的菲利普先生，他也是泰利耶的常客，还有税务官邦贝斯先生。于是，这群人一同取道犹太人街回到妓院，想最后再试一次。但那群恼火的水手正围着房子，一边朝它丢石子，还一边大喊大叫；这五位二楼的客人立刻原路返回了，重新开始在街道上闲逛。

他们又碰上了保险代理人杜波依先生，然后是商事法庭的法官瓦斯先生；他们走了好长一段路，来到了防波堤。这群人在堤坝的花岗岩矮护墙上坐成一排，看海浪起伏翻涌。浪尖上的泡沫在黑暗中放出白色的光芒，但稍纵即逝，海浪击打在礁石上，发出单调的拍打声，沿着峭壁在夜色中传向远处。这群失落的散步者在那儿坐了好一会儿之后，图尔勒沃先生开口道："这真是一点儿也不好玩。"邦贝斯先生接过话头："确实不好玩。"他们就又起身缓步走到别处去了。

他们沿着山坡下那条被人称作"树林下"的街道走，从"水池"上的木桥走过，顺着铁路，又一次来到了集市广场。税务官邦贝斯先生和腌鱼商人图尔勒沃先生突然在这里争吵起来，他们吵的内容有关一种可以食用的蘑菇，他们中的某一个人口口声声说自己曾在这附近发现过那种蘑菇。

烦闷的情绪让他们变得易怒，要不是其他人劝解，大家都觉得这两人没准要打起来。邦贝斯先生一肚子火，丢下他们走了。随即，前市长普兰先生和保险代理人杜波依先生之间又爆发了另一场争吵，争吵的内容关乎税务官的薪资和他能搞到手的灰色收入。侮辱性的言语有如弹发，互相射出，这时候，他们听见一阵可怕的尖叫和吵闹声，那群水手在大门紧闭的妓院前苦苦白等了那么久，现在正往广场涌来。他们手拉着手，两两一对，组成了一条长长的队伍，正愤怒地破口大骂。这群有产者躲到一扇门边，那群水手喊叫着，身影消失在去往修道院方向的路上。但过了好久，他们依旧能够听到渐渐减弱的喧哗声，如同一场远去的暴风雨；随后，又归于沉寂了。

普兰先生和杜波依先生彼此还在生气，招呼也没打，就分道扬镳了。

其他四个人又走了起来，如本能一般地又往泰利耶的方向走去。它依旧大门紧闭、寂静无声，让人猜摸不透。但有个醉汉正一言不发地缓缓敲着咖啡馆的正大门，十分执拗，过了一会儿他停下来了，轻声叫唤着酒保男孩费雷德里克的名字。见没人应他，他拿定主意在门前的台阶上坐了下来，等待好事降临。

当那群乱哄哄的水手又出现在马路那头的时候，有产者们就溜走了。法国水手们怪声高唱着《马赛曲》，英国水手唱的是《统治吧！不列颠尼亚》。他们团结起来，进攻泰利耶的壁垒，随后这群粗野的男人又往码头的方向去了，到了那儿，两个民族的水手大打出手。这场混战中，一个英国佬断了胳膊，一个法国佬塌了鼻子。

那个醉汉依旧在门前，这时却像其他酒鬼一样哭了起来，像一个满心懊恼的小孩。

有产者们终于四散离去了。

这座城市历经这一场纷闹，又渐渐地恢复了平静。时不时地，在这儿或那儿还能听见有声响传来，随后消散在远处。

只有一个人仍在游荡，那就是腌鱼商人图尔勒沃先生，他为不得不等到下一个星期六而感到悲愤。他还有所期盼，不知道泰利耶是发生了什么事情，他一边搞不明白，一边感到气愤：这样一个为社会各层人士提供服务的公益机构，警察居然听任它大门紧闭？

他又绕回来了，仔细察看楼墙，思索个中缘由；这时，他发现墙壁的披檐上贴了一张布告。他迅速点燃一条蜡绳，读起那一行歪歪扭扭的大字来："初领圣体，因故歇业。"

他心中明白彻底没戏了，随后离开了。

醉汉此时已经睡着了，在紧闭的大门前四仰八叉地躺着。

隔天，所有的常客，一个接一个地找到种种方法，从这条街上经过，他们还在胳膊下夹了几份文件，为了让自己显得泰然自若；然后，他们鬼鬼祟祟地瞥上一眼，人人都读到了那张神秘的布告："初领圣体，因故歇业。"

二

事情是这样的，太太在厄尔省维尔维勒的老家有一个当木匠的弟弟，当太太还在伊夫托开旅馆的时候，她就当了自家兄弟的女儿的教母，还给女孩儿取名康斯坦丝，全名是康斯坦丝·伊维，伊维是他们姐弟俩从父亲那里得来的姓氏。这个木匠弟弟知道自己的姐姐生活富足，尽管二人各自忙碌，住的地方也相隔甚远，并不经常见面，但也从未断过音讯。这一年，小姑娘就要满十二岁，该领圣体了，当弟弟的抓住这个能让两人联络的机会，写信邀请姐姐来参加初领圣体的仪式。姐弟俩的父母均已故去，她也不好拒绝参加教女的领圣体仪式，便接受了邀请。她的弟弟，名为约瑟夫，正期待着通过此次机会大献殷勤，没准能因此让没有子女的姐姐立下一份对自家姑娘有益的遗嘱。

姐姐的生意没有给他带来丝毫困扰，至少在他们当地，没人知道她具体是做什么买卖的。谈起她时，大家说的是："泰利耶太太在费康那儿有产业。"这话让人以为她靠着收租金过活。从费康到维尔维勒，少说也有二十法里；二十法里的陆地距离对农民来说，要比文明人跨过整个大洋还难。维尔维勒人从未去过比鲁昂更远的地方，而这个只有五百户人口的小村庄也没什么能把费康的人吸引过来，它被遗落在一片平原之中，属于另一个省。说到底，没有人能知道什么关于费康的事。

但是，领圣体的日子一点点近了，太太却感到困窘不安。她手下没有可以充当副手的人，哪怕把这妓院丢下一天，她都十分不安。楼上楼下的姑娘肯定要闹起来。费雷德里克肯定会喝醉，他一旦醉酒，一言不合就要跟人打起来。最终，她决定把所有姑娘都带上，而那个酒保，他可以自由个两天。

她的弟弟对此并无异议，愿意安排她们所有人住上一晚。于是，星期六上午，太太和她的姑娘们搭上了八点的火车，乘坐的是二等车厢。

车上没有其他乘客，她们像一群喜鹊一样叽叽喳喳说个不停。到博泽维尔这一站，一对夫妇上了车。男人是一个老农民，穿着一件蓝色的罩衫，领口皱巴巴的，衣袖宽大，但袖口紧束，还缀着些白色的小绣花。他戴着一顶老旧的高礼帽，上面的绒毛已经褪成了红棕色，竖了起来。他一只手里抓着一把巨大的绿伞，另一只手里提着一个大箩筐，三只鸭子惊恐地把头从里面伸了出来。那女人一副乡下打扮，身体僵直，有着一张母鸡般的脸，鼻子尖得像鸡喙。她坐到自己的丈夫对面就一动不动了，为自己置身于一群漂亮姑娘之中而感到错愕。

在这车厢里，缤纷的色彩确实让人头晕目眩。太太一身蓝，从头到脚都是蓝色的丝绸，披着一条鲜红的仿山羊绒披肩，耀眼夺目。费尔南德把自己塞进了一条苏格兰花呢裙子里，这让她有些无法呼吸，直喘气，她的同伴们费尽力气才帮她把束带系好，布料之下，她肥硕的乳房被托起，成了两个圆球，像是用水做的，总是不停在荡漾。

拉斐尔戴着一顶饰有羽毛的帽子，那帽子像一个里面都是小鸟的鸟窝。她一身淡紫色衣服，饰以金色光片，这些具有东方韵味的玩意与她那张犹太人的面孔相得益彰。罗莎罗丝穿了一条宽边的玫瑰色裙子，看起来像一个过于肥胖的孩子，也像一个过胖的矮子。而那两个"水泵"穿的奇装异服活像是用旧窗帘布裁剪制作而成的，而且看这窗帘上的图案，应该可以追溯到王朝复辟时期。

当她们不再是车厢里仅有的乘客之后，这些女子就故作庄重起来了，开始讨论高雅的事物，为了让别人对她们有个好印象。到了博尔贝克，一位留着淡金色连鬓胡子的先生上车了，他戴着好些戒指和一条金项链，把几个绣了金线的包放到了头顶上边的行李架上。他看起来吊儿郎当的，十分随和。他打过招呼，一边笑着一边随意地问道："姑娘们改换营地吗？"这个问题让这群人一下子感到困窘难堪。终于，太太恢复了镇静，为了捍卫她们的荣誉,她冷淡地答道:"您该懂点儿礼数!"他道歉道:"失礼了,我说的是修道院。"太太找不到话来反驳,或者可能是觉得这道歉就够了,她抿着嘴,庄严地点了点头。

这位先生坐到罗莎罗丝和那个老农之间,对着那三只把头从大篮子里探出来的鸭子眨了眨眼睛;等到他觉得自己已经引起众人的注意了,便开始伸手去挠鸭脖子,还对它们说些荒唐的话,就为了把大家都逗笑:"我们已经离开曾经的小水塘啦!嘎嘎!嘎嘎!就为了去见识烤鸭的扦子,嘎嘎嘎!"那几只可怜的家禽扭过头,躲避着他的抚摩,惊恐地挣扎着想要离开它们的柳条牢笼。突然,这三只鸭子一起发出了满是痛苦的哀怨叫声:"嘎嘎嘎嘎!"那一众女人爆发出一阵笑声,前俯后仰,互相推搡着,都想看个究竟。她们像疯了一样围着鸭子,而这位先生大发慈悲,同时也是献媚,又把刚才做的事情重复了一遍。

罗莎罗丝加入了这场打闹,整个人都越过她邻座这位先生的大腿,亲吻了那三只鸭子的鼻子。紧接着,每个姑娘都想亲一亲这几只鸭子;这位先生就让姑娘们一个个坐到他的膝盖上,用腿颠她们,还捏了捏她们;一下子,他就和她们变得十分熟悉了。

那两位农民比他们的鸭子还要震惊,眼睛就像着了魔似的来回打量,身体一动也不敢动。他们沟壑纵横的脸上没有一丝笑容,也没有一丝波澜。

这位先生是一个旅行推销员,插科打诨间,对女士们推销起背带来了。他取下自己的一个包,打开来,这可是一个妙招,那包里装满了松紧袜带。

全是丝袜袜带,蓝色的、玫瑰色的、红色的、淡紫色的、深紫色的、朱红色的，都有金属扣，扣子上是两个抱在一起的镀金爱神。姑娘们发出了欣喜的叫声，随即检查起这些袜带来，就像每个翻动服装用品的妇女那样，神色庄重。她们用眼神相互示意，低声说上几句话，互相商量或者问答。太太抚摩着一双橙红色的袜带，十分喜欢，这双袜带要比其他的更宽、更有档次：这是一双真正适合老板娘的袜带。

这位先生候着，心里有了一个主意，开口说道："听我说，我的小猫咪们，你们真该试一试这些袜带。"这话引来了一阵惊呼；她们连忙护住自己两腿间的裙子，仿佛害怕遭到强暴。而这位先生十分平静，他在等待时机。他开口宣布道："你们都不愿意试试，那我就收起来了。"然后，他又说："谁要是试了，我就把她挑中的那双送给她。"但她们不愿意，都十分庄重，坐得直挺挺的。那两个"水泵"倒是为他的新提议而扭扭捏捏，尤其是"跷跷板"佛罗娜，她被自己的欲望折磨着，明显十分犹豫。他便催促她："来吧，我的姑娘，勇敢一些，看哪，淡紫色的这双和你这一身打扮太搭了。"于是，她下定了决心，掀起自己的裙子，露出一双牛倌才有的大粗腿，上面套着一双已经松掉的长筒袜。这位先生蹲下来，把袜带套到她的膝盖下面，然后继续拉高，他还轻轻地挠了她，那姑娘发出轻轻的叫唤声，身上不住地颤抖。这事做完了，他就把这双淡紫色的袜带送给了她，然后问道："接下来轮到谁了？"所有人都一起喊了起来："我！我！我！"他从罗莎罗丝开始，她露出自己畸形的腿来，浑圆而看不见脚踝，简直就像拉斐尔说的"血肠"。费尔南德被这位旅行推销员恭维了一番，她那两条如长柱般笔直结实的腿让他欣喜若狂。犹太美人的瘦腿就没那么受欢迎了。"心肝儿"露易丝开起了玩笑，把这位先生罩在了自己的裙子里，太太不得不制止了这有失分寸的嬉闹。终于，轮到太太伸出自己的腿了，这是漂亮的诺曼底小腿，丰满而又结实，推销员十分惊喜，心醉神迷，文质彬彬地摘下自己的帽子，像一个真正的法兰西骑士那样，向这柔美的杰作致敬。

农民夫妇惊得目瞪口呆，纹丝不动，用一只眼睛斜看着这一切。他们俩看起来就像两只小鸡，让这个有着淡金色连鬓胡子的男人站了起来，冲着他们的鼻子就是"喔喔喔"几声。这一举动又一次引来哄堂大笑。

这对上了年纪的农民夫妇在默特维尔下了车，提着他们的篮子、那几只鸭子，还有他们的雨伞；他们走远了，大家还听见那农妇对她的丈夫说道："这群荡妇，肯定是要去该死的巴黎！"

而这位一路上逗乐她们的推销员则在鲁昂下了车，他后来在车上实在是太过出格，太太不得不严厉地提醒他要规矩一些。她还充满道德地补充了一句："这倒是给我们上了一课，该怎么和陌生人打交道。"

她们在瓦塞尔换乘另一趟火车，然后再乘坐一站，便看见正在等候她们的约瑟夫·伊维先生，他准备了一辆大车，套着一匹白马，车上摆满了座椅。

这个木匠礼貌地亲吻了每一位女士，然后把她们扶到车上。最里边的三张椅子上坐了三位姑娘，拉斐尔、太太和她的弟弟这三人坐在前面的座椅上，罗莎罗丝压根没有座位，就勉勉强强坐在高大的费尔南德的膝盖上；于是这群人出发了。但是，马匹很快开始小跑起来，车颠簸得太厉害，椅子也跟着晃动起来，这些乘客被高高地颠起，然后被左抛右甩，像一群提线木偶那样动着，脸上满是惊恐的神色，发出惊骇的叫声，很快这叫声又被突然到来的更猛烈的颠簸打断了。她们都紧紧抓着车子的边缘，帽子要么被颠落到背后，要么滑到鼻子前，要么就是落到了肩膀上。白马始终跑着，脖颈伸得老长，尾巴也抻得直挺挺的，这马尾看起来像一只没毛的耗子，不时地拍在马的臀部。约瑟夫·伊维一只脚踩在车辕上，一条腿则盘在身下，手肘高高抬起，手里抓着缰绳，喉咙里不停地发出嚷叫声，这声音让小马的耳朵都竖了起来，加快了步伐。

绿色的原野在大路两旁延伸开去。大片大片的油菜花，成了一张张金灿灿的巨大桌布，它们起伏波动，飘来了一阵浓郁的芬芳，这气味温润而又沁人心脾，在风中飘得很远很远。高高的黑麦之中，有矢车菊探出了天蓝色的小脑袋，让女士们忍不住想下车采撷一把，但伊维先生拒绝让车停下来。时不时地，一片仿佛被鲜血浇透的田野出现了，那里开满了虞美人。在这被大地的花朵点缀得五彩缤纷的原野上，这辆马车自己更像装着一大束颜色更为绚丽的花，随着白马一路奔跑，消失在一座农场的树林之后，接着又在叶丛的尽头现身，再一次从黄绿交错、红蓝点缀的乡间穿行而过。这坐满了女子的光彩夺目的马车，在阳光下飞奔着。

来到木匠家门口的时候，下午一点的钟声响了起来。

她们已经疲惫不堪，而且饿得脸色苍白，从出门到现在什么也没吃。伊维太太赶紧出来迎接，把她们一个个扶下马车，姑娘们一踏到地上就连忙亲吻她们；她更是没有怠慢自己的大姑子，对她亲个不停,简直像是要抓住她不放。大家在木工的棚子里吃了饭,工作台和工具都已经清空了,因为隔天要在这里摆宴。

大家先吃了欧姆蛋,再来是烤辣肠,搭配辛辣的苹果酒,大家都感到快活。伊维给大家祝酒,将一杯酒一饮而尽,他的妻子为大家服务,准备餐食,端盘上菜,又撤走空盘,还在每个人耳边轻声问道:"您还满意吗?"一摞木板靠在墙边,一堆刨花被扫到了墙角,散发着木头刨开时的清香,是一种细木工厂的气息,这树脂的芬芳沁人心脾。

大家想看看主人家的小姑娘,但她到教堂去了,到了晚上才回来。

于是这一群人就出门去了,到附近逛了起来。

这是一个非常小的村庄,一条大马路从中穿过。十几栋房子沿着这仅有的一条马路排列成队,房子里住的都是在本地做生意的人,有开肉店的、开杂货铺的、做木工的、卖咖啡的,还有修鞋匠和面包师傅。教堂就在这条路的末尾,被一片小小的墓地包围着;教堂的大门口栽着四棵非常高大的椴树,几乎把整个教堂都遮住了。教堂是用方方正正的燧石建起来的,没什么特别的风格,房顶上则盖着岩板。在它后边,又是原野,在这里或那里可以望见几座被树丛掩挡的农场。

尽管伊维身上还穿着工作服,但出于礼貌,他还是挽着自己姐姐的手臂,充满威严地陪她散步。他的妻子则深深地被拉斐尔那一身绣了金丝的裙子吸引了,走在拉斐尔和费尔南德之间。矮矮胖胖的罗莎罗丝为了跟上,在后面一路小步快跑,露易丝和佛罗娜也紧跟其后,而且"跷跷板"佛罗娜还是个跛子,已经筋疲力尽了。

本地居民都走到自己的家门口,孩子们停下了他们的游戏,有一道窗帘被拉了起来,隐约可见窗后有一个戴着棉布软帽的脑袋;一位拄着拐杖、几乎已经瞎了的老妇人画起十字,仿佛走过去的是一个宗教队伍。每个人都久久地盯着这群从城里来的漂亮女士,她们从那么遥远的地方来到这里,是为了来参加约瑟夫·伊维的女儿第一次领圣体的仪式,这让大家对木匠涌起了一股崇高的敬意。

从教堂门口经过的时候,她们听见孩童唱诗的歌声:孩子们用尖尖的嗓音唱着赞美上天的圣歌。但太太不让大家进去,免得打扰了这些可爱的孩子。

他们在村子里走了一圈,挨个谈了谈村里那些大地主,从田地的产量到牲口的繁殖,约瑟夫·伊维都讲了一遍,然后他带着这群女士回去了,把她们安顿到自己家里。

但空间实在有限,约瑟夫只能按两人一间来安排。

这天晚上,伊维要在自己的工棚里过夜,睡在那堆刨花上。他的妻子和他的姐姐同住;隔壁房间住的是费尔南德和拉斐尔。露易丝和佛罗娜则被安置在厨房里,睡在一张放在地板上的床垫上;罗莎罗丝一个人睡在楼梯上一间黑漆漆的小屋里,紧挨着一个狭小阁楼的房门,这天晚上,要领圣体的小姑娘就睡在这个阁楼里。

小姑娘一回来,雨点般的亲吻就落到了她的身上。每位女士都想摸摸她,这是一种职业习惯般的亲热,正是这种宣泄泛滥柔情的需要,让她们在火车上人人都去亲吻了那几只鸭子。每位女士都让小姑娘坐到自己的腿上，揉揉她金黄色的秀发，那充沛、自然而然萌发的爱意冲动，让她们把她紧紧抱在胸口。小女孩十分聪慧，内心充满了恭敬，仿佛已经得到神的宽恕一般，不受外界的一切干扰，因而平静地任由这些女士摆布。

对所有人来说，这是非常疲惫的一天，吃完晚饭之后大家很快就去休息了。乡下这无尽的寂静几乎有了神性，笼罩着这个小村庄，这是一种安详的寂静，充满穿透性，又广阔无限，一直蔓延至漫天星辰。这些已经习惯了妓院夜夜喧嚣的姑娘，要在这沉睡的村庄的寂静中睡去，不禁有些心烦意乱。她们的肌肤一阵阵地战栗，不为寒冷，而是因为不安而纷扰的内心深处感到了一阵阵孤独。

她们每两个人睡在一块儿，一躺到床上就紧紧抱住对方，像是要抵御这种大地平静而深沉之睡眠的侵蚀。但是，罗莎罗丝独自一人在她的黑屋里，怀中空空让她尤其不适，感觉被一种模糊而痛苦的情感擒住了。她在床上辗转反侧，迟迟不能入睡，然后，她听见自己脑袋对着的那堵隔板之后，传来了一阵轻轻的啜泣声，听来像是有个孩子在哭。她受到了惊吓，低声呼唤起来，一个小小的声音断断续续地回应了她。是小姑娘在哭，她原先都是睡在她母亲的房间里，现在因为睡在逼仄的阁楼里而感到恐惧。

罗莎罗丝一阵狂喜，为了不惊醒任何人，她轻手轻脚地起身去找那孩子。她把小姑娘领到自己温暖的床铺上，把她抱入自己怀中，亲吻她，呵护她，让自己过分倾泻的柔情围绕着她，这之后，她自己也平静下来，睡着了。这个要初领圣体的小姑娘，一直把额头贴在这妓女袒露的胸脯上，一觉睡到天亮。

清晨五点钟,教堂那口小小的钟敲响了"三钟",钟声厚重,把女士们都吵醒了,平日里,她们经历了一夜的疲惫之后,总是要睡够整个上午的,那是她们仅有的休息。村里的农夫们早就已经起身了。本地的妇女已经忙碌起来,她们串门串户,迅速地说几句话,手里还小心翼翼地拿着浆得跟硬纸板一样的平纹短裙,或者是巨大的蜡烛,蜡烛上还系着一个丝绸的结,中间有金色流苏,烛身上还有用来把持的齿状边缘。太阳已经高悬,天空一片湛蓝,光芒四射,天地相接之处还有一抹绯红,像是晨曦残留的余晖。母鸡带着鸡仔在屋前走动;在某处,一只脖颈有着闪亮光泽的黑公鸡正昂起它的大红冠子,拍打双翅,迸发高唱的啼声,如铜号一样直冲云霄,引得其他公鸡纷纷附和。

有些马车是从临近的市镇来的,停在一个个门口,车上下来了一些高大的诺曼底妇女,她们穿着暗色的裙子,把头巾都扎在胸口处,还用一枚古老的银饰别住。男人们穿着新的礼服,或者是有两条垂尾的旧的绿色呢子燕尾服,再在外头套一件宽松的蓝罩衫。

马都进了马厩,如此一来,两侧的各式马车沿着大路连成了两条线:乡村四轮马车、双轮的运货马车、带篷的轻便双轮马车、有长凳的马车,等等,各式各样的,年岁也各不相同。它们要么车头朝地,要么屁股朝地、车辕朝天。

木匠家里一片忙碌,像个蜂巢。这些女士只穿了短上衣和衬裙,正忙着给小姑娘梳妆打扮,她们的头发披落在后背,又薄又短,看来像是历经沧桑,已然失去了光泽。

小姑娘站在一张桌子上,一动不动,泰利耶太太正在指挥她那整个机动部队的一切行动。大家给小姑娘洗了脸，给她梳头，给她扎头发，给她穿上衣服，用了好些别针在她的裙子上别出皱褶，还帮她把过粗的腰身束了起来，把她这一身穿着处理得优雅得当。紧接着，这一切做完之后，大家让这个耐心的小姑娘坐下来，让她最好不要动；这群激动的女士连忙开始收拾自己。

小教堂又传来钟声。那口可怜的小钟发出的当当声不太响亮，声音升起之后就消散在空中，就像一道过于衰弱的叫声，很快就淹溺在无垠的蓝天里。

领圣体的孩子们从家里出来，朝那栋公共建筑走去，那建筑里有两座学校，以及本地的村委，它坐落在村庄的尽头，而"上帝之家"则在另一头。

父母们都穿上了节日的服装，跟在孩子后面，脸上挂着局促不安的神色，已经习惯了弯腰劳作的身体让他们的动作不怎么协调。小姑娘们个个身着一团雪白的绢纱，看起来仿佛是打得发泡的奶油。小男孩们看起来就像缩小版的咖啡馆服务员，头上涂了厚厚的发蜡，叉着双腿往前走，生怕弄脏他们的黑色短裤。

有一大群亲戚远道而来，围着家里的孩子，这对一个家来说可谓无上的光荣：因此，木匠显得扬扬得意。泰利耶军团以老板娘打头，跟在康斯坦丝身后，小姑娘的父亲让姐姐挽着自己的手，她的母亲则走在拉斐尔身旁，费尔南德和罗莎罗丝一排，那两个"水泵"走在一块儿。整个队伍浩浩荡荡，威严得像是一个统一着装的参谋部。

这在村子里引起了巨大的反响。

学校里，小姑娘们在一位戴尖帽的修女的带领下排成一队，男孩子们则排在一位戴着礼帽的英俊教员身后。大家一边唱着赞美歌一边出发了。

男孩子走在前面，排成两列，行进于两排卸了套的马车之间，女孩子也排成两列走在后面。所有的居民出于恭敬，都让这群城里来的女士走在前面。她们紧跟在孩子们后面，也是分为两列，左边三人，右边三人，身上的服饰色彩缤纷，宛若一抹抹烟火。

她们的到来在教堂里引起了一阵骚动。大家你推我挤，纷纷扭过头往前涌来，要看看她们。有些女教友高声说起话来，因为她们的服饰比唱诗班的祭披更加绚丽，她们都因眼前的景象惊呆了。村长让出了自己的座位，那是祭坛右边的第一条长凳，泰利耶太太和她的弟媳，以及费尔南德和拉斐尔，在凳子上落了座。罗莎罗丝和两个"水泵"则与木匠坐在第二条凳子上。

教堂的祭坛上跪满了孩子，女孩在一侧，男孩在另一侧，他们手里捧着的长烛就像要倒向四面八方的长矛。

唱诗台前面站着三个男人，正高声唱诵。他们没完没了地拉长一些拉丁语的音节，把每一个"阿门"的"阿"都扯得老长，而蛇形风管也发出自己长长的单音，声音从那个铜乐器呼啸而出，拖得没完没了。有一个孩子用自己尖利的嗓音配合着。一个坐在神职祷告席里的神父，戴着方形教士帽，时不时站起来，含混不清地叨念几句，然后又坐下，而那三个唱诗的人又接着唱，眼睛牢牢盯在面前那本厚重的单声圣歌集上，这歌集摊开在一只展翅的雄鹰木托之上，底下是一根立轴。

全场突然一阵肃静。所有到场的人齐刷刷跪下，主祭出现了。他白发苍苍，已经年迈，让人肃然起敬，他左手持着圣餐杯，身子微微向前倾。两位身穿红色袍子的助祭走在他前面，而他的身后则出现了一群唱诗班的成员，脚上穿着大头皮鞋，分成两列排在祭坛两侧。

在这庄严的寂静中，响起了一阵铃铛声。圣礼开始了。主祭在圣体金柜前缓缓走动起来，不时屈膝下跪，用他那沙哑的、年长者特有的颤颤巍巍的嗓音，单调地诵读预先备好的祈祷文。他一停下来，所有唱诗班的成员，连同那蛇形风管，就都齐放出声，那些在教堂里的人也跟着唱，声音低沉一些，也谦逊一些，符合列席者的身份。

突然，"神佑世人"之声直冲云霄，它从每一个胸膛、每一个人的心中迸发而出。在这爆发而出的呼喊声中，尘埃和虫蛀的木屑从古老的穹顶之上被震落下来。阳光照在岩板屋顶上，把这个小教堂变成了一个大火炉；一种剧烈的情感，一种惶惶不安的等待，还有那不可言说的神秘缓缓临近，紧紧攥住了孩子的心，扼住了他们母亲的喉咙。

神父歇坐了片刻，重新回到祭台上，脱下了帽子，露出满头银发，伴随着几个颤颤巍巍的动作，他就要完成神圣的仪式。

他转身朝向信众，然后把手伸向他们，分别用拉丁语和法语朗声道："祈祷吧，弟兄们。"所有人都在祈祷，苍老的神父现在压着声音说起了那神秘而又至高无上的话；铃铛一遍遍地响起，众人拜伏在地，高呼上帝的名字；孩子们极其惶恐，几近晕厥。

罗莎罗丝把脸埋在自己的手掌中，忽然想起了自己的母亲，想起了家乡的教堂，想起了自己初领圣体的光景。她觉得自己回到了那一天，那时她还那么小，淹没在一身的白裙中，她哭了起来。她先是轻轻地哭泣着：泪水从她眼里流出，缓缓滑落，在这些回忆中，她的情绪更加汹涌，喉咙像是被堵住了，胸口起伏不停，她呜咽而泣。她抽出自己的手帕擦去眼泪，捂住了自己的鼻子和嘴，以免哭喊出来。但这只是徒劳。抽泣的喘气声从喉咙里传出，两声伤心的、深沉的叹息应和了她；因为紧挨在她身旁的两个人，露易丝和佛罗娜，也因同样的遥远回忆而难过，泪如雨下，呜咽不止。

泪水有传染性，太太很快也觉得自己湿了眼眶，转头望向她的弟媳，瞧见整条板凳上的人都在哭泣。

神父准备好了圣体饼。孩子们被一股虔诚的恐惧压倒，纷纷伏拜在地板上，脑子里什么也不想。教堂里，这个地方或是那个角落，某个妇女、某位母亲或是某位姐姐，与这让人伤心欲绝的情感有了神奇的共情，那一群跪着的漂亮女士哭得浑身颤抖、呼吸不畅，让她们备受感染，泪水湿透了她们的方纹棉布手帕，她们的左手同时还用力地按着自己怦怦直跳的胸口。

正如星星之火成了燎原之势，罗莎罗丝和伙伴们的泪水一时间感染了所有人。男人、女人、老人，乃至穿着崭新罩衫的年轻小伙子，一个个很快开始啜泣起来，在他们的头顶之上仿佛飘荡着某种超乎自然的东西，一个蔓延开来的魂灵，某种不可见而全能之存在的神圣气息。

这时，教堂的祭坛之上传来了一个脆生生的声响：修女拍了拍她的经书，给出了领圣体的信号。孩子们因神圣的热情而战栗，走近那张圣餐台。

孩子们排成一列，都跪下了。年迈的神父手里捧着镀金的银圣体盒,从他们跟前走过,用两根手指拿起神圣的圣体饼递给他们。他们简直要痉挛了,张开嘴,紧张得像是做起了鬼脸,双眼紧闭,脸色苍白;他们下巴底下那条长长的台布微微颤动着,仿佛流淌的水。

突然之间,一种疯狂的情绪席卷了整个教堂,那是狂热的人群才有的喧哗之声,是一场夹杂着压抑的哭喊的呜咽风暴,就像让一片森林伏腰的狂风。神父依旧站着,岿然不动,手里拿着一块圣体饼,这情绪让他牢牢定在原地,喃喃自语。

他身后的人们逐渐恢复了平静。身着白色祭披的唱诗班重新起身,又唱了起来,声音略微有些迟疑,仍带着哭腔,而蛇形风管也哑了一般,仿佛它刚刚也哭了一场。

神父抬起双手,做了个让大家安静的动作,他从两排初领圣体的孩子间走过,他们已然迷失在幸福带来的恍惚之中。神父一直走到了祭坛的栅栏边。

在一阵椅子挪动的响声之中,大家纷纷落座,眼下所有人都在用力地擤鼻涕。他们一瞧见神父就都安静了。神父开始用十分低哑的声音,犹豫不决地说起话来:"亲爱的弟兄姐妹们,我的孩子们,我发自肺腑地感谢你们,你们刚刚给了我人生中最大的欢喜。我感到我们的主应我的祈祷,降临到我们身旁来了。主来了,此时此刻就在这里,上帝充满了你们的灵魂,让你们流泪。我是这个教区最老的神父,今天,我也是这个教区最幸福的神父。奇迹发生在我们之中,这是一个真正的、伟大的、让人崇拜的奇迹。当耶稣基督第一次进入这些孩子们的身体时,圣灵、天堂之鸟、主的气息,也落到了你们身上,主宰你们,抓住你们,让你们就像微风中的芦苇屈膝躬身。"

接着,他转头看向了那两条长凳,那里坐着木匠的客人们,他用更清晰一些的声音说道:"尤其要谢谢你们,我亲爱的姐妹们,你们远道而来,出现在我们中间,带着显而易见的信仰、热烈的虔诚,对所有人都是有益的典范。你们启发了我的信众,你们的情感振奋了我们的内心;如果没有你们,这个重要的日子或许就不会有这真正的神性。有些时候,只要有一只领头的羊羔,上帝就会来到羊群之中。"

他停顿片刻,又说道:"我祝福你们蒙受天恩。诚心所愿。"随后他又回到祭坛上,完成了这一场仪式。

这时候,大家迫不及待地离开了。孩子们的精神紧绷了这么久,也坐不住了。而且他们也饿了,他们的父母甚至没有等到最后的福音弥撒就一个个离开了,因为要赶回去准备午饭。

教堂门外挤了好多人,这些人吵吵闹闹,一片嚷叫声中有好些带着诺曼底口音。人群分成了两道人墙,孩子们走出来,家长们连忙扑向自家的孩子。

康斯坦丝被一把抓住,被这群女士们围住、亲吻。尤其是罗莎罗丝,紧紧抱着她不放,最后,她抓着小姑娘的一只手,泰利耶太太拉着另一只手;拉斐尔和费尔南德托着她那条长长薄纱裙,不让它沾上一点儿地上的尘土;露易丝和佛罗娜,与伊维太太一同走在最后边;被簇拥其中的小姑娘走在这护卫队中间,而上帝降临到了她的身上,并由她承托着。

盛宴已经在工棚里备好,餐桌是几根横梁托着的长长木板。

大门敞开,正朝马路,任由村庄里的欢愉气息涌入。家家户户的饭菜都很丰盛,每扇窗户后边,都可以看见盛装打扮的入席就餐的人,酒足饭饱之后,快活的吵闹声从一栋栋房子里传了出来。这些乡下人把自己的衬衣脱掉,喝着满满一杯苹果酒,而每一群大快朵颐的人群中,都有两个孩子,这儿能瞧见两个女孩,那儿能看见两个男孩,这是两家人一块儿在设宴。

有时,一辆带长凳的马车从村庄里穿过,正值正午酷热难耐,拖车的老马步履蹒跚,驾车的男人穿着罩衫,看见这到处都是的珍馐美味,眼里尽是羡慕。

木匠家里的欢乐还保持了些许克制,残存了一些上午的激情。唯独伊维一个人毫无节制地狂饮。泰利耶太太时不时看一眼时间,因为她不想连着两天歇业,所以大家得赶上下午三点五十五分的火车,这样晚上就能回到费康。

木匠费尽力气来转移大家的注意力,想让他的客人们再留一天。但太太不为所动,只要涉及生意的事情,她向来不开玩笑。

很快,咖啡也喝完了,太太就让她的姑娘们去迅速收拾收拾,然后,她转身对自己的弟弟说道:"你,你得马上去套车。"她自己则也要去做最后的准备。

她再下楼的时候,弟媳正等着她,要跟她说说小姑娘的事情。她们长长地谈了很久,却什么结果也没得出来。最后,这个乡下女人耍了点儿心机,假情假意地感动起来,但太太让小姑娘坐到自己的腿上,一点儿态度也没表露出来,只是含糊其词地说自己会留意这孩子,大家还有的是时间,总是要再见面的。

但马车迟迟不来,那群姑娘也没有下楼,太太甚至还能听见楼上传来大笑声,像是她们在推推搡搡,还发出尖叫声、鼓掌声来。这时木匠妻子去了马厩,要看看马车是否已经备好,而太太终于上楼去了。

醉醺醺的伊维身上衣衫不整,正要强迫罗莎罗丝和他亲热,但没有得逞,罗莎罗丝笑得快没力气了。两个"水泵"拉住他的胳膊,试图让他安分下来,经历了早上的仪式之后,这两人此刻对眼前这一幕十分反感。但拉斐尔和费尔德南却在一旁起哄,两人都笑弯了腰,快活地抱在一起;每当这个醉鬼用尽力气却又徒劳无功的时候,她们都要发出刺耳的尖叫声。这个男人愤怒了,脸涨得通红,身上也没个正形,用力地把抓着他的两个姑娘甩开,拼尽全力去拉扯罗莎罗丝的裙子,一边含混不清地说道:"臭娘儿们,你不愿意吗?"太太被激怒了,冲过去抓住自己弟弟的肩膀,猛地把他丢出房外,他一下子撞到了墙上。

过了有一分钟,大家听见庭院里有水浇到头上的声音。当他驾着马车出现的时候,已经完全平静下来了。

大家启程了,走的是前一天走过的路,那匹白色的小马踏着欢快的步伐,像在跳舞。

在炙热的阳光下,宴会时克制的欢乐之情挣脱而出。马车颠簸不止,姑娘们眼下觉得十分有趣,互相摇晃边上人的椅子,无时无刻不在发出大笑声,而且伊维的白费力气让她们更觉好笑了。

明晃晃的日光照在田野上,光芒反射到眼睛里,马车的轮子卷起两道尘土,久久地飞扬在她们的马车后的大路上。

突然,热爱音乐的费尔南德求罗莎罗丝给大家唱歌。罗莎罗丝愉快地放声唱起了《默东的胖神父》。但太太立刻制止了她,因为在今天这样的日子唱这首歌不太合适。她又说道:"给我们唱点儿贝朗瑞的歌曲吧。"于是，罗莎罗丝思忖了片刻，挑了首歌，用她那沙哑的声音唱起了《祖母》：

>我的祖母那晚庆寿，
>葡萄好酒杯杯下肚，
>摇头晃脑对我们说：
>从前我情人数不尽！
>遗憾啊，
>我曾拥有丰满双臂，
>也曾有过笔挺长腿，
>终究年华易老！

姑娘们成了合唱团，连太太也和声而唱：

>遗憾啊，
>我曾拥有丰满双臂，
>也曾有过笔挺长腿，
>终究年华易老！

"啊，唱得太好了！"伊维喊了起来，他已经迷上了这韵律。罗莎罗丝继续唱道：

>什么？妈妈从前也年少无知？
>那当然！我曾经也风情万种！

年方十五入红尘，

夜夜笙歌不作眠。

大家都扯着嗓子唱副歌，伊维在车辕上踏拍子，手里的缰绳跟着节奏落到小白马的背上，而这匹马儿仿佛也被音乐的韵律感染了，加快步伐，像一阵风一样奔跑着，把这群姑娘在车厢里颠得东倒西歪，挤成一团。

她们像一群疯子，又一次放声大笑。她们声嘶力竭地高声怪唱着，歌声飘过原野，在炙热的天空之下，飘荡在已经成熟的庄稼之间。她们每唱一遍副歌，小马就要疯了一般地狂奔前行数百米，让这些乘客大感快活。

时不时有碎石工人站起来，透过铁丝网，望见这辆传来尖叫、仿佛发了疯的马车飞驰而过，留下飞扬的尘土。

当她们在车站从马车上下来的时候，木匠动情地说道："真遗憾你们要走了，不然我们能玩个痛快。"

太太心平气和地答道："事事都有自己的进程，我们总不能一直吃喝玩乐。"这时，伊维脑海里有了一个主意，他开口说道："我下个月到费康去看望你们，怎么样？"他狡黠地看了罗莎罗丝一眼，眼神闪烁而猥亵。太太说道："行吧，不过来了你得有分寸。想来就来，不过可别干丢人的事情。"

他没有应声，这时大家听见火车的鸣笛声，他连忙和所有人一一亲吻告别。当轮到罗莎罗丝的时候，他狂热地要去亲吻她的嘴，而罗莎罗丝却紧闭双唇地笑着，每回都迅速地一闪，躲开了。他伸出手去抱她，但始终无法达成目的，手里的长鞭子妨碍了他，每回他只要一使劲儿，这鞭子就在姑娘的后背上疯狂地晃动。

"前往鲁昂的旅客请尽快上车！"列车员喊道。她们登上了火车。

一道悠长的哨声传来，紧接着是机器启动时那一声强劲的鸣笛，车头喷出第一道蒸汽，车轮开始费劲地缓缓转动起来了。

伊维跑出站台，追在火车后面要再看一眼罗莎罗丝。当这节满载着做买卖人的车厢从他面前经过时，他挥舞起自己手里的鞭子，一边跳着，一边用尽全力地唱了起来：

> 遗憾啊，
> 我曾拥有丰满双臂，
> 也曾有过笔挺长腿，
> 终究年华易老！

他看见一抹白色的手帕舞动着，远去了。

三

她们一路睡到终点，心满意足，睡得十分平稳。等她们回到泰利耶的时候，一个个神清气爽，稍事休息之后准备开始晚上的工作。太太忍不住开口说道："不管怎么说，我在家里可是待腻了。"

她们迅速地吃了晚餐，然后换上工作的服饰，等待着熟悉的客人们到来。小提灯被点亮了，仿佛圣母院里的长明灯，向过往的人们宣示，羊圈里的羔羊们已经回来了。

消息一下子就传开了，不知道是怎么传的，也不知道是从谁开始传起的。银行家的儿子菲利普先生出于一番好意，甚至还寄了一封快信去告知被囚禁在家里的图尔勒沃先生。

这个腌鱼商人每个星期日都要和几个堂兄弟一块儿聚餐，当有个人手里拿着信出现的时候，大家正在喝咖啡。图尔勒沃先生情绪激动，把信撕开一看，脸色变得苍白。那信上用铅笔只写了这么几句话："鳕鱼[1]已经被找回，装载船只已进港。有好买卖，速来。"

他在口袋里一阵摸索，掏出二十生丁给送信人，脸一下子红到了耳根，开口说道："我得出去一趟。"他把那封简练又神秘的信件递给妻子，然后按铃把女佣叫来："我的外套，快点儿，快，把我的外套拿来。"一到街上，他就撒开腿跑了起来，还吹着口哨。他是如此急不可耐，这条路对他来说简直有平时的两倍长。

泰利耶妓院洋溢着过节的气息。楼下，港口来的男人们发出嘈杂的喊叫声，震耳欲聋。露易丝和佛罗娜简直不知道该应谁的话，和这个来一杯，和那个再来一杯，俩人从未如此契合自己的绰号——两个"水泵"。到处都是喊她们的声音，她们已经忙不过来了，这个晚上她俩肯定会十分劳累。

一到了九点钟，二楼就已经满座了。商事法庭的法官瓦斯先生一直在追求太太，但他只要柏拉图式的爱恋，眼下正和她在角落里低声谈话。两人脸上都挂着笑意，仿佛就要达成什么协议了。前市长普兰先生让罗莎罗丝跨坐在自己的腿上；而她简直已经和

1　法语中，鳕鱼（morue）一词还有"妓女"的意思。

他鼻子碰着鼻子了,正用自己小巧的手抚摩着这位绅士的白须。她黄色的丝绸裙被掀了起来,露出了一段光溜溜的大腿,横跨在前市长黑色的长裤上。她红色的长筒袜上系着蓝色的袜带,那是旅行推销员的礼物。

丰腴的费尔南德正躺在长沙发里,把两条腿搭在了税务官邦贝斯先生的肚子上,上半身则躺在菲利普先生的坎肩上,她的右手抓着他的脖颈,左手正夹着一根烟。

拉斐尔看起来仿佛正和保险代理人杜波依先生谈判,她最后用几个字结束了这场对谈:"是的,亲爱的,今天晚上我当然乐意。"随后,她起身独自跳起华尔兹,敏捷地穿梭于会客厅之中,然后喊道:"今天晚上,你要做什么都行。"

门突然开了,图尔勒沃先生出现了。热情的叫喊声响了起来:"图尔勒沃万岁!"仍在旋转的拉斐尔正好撞到了他的胸口。他拉住她,紧紧抱住,随后一言未发地把她从地上抱起,宛若拾起了一根羽毛。他穿过会客厅,来到尽头的那扇门前,带着他怀里的人,在掌声中消失于通往房间的楼梯口。

罗莎罗丝点燃了前市长的火,一次次亲吻他,双手抚摩他的络腮胡,抱住他的脑袋。有了刚刚那一幕做榜样,她说:"来吧,像他那样做。"于是,他站起身,整理好自己的坎肩,跟在了罗莎罗丝身后,一边走还一边把手伸进口袋里摩挲那些沉睡着的钱币。

只剩费尔南德和太太与四位男士待在一块儿,菲利普先生喊道:"我请大家喝香槟,泰利耶太太,请叫人送三瓶过来。"这时,费尔南德抱住了他,在他耳边低语道:"让大伙儿跳舞吧,你觉得怎么样？"他站起身，坐到角落里那架沉睡已久的古老拨弦钢琴前，弹奏起华尔兹。这是一曲嘶哑、唉声叹气般的华尔兹，从那机器哼哼唧唧的肚子里流淌出来。这位丰腴的姑娘紧抱着税务官，太太沉醉于瓦斯先生的怀中；两对人儿旋转着，亲吻着。瓦斯先生久经舞场，舞姿高雅，太太看着他，眼神里洋溢着迷恋，仿佛回应着"我愿意"，这一允诺比起说出口的话来，更加隐秘，也更加美妙。

费雷德里克拿来了香槟。第一个木塞弹出来的时候，菲利普先生开始弹奏四组舞曲的序曲。

这四位舞者一本正经、端庄得体，一举一动都十分风雅，又是鞠躬，又是屈膝，依照上流社会的方式跳起舞来。

之后大家开始喝酒。这时图尔勒沃先生又出现了，心满意足，一身轻松，看起来光彩照人。他喊道："拉斐尔不知道怎么了，今天晚上简直完美至极。"说罢，有人递给他一杯酒，他一饮而尽，喃喃自语："好家伙！还有比这更奢侈的吗！"

菲利普先生随即演奏起一支欢快的波尔卡舞曲，图尔勒沃先生抱起犹太姑娘，她双脚悬空，两人就此起舞。邦贝斯先生和瓦斯先生在一阵新的激情中又各自回到舞池，时不时地，他们中的一对舞者会在壁炉前停下，只为饮下一杯起泡酒。这支舞似乎无穷无尽，不会结束。这时，罗莎罗丝手里托着烛台打开了门，她头发散开了，只穿了拖鞋和内衣，十分激动，满脸通红，她喊了一声："我要跳舞。"拉斐尔问她："你那个老头呢？"罗莎罗丝哈哈大笑："你说他？睡着啦，他立刻就睡着啦。"她抓住长沙发上无所事事的杜波依先生，波尔卡舞曲又开始了。

酒瓶已经空了，图尔勒沃先生大声说："我请大家喝一瓶。"瓦斯先生附和道："我也来一瓶。"杜波依先生最后说道："我也一样。"所有人都鼓起掌来。

如此一来，这还真成了一场舞会。露易丝和佛罗娜甚至时不时就会匆匆忙忙地跑上楼来，迅速地跳一圈华尔兹，然后在楼下那些客人失去耐心之前，她们又会一路小跑地回到咖啡馆里，满心懊恼。

直到午夜，大家仍在跳舞。偶尔，某个姑娘忽然不见踪影，但是当大家想找她来搭个舞伴的时候才忽然发现，某位男士也已经离席。

"所以，你们上哪儿去了？"当邦贝斯先生和费尔南德一同回来的时候，菲利普先生打趣地问道。税务官答道："去看普兰先生睡觉。"这话大获成功；大家一一带上各自的姑娘，到楼上去看普兰先生睡觉。这天晚上，姑娘们都表现出让人难以置信的顺从。太太对此睁一只眼闭一只眼，她正坐在角落里，和瓦斯先生私语良久，仿佛正为一件已经谈妥的大事商讨最后的细节。

终于，凌晨一点钟的时候，两位已婚男士，图尔勒沃先生和邦贝斯先生，宣布他们即将撤退，要去结算各自的账单。但是他们只被算了香槟的钱，而且价格也不是平常的十法郎，而是六法郎。当他们对这慷慨大方感到震惊时，太太容光焕发地对他们说道：

"可不是每天都过节。"

泰利耶妓院曾真实存在于鲁昂，初领圣体的仪式发生在鲁昂附近的布瓦纪尧姆。本篇小说完成于1881年1月，莫泊桑曾在这段时间的一封给他母亲的信中写道："我差不多完成了一篇关于卖春女子参加初领圣体仪式的小说。"他还写道："我觉得这篇小说至少与《羊脂球》相当，甚至会超越它。"

皮埃罗

献给亨利·鲁永[1]

列斐伏尔太太是一位乡下贵妇,丈夫已经去世。乡下有这样一些妇人,她们不太像村妇,但也没什么城里人的气质,身上总爱饰着缎带,帽子上也缀满打了褶子的缎带。那类妇女总爱搞错联诵,在公开场合露出一副高高在上的样子,把自己粗鲁又自命不凡的灵魂掩藏在花花绿绿的滑稽外表之下,就像她们把自己粗大而通红的手遮蔽在生丝手套里一样。

她让一个名叫罗丝的正直淳朴的乡下姑娘当自己的女佣。

这两个女人住在诺曼底某栋有绿色百叶窗的小房子里,那房子位于马路边,在一个名为科的城镇中央。

在她们的住宅前面,有一片狭小的园圃,她们在那儿种了一些蔬菜。

然而,某天晚上,有人偷走了她们十二个洋葱。

罗丝一发现这桩盗窃案,就跑去告诉太太,太太穿着羊绒裙就下楼了。悲伤之余,这件事还让人感到十分恐惧。有人偷东西,

---

[1] 亨利·鲁永(Henri Roujon,1853—1914),法国散文家、小说家。

偷的居然还是列斐伏尔太太的东西！再说了，这个地方居然有小偷，那他还会再来。

这两位受了惊吓的女人死死地望着地上的脚印，喋喋不休地说起话来，做出各种猜测："看哪！他们是从那儿来的，他们爬上了那面墙，他们跳到了花坛里。"

她们为接下来的日子感到担忧。以后还如何睡上安稳觉！

关于盗窃的消息不胫而走。邻居们来了，轮到他们观察、讨论了，这两个女人向每个新来的人解释自己的观察和想法。

附近的一个农夫跟她们提了自己的建议："你们应该养一条狗。"

这倒是有道理，她们确实应该养一条狗，这样就能在关键的时候有个提醒。不要大狗，上帝！她们怎么能养一条大狗！它会把她们吃到破产的。应该养一条小狗（在诺曼底，大家都叫小狗"敢儿"），养一条会叫唤的小"敢儿"就行。

大家一离开，列斐伏尔太太就一直在讲养一条狗这件事。深思熟虑之后，她大概有了一千条反对意见，一想到一个装满狗食的盆子就吓坏了，因为她是一个精打细算的乡下贵妇，她们这类人的口袋里总是装着几个生丁，为的就是公然施舍给路边的穷人们，或者星期日的时候在教堂里用来捐献。

罗丝喜欢动物，提出了一些理由，并且还聪明地捍卫了自己的想法。所以到头来，她们还是决定养一条狗，一条非常小的狗。

她们开始寻找起来，但找到的都是些大狗，食量大得让人胆战心惊。罗勒维尔的一个食杂店老板倒是有一条狗，非常小，但他要求她们付两个法郎，算是支付之前的饲养费。列斐伏尔太太声明道，她想要养一条"敢儿"，但不会花钱去买。

而有一个面包商人知道了这件事情，某天早上开车带来了一只黄毛的奇怪小动物，那四条腿短得几乎没有，有一个鳄鱼般的身子，狐狸的脑袋，还有一条喇叭似的尾巴，看起来真像一根翎饰，跟它的身子一样长。面包商人有一个顾客想把它丢掉。因为一分钱也不用花，列斐伏尔太太觉得这条小脏狗十分漂亮。罗丝抱起它，问它叫什么名字。面包商人答道："皮埃罗。"

它被安置在一个原先用来装肥皂的旧箱子里，然后她们给它水，它喝了。接着她们给了它一小块面包，它吃了。列斐伏尔太太十分担忧，却有了一个主意："等它适应了这个家，就放它自由吧。它在村子里到处玩耍的时候还能找吃的。"

很快，她们就放它出去了，但到处游荡并不能让它不挨饿。此外，它只有在向别人讨食的时候才会汪汪叫几声，但偏偏就是为了有吃的，它叫得十分响亮。

所有人都能走进那个园圃。皮埃罗跑去蹭每一个来的人，而且当然一声也不叫。

然而，列斐伏尔太太倒是习惯了这个小东西。她甚至有点儿爱它了，有些时候，她会伸出手，给它几小块在炖菜里浸了汤汁的面包。

但她原来从未想过报税的问题，当有人为了这条从来不吠的小"敢儿"向她征收八法郎的税——"八法郎，太太！"——的时候，她震惊得差点儿没晕过去。

她当机立断，决定抛弃皮埃罗。但没人要它，方圆十里的居民们都不要它。实在没有办法了，她们决定送它去"钻土洞"。

所谓"钻土洞",就是让它去"吃泥灰岩"。人们不要的狗,都被送去"钻土洞"了。

在一片广阔平原的中央,大家能瞧见一些茅草棚屋,或者说只是一些撑在地上的小小的茅草棚顶。那是泥灰岩矿洞的入口,是一些深入地底下二十几米的笔直的大井道,通到错综复杂的矿道里去。

人们一年只下一次矿洞,那就是开采泥灰岩的时候。余下的所有时间里,它们就充当了那些弃狗的坟墓。当人们从洞口附近经过时,经常听见凄惨的嚎叫声,那是愤怒或是绝望的狗吠,那些哀怨的叫声从下面传上来,一直传到人们的耳朵里。

猎人和牧羊人的狗一靠近这些满是哀嚎的地洞,就会吓得逃走。当人们靠近洞口的时候,会闻到一股令人作呕的腐烂气息。

无数可怖的悲剧故事在黑暗中发生。

一条狗在洞里垂死挣扎十数日,靠先前落难者污秽破损的尸体苟延残喘,忽然,另一条更大、更健壮的狗突然被丢了下来,这时只有它们两条狗,饿得两眼放光。它们怒目相视,跟着对方,踌躇着,惶惶不可终日。然而饥饿逼着它们行动了:它们互相撕咬,长久地斗争,追击对方。强大的吃掉弱小的,将它生吞活剥。

决定了要把皮埃罗送去"钻土洞"后,她们就去打听该找谁做这件事情。专门翻整马路的养路工人要求十个苏的跑腿费。对列斐伏尔太太来说,这简直太夸张。邻居那个粗人则说要五个苏,这还是太贵了。而罗丝则认为还是她们自己把它送过去比较妥当,这样一来它既不会在路上挣扎,也不知道自己的命运将会如何。她们俩最终决定等天黑之后一块儿去。

这天晚上，她们给了皮埃罗一盆加了黄油的肉汤。它狼吞虎咽，舔得一滴不剩。就在它快活地摇着尾巴时，罗丝将它一把塞进了自己的围兜里。

她们就像去偷农作物的人一样，迈着大步穿过平原。很快，她们就看见了泥灰岩矿场，然后走到了那儿。列斐伏尔太太俯下身去，想听听有没有动物呻吟的声音。没有，什么都没有。皮埃罗会很孤独的。这时罗丝哭了起来，吻了吻它，然后将它丢进了洞里。她们俩都俯下身去，耳朵竖了起来。

她们先是听见一声闷响，随后是尖锐的呜咽声，那声音听起来让人心碎，是动物受伤后会发出的叫声，再之后是断断续续的痛苦嚎叫和绝望的呼号，那是狗儿在哀求时才会发出的叫声，它抬起头朝洞口叫着。

它在汪汪叫，哦！它汪汪叫了！

她们感到懊悔，惊惧不安，还感到一种不可思议又难以言说的恐惧，于是她们逃走了。罗丝跑得更快一些，列斐伏尔太太喊道："等等我，罗丝，等等我！"

整夜，她们都与让人惊骇的噩梦纠缠不清。

列斐伏尔太太梦见自己坐在餐桌旁喝汤，当她掀开汤盆的盖子时，发现皮埃罗在里面。它一下子扑了上来，咬住了她的鼻子。

她惊醒了，觉得自己还能听见皮埃罗在吠。她听了听，发现是自己听错了。

她又一次入睡，梦见自己正走在一条大道上，一条无穷无尽的大路，她走着。突然，马路的中央出现了一个篮子，一个农场会用的大篮筐，被遗弃在那儿。这个篮子让她感到恐惧。

然而最终她还是掀开了篮子,皮埃罗蜷缩在里面,一下子就咬住了她的手,死死不放开。她失魂落魄地逃走,但是那条狗始终挂在她的手上,紧紧咬住她不放。

天微亮她就起床了,几乎要疯了,连忙跑去泥灰岩矿场。

它在吠,它还在吠,它吠了一整夜。她开始啜泣,用千百个温柔的小名呼唤它。而它则用狗能发出来的各种温柔声音回应她。

于是,她想再见到它,并发誓要温柔待它,直到它生命的最后一刻。

她跑到一个以挖掘泥灰岩为营生的掘井工人那里,跟他说了这个情况。那男人一声不吭地听着,等她说完了,他才开口说:"您想救您的'敢儿'?这得四法郎。"

她几乎要跳起来了,这一下,她的所有痛苦又都飞到九霄云外了。

"四法郎!怎么不贪死你!四法郎!"

他答道:"您知道的,我得带上我的绳子、曲轴,然后把它们都架起来,我还得叫上我儿子,我还可能被你那条该死的'敢儿'咬上一口。您觉得我这么干就是为了让您开心吗?您就不该把它丢下去。"

她气愤不已地走了。四法郎!

一回到家里,她就把罗丝叫过来,跟她说起了掘井工人的要价。罗丝总是很顺从,重复了她的话:"四法郎!这可是真金白银啊,夫人。"

随后她又补了一句:"我们要不要丢点儿吃的下去,丢给可怜的'敢儿',这样它就不会饿死了?"

列斐伏尔太太同意了,并感到很愉快。她们俩就又出发去了泥灰岩矿场,带着一大块抹了黄油的面包。

她们把面包切成小块,然后再一块一块丢下去,轮流和皮埃罗说话。那条狗每吃完一块面包,就汪汪叫起来,要求再来一块。

到了晚上她们又来了,第二天也是这样,每天都去。不过,她们后来一天只去一趟了。

然而,某天早上,当她们把第一块面包丢下去的时候,忽然听见井洞底下传来了凶猛的狗吠声。这儿有两条狗了!又有人丢了一条狗进去,一条大狗!

罗丝喊道:"皮埃罗!"然后皮埃罗就叫了起来,它叫了。接着她们就往下面丢食物,但是她们每回都能清清楚楚地听到一阵可怖的搏斗,紧随而来的是皮埃罗被另一条狗咬了之后的痛苦嗥叫。那条狗更强壮,把所有的东西都吃了。

她们每次都声明:"这是给你的,皮埃罗!"但皮埃罗显然什么也没吃到。

这两个女人错愕不已,面面相觑。然后,列斐伏尔太太用一种尖酸刻薄的语气说道:"我可没办法把大家丢下去的狗都给养起来。我不管了。"

她一想到自己要负担洞里所有的狗,简直要喘不过气来,她离开了,甚至带走了剩下的面包,在路上边走边吃。

罗丝跟在她身后,用她那蓝围裙的一角拭去眼角的泪水。

《皮埃罗》(*Pierrot*) 1882 年 10 月 9 日发表于《高卢人报》(*Le Gaulois*)。

瓦尔特·施那夫斯奇遇记

献给罗贝尔·潘雄[1]

自从随军队入侵法兰西以来,瓦尔特·施那夫斯就觉得自己是最不幸的人。他身材肥胖,走起路来备受折磨,气喘吁吁,还要忍受自己肥硕的扁平足带来的痛苦。除此之外,他还是一个平和之人,为人厚道,谈不上十分高尚,但也不是残暴的人。他已经和一个年轻的金发女孩结了婚,每个夜晚他都无比想念妻子的温存、体贴的照料和拥吻。他也已经为人父亲,有四个深爱的孩子。他喜欢很晚才起床,晚上早早就寝,喜欢细嚼慢咽品尝美味,也喜欢去酒馆里喝啤酒。他还思忖着,生命中一切温柔美好之物都会随着生命逝去而消失,所以他在心里对大炮、步枪、手枪和军刀都怀有深深的厌恶之情,这种感觉既出于本能,也经过理性思考;他尤其憎恶刺刀,觉得自己无法灵活地操弄这种武器来保护自己的大肚子。

当夜幕降临,他睡在地上,裹在自己的大衣里,身旁是鼾声

---

[1] 罗贝尔·潘雄(Robert Pinchon,1846—1925),法国图书馆管理员、记者、戏剧评论家,出生于鲁昂,系莫泊桑的挚友。其子罗贝尔·安托万·潘雄(Robert Antoine Pinchon,1886—1943)为法国后印象派画家。

如雷的伙伴们,这时他就会久久地思考自己落下的妻儿,也想着前方道路上遍布的危险:如果他阵亡了,孩子们怎么办?谁来养育他们?虽然离开之前他借了几笔债,给他们留了些钱,但如今也不算宽裕。瓦尔特·施那夫斯有时候会因此而哭泣。

每次战斗一开始,他就觉得自己的双腿是如此的无力,几乎要瘫在地上,要不是想到这样一来整个军队都要从自己的身体上踩过去,他肯定已经倒下了。子弹呼啸而过的声音,让他的汗毛都竖了起来。

几个月以来,他都活在恐惧和焦虑之中。

他们这支军队往诺曼底的方向行进。有一天,他被派去和一支人数不多的分遣队一同执行侦察任务,先去探索周边的情况,然后再折返回来。这一带看起来风平浪静,完全没有准备抵抗的迹象。

普鲁士人放心地往下走,走进一条狭窄的山谷里,两侧山壑交叠,然而就在这时,一阵猛烈的射击让他们一下子停止了行进,转眼已经有二十来人中弹倒地。一支法国游击队忽然从一小片巴掌大的树丛里出现了,枪上带着刺刀,向他们猛扑过来。

瓦尔特·施那夫斯一开始愣在原地,错愕万分,像是失了魂一样,都没想到要逃。接着,一股疯狂的想要逃跑的意愿击中了他,但他随即又想,这些瘦骨嶙峋的法国人就像一群山羊,正又蹦又跳地冲过来,和他们一比,自己跑起来就像一只乌龟。这时他瞧见眼前几步之遥的地方有一条满是荆棘的沟渠,上面还落满了枯叶,他也没想到底有多深,并腿往里一跳,就像从桥上往河里跳那样纵身一跃。

他就像一支箭，穿过一层厚厚的藤蔓和荆棘，脸和手都被划破了，然后重重地跌坐在一层碎石之上。

他立刻抬头往上看，透过他弄出来的洞口看见了外面的天空。这个洞太明显，可能会暴露他，于是他小心翼翼、手脚并用地爬了起来，在这片错综复杂的藤蔓之下，往深处爬去，爬得越快越好，要远离战场。接着，他停了下来，重新坐下了，像一只躲在高高干草堆里的兔子那样蜷缩着。

好一会儿时间里，他依然能听见爆炸声，还有喊叫和呻吟的声音。然后，战斗的喧嚣渐弱，终于停止了。周围重新变得寂静平和。

突然，有什么东西在他身后挪动。他惊得跳了起来。那是一只小鸟儿落到了一段树枝上，晃动了几片枯叶。瓦尔特·施那夫斯的心脏还为此剧烈地跳动了大概有一个钟头的时间。

夜晚来临了，山谷已经被阴影笼罩。这个士兵开始思考。他该怎么办？该往何处去？回自己的军队去吗？……但要怎么回去呢？从哪儿回去？这样一来，他又要回到满是焦虑、惊惧、疲惫和折磨的可怕生活中去，这—他从战争一开始就过上的生活！不！他再没有那样的勇气了！他也没有足够的力气支撑自己继续行军，并面对时时刻刻的危险了！

但是，该怎么办？他也不能就这么待在这个山沟里，在战争结束前都藏在这里呀。当然，这不可能。如果他不需要吃东西，那这个想法对他来说倒也没什么。但他得吃饭啊，每天都得吃东西。

然而他孤零零的一个人，带着武器，穿着军装，在敌人的土地上，远离了那些能够保护他的人。他不禁打起了寒战。

突然，他想起来："要是我被俘虏了呢！"他的心脏简直要为这个渴望而颤抖，他突然无比渴望成为法国人的俘虏。俘虏！这样他就得救了，到一个看守严密的监狱里去，有吃的，有地方住，还能远离枪林弹雨，一点儿不需要担心。俘虏！简直是美梦！

于是他立刻做出决定：

"我要自己送上门去当俘虏！"

他站起来，一刻也不耽搁地开始执行这项计划。但他仍旧站在原地，因为他突然被一阵烦扰的思绪击中，心里有了新的恐惧。

要到哪里去当俘虏呢？怎么去？从哪边走？一些可怕的画面，关于死亡的画面，突然出现在他的脑海里。

戴着这顶尖顶钢盔，从原野上穿过，这样独自一人去冒险，肯定会遇到很多恐怖的危险。

要是遇上了农民怎么办？这些村民看见一个掉队的普鲁士人，一个毫无防备的普鲁士人，肯定会像对付一条流浪狗一样杀了他！他们会拿自己的长柄叉、十字镐、镰刀和铲子捕杀他！他们这帮愤怒的战败者会凶残地把他捣成糨糊、揉成面团。

要是遇上了游击队呢？这群游击队是一帮无法无天的疯狗，会射杀他来取乐，为了看看他的表情找点儿乐子，会折磨他个把钟头。他仿佛已经被按住贴在墙上，眼前是一打枪炮，那一个个浑圆的黑色枪口像是在盯着他。

要是遇上了法国军队呢？他们的先遣部队会把他当成一个侦察兵，一个大胆又机灵、独自行动的士兵，然后就会朝他开枪。他仿佛已经听见时不时传来的枪声，那是躲在荆棘丛里的法国士兵开枪了，而他就那么站在一片田地间，仿佛能感觉到子弹进入他的肉身，自己被射成了筛子，终于倒下了。

他又坐下了，满心绝望，似乎已经走投无路了。

夜色已经深沉，这夜晚悄无声息，伸手不见五指。他仍然待在那儿，黑暗之中传来的任何风吹草动都让他战栗。一只兔子的屁股碰到窝边的声响，让他差点儿落荒而逃。猫头鹰的鸣叫声，简直要吓飞他的魂，他感到一阵阵突如其来的恐惧，就像受了伤那样痛苦。他瞪大眼睛，在黑暗中竭力观察着。他无时无刻不感到有人正在走近他。

经过不知道多久的如坠地狱般的恐惧不安之后，他透过头顶交错的枝丫和藤蔓，发现天色正在亮起来。他感到极大的慰藉，他的四肢放松下来，突然困意袭来，他的心不再剧烈跳动，他的眼睛合上了。他睡着了。

当他醒来时，太阳似乎已经升到了天空正中，大概是中午了。没有任何声音搅扰这整片土地毫无生气的平静。瓦尔特·施那夫斯发觉自己已经饥饿难耐了。

他打了一个哈欠，想到红肠——给士兵们吃的美味灌肠，不禁口齿生津。他的胃饿得难受。

他站起来走了几步，感到自己的双腿虚弱不堪，便又坐下来思考。接下来的两三个小时里，他一会儿蠢蠢欲动，一会儿又打起退堂鼓，始终拿不定主意，自己和自己斗争，这使他烦恼至极，在各种完全相反的理由中进退两难。

最后，他有了一个既符合逻辑又可实行的点子，那就是暗中等待一位过路的村民，如果村民身上没有武器也没有危险的农具，他到时候就迎面跑过去，让这个村民明白自己是来投降的，这样他就落到了村民手中。

于是他摘掉自己的头盔，因为那上面的尖顶会暴露他的身份，然后他从自己弄出来的那个洞里小心翼翼地探出头。

一直望到天边，他也没有看见任何落单的人。右手边不远处有一个小村庄，袅袅炊烟正飘往天空，那是厨房里飘出来的烟！而左手边，他看见在一条林荫大道的尽头有一座巍峨的城堡，两侧是高耸的塔楼。

他一直等到了夜晚，备受煎熬。除了飞过的乌鸦，他什么也没看见；除了自己肚子里发出的咕噜声，他什么也没听见。

夜色又一次落到他身上。

他躺在自己藏身之所的深处，睡得并不安稳，与噩梦纠缠不清，这是一个饥饿之人才有的睡眠。

晨曦又一次洒落在他的脑袋上。他又开始了观察。但这个乡村和前一天一样空荡荡的，一阵新的恐惧钻进了瓦尔特·施那夫斯的脑海中，那就是怕被饿死！他仿佛看见自己直挺挺地躺在这个洞里，双眼紧闭。接下来，虫子，各种各样的小虫子靠近他的尸体，开始啃食他，同时攻击他身上的每一处，钻进他的衣服里，撕咬他冰冷的肌肤。然后，一只壮硕的乌鸦用细长的喙啄掉了他的双眼。

他几乎要疯了，想象着自己就要虚弱得晕厥过去，再也走不了路了。就在他下定决心，准备好要不顾一切，不管有什么危险都要冲进村子的时候，他看到三个农夫正往田里走去，肩上扛着他们的长柄叉，于是他又一次躲进了自己的藏身之处。

但是，等到夜幕笼罩整片土地的时候，他缓缓从洞穴里出来了，惊恐不安地走到路上，弓着身子，心脏怦怦地跳着，朝远处的城堡走去。他宁愿躲到城堡里面去，因为相比之下村庄就像一个挤满了老虎的洞穴，让他感到恐惧。

城堡低处的窗户亮着光，其中一扇还开着，一阵浓郁的肉香从那儿飘了出来，这香气猛地钻进瓦尔特·施那夫斯的鼻子里，一路直通他的肚子，让他的肌肉都绷紧了。他喘着气，这味道诱惑着他，让他难以抵御，他的心里有了一股视死如归的勇气。

于是，不经任何思索地，他戴着头盔突然出现在窗户前。

八个用人正围着一张大桌子吃晚餐。但突然之间，一个女佣张着大嘴，手中的杯子都掉了，眼神直勾勾地看着。所有人都随着她的目光看去。

他们看见敌军了！

老天爷啊！普鲁士人进攻城堡了！……

先是一声惊叫响起，这孤零零的一声尖叫带出八声不同音调的尖叫，那是极度恐惧的喊叫声；然后就是一阵吵闹声，大家推推搡搡，一片混乱，朝里面的那道门疯了一样地跑过去。椅子倒了一地，男人撞翻了女人，还从她们身上跨过去。几秒钟内，整个房间就空了，被弃置不顾，留在瓦尔特·施那夫斯面前的是一整桌普通的饭菜，他仍然站在窗前，惊愕万分。

犹豫片刻之后，他爬过窗台向着餐盘进攻。他饿极了，浑身抖得像是发烧的病人，但一阵恐惧让他停住了，几乎瘫在原地。他听着。整栋楼仿佛都在颤动，房门被关上，头顶上的木板传来了急匆匆的脚步声。这个惴惴不安的普鲁士人竖起耳朵，听着这些让人困惑的嘈杂声；接着，他听见一些沉闷的声响，仿佛是身体跌落在软土上，这声音从墙角传来，那是有人从二楼往下跳。

接着，一切的活动、一切的吵闹都停止了，这个偌大的城堡陷入死寂，仿佛一座坟墓。

瓦尔特·施那夫斯坐在一个没人碰过的餐盘面前，开始吃起来。他大口大口地吞食着，生怕很快就要被人打断，也怕自己吃得不够多。他两手抓起食物往张开的嘴里丢，那嘴就像一个陷阱，大块大块的食物一个接着一个地都掉进了他的胃里，他吞咽的时候整个喉咙都鼓了起来。偶尔他也停下来，就像一个太满的水管几乎要炸开了一样。于是他抓过一罐苹果酒，就像清洗管道一样，疏通自己的食道。

他把所有的餐盘都吃得一干二净，吃掉了所有的食物，喝光了每一瓶酒。他吃饱了，还醉了酒，脑袋昏昏沉沉的，脸涨得通红，饱嗝打得浑身直震，思绪迷离，满嘴油光。他解开军服的扣子，让自己喘口气，现在他已经一步也走不动了。他闭上眼睛，脑袋变得迟钝；他双手交叠放在桌上，然后趴到自己的胳膊上，慢慢地失去了对周遭事物的意识。

花园里的树梢上，一弯新月朦胧地照亮天际。这是黎明到来之前的寒冷时刻。

一道道阴影从灌木丛中闪过，人数众多，但悄无声息。偶尔，一抹月光从某把利刃的刀尖闪过。

安静的城堡矗立着，成了一个十分巨大的黑色轮廓，只有底楼的两个窗户依旧亮着光。

突然，一个震耳欲聋的声音喊了起来：

"冲啊！进攻！孩子们！"

于是就在这一瞬间，所有的门窗和玻璃都被炸开了，一大群人猛冲进来，入侵了整座房子，把一切都砸烂打碎。五十个全副武装的士兵一下子就扑进了这间厨房，瓦尔特·施那夫斯正在这儿安然休憩，他们把五十支上了子弹的枪对准他的胸口，把他掀翻，让他在地上滚了一圈，然后抓住他，把他从头到脚绑了起来。

他恐惧地喘着粗气，头昏脑涨，弄不明白发生了什么，他挨了打，还被训斥着，吓得要疯了。

突然，一个军服上镶了金线的肥胖军人一脚踩在他的肚子上，怒骂道：

"你被俘虏了，投降吧！"

这个普鲁士人只听见了"俘虏"这个词，他呻吟着用德语说："是，是，是。"

他被抬起来绑在一张椅子上，这群气喘吁吁的胜利者无比好奇地审视着他。好些人因为实在太过激动和疲惫，都坐下了。

他露出笑容，他现在确实笑了，因为他终于真的成了俘虏！

又有一个军官走了进来，说道：

"团长，敌人都逃走了，好几个还受伤了。现在我们占领了这个地方。"

这个胖军官擦了擦自己的额头，怒喝一声："胜利了！"

然后他从口袋里掏出一本小小的商用记事本，在上面写道：

"经过一场激烈的战斗，普鲁士人带着他们的死伤人员撤退了，估算他们的兵力受损五十余人。另有数人被我们俘虏。"

年轻的军官接着说道：

"我接下来如何部署,团长?"

团长回答道:

"我们要撤退,以免他们带着大炮和更强的兵力反攻回来。"

于是他下令撤退。

整个队伍在城堡墙角下的黑暗之中重新整队,随后立即行动,被五花大绑的瓦尔特·施那夫斯被团团围住,周围有六个持枪的士兵。

几个侦察兵被派去探路。大家小心翼翼地前进着,时不时停下歇脚。

天色渐亮时,他们到达罗许-欧塞尔专区[1],正是这里的国民自卫军完成了昨晚的这场战斗。

居民们惶惶不安,情绪十分激动,正等着他们。当他们看见俘虏的尖顶头盔,一下子就爆发出一阵欢呼声。女人们挥舞着胳膊,年长者流下泪水,一位老者把他的拐杖朝普鲁士人丢过去,砸伤了一个士兵的鼻子。

团长喊叫着:

"要确保俘虏的安全!"

他们终于来到了市政府。监狱大门敞开着,瓦尔特·施那夫斯松绑后被丢了进去。

两百个武装士兵把守着这栋房子。

于是乎,尽管消化不良的症状已经折磨了他好一阵子,但这个普鲁士人还是高兴得简直要发疯,开始跳起舞来。他发狂地舞

---

1 罗许-欧塞尔(La Roche-Oysel)为莫泊桑虚构的地名。

动起来，甩胳膊、踢腿，一边跳一边发出癫狂的笑声，直到他终于筋疲力尽，跌倒在墙角。

他成了俘虏了！得救了！

于是，尚比涅城堡在被敌人占领仅仅六个小时之后就被收复了。

而拉迪耶团长，这个做呢绒生意的商人，由于带领罗许－欧塞尔专区的国民自卫军立下这一功绩，荣获了勋章。

《瓦尔特·施那夫斯奇遇记》（*L' Aventure de Walter Schnaffs*）1883年4月11日发表于《高卢人报》（*Le Gaulois*）。

小酒桶

献给阿道夫·塔韦尼耶[1]

在埃普勒维尔[2]开了家旅馆的希科老板把自己的轻便双轮马车停在马格鲁瓦尔大娘的农场前。他四十来岁,健壮,体型高大,面色通红、大腹便便,大家都觉得他很狡黠。

他把马拴在栅栏的圆柱上,然后走进庭院里。他在这位老太太的土地边上有一份产业,因而他觊觎大娘这块土地已经很久了。他三番五次想要买下这块地,但是马格鲁瓦尔大娘每次都执拗地拒绝了。

"我在这儿出生,我也要死在这儿。"她总是如此说道。

他看见大娘正坐在门前削土豆皮。她已经七十二岁了,皮肤干瘪,满是皱纹,背也驼了,但却像一个少女一样不知道疲倦。希科友好地拍了拍她的背,然后便坐到她旁边的矮凳上。

"你好呀!大娘,你的身体,一直都挺硬朗吧?"

"还过得去,您呢,普罗斯贝老板?"

---

[1] 阿道夫·塔韦尼耶(Adolphe Tavernier, 1853—1945),法国击剑运动员、作家、艺术评论家、收藏家。
[2] 埃普勒维尔(Épreville),位于法国西北部诺曼底地区的一个城镇。

"欸！欸！有点儿风湿痛，要是没有这个毛病，我可就舒服多了。"

"那也还不错！"

她不说话了。希科看她忙着手里的活儿。她的指头都蜷曲着，关节凸起，像蟹钳一样僵硬，她的手也跟钳子似的，从篮筐里抓起那些灰扑扑的土豆，拿在一只手里迅速地转动着，另一只手拿着一把旧刀子，顺着刀刃削出一条条长皮。当土豆整个变成黄色之后，她就把它们丢进水桶里。三只大胆的母鸡依次靠过来，钻到她围兜下边去啄土豆皮，然后嘴里叼着它们偷来的赃物，飞也似的逃走了。

希科看起来不太自在，既焦虑又犹豫不决，话到嘴边却说不出口。到最后，他终于下定决心：

"我说啊，马格鲁瓦尔大娘……"

"您有什么事？"

"您还是一点儿也不想卖掉这个农场吗？"

"这件事情免谈。别再想啦，我说了，说得清清楚楚了，您别再来啦。"

"我想到了一个办法，对我们都有好处。"

"什么办法？"

"是这样的，您把它卖给我，然后您继续保管这块地。您明白我的意思吗？我给您解释解释。"

老太太手里削皮的活儿停下来了，她用皱巴巴的眼皮下那双敏锐的眼睛紧紧盯着旅馆老板。

他接着说道：

"我给您解释一下。每个月,我会给您一百五十法郎。您听明白了吗:每个月,我驾着那辆双轮马车,把钱送到您这儿来,一共是三十枚价值五法郎的埃居[1]。然后啥情况也没变,一点儿也不变。您住在您家里,您也不用管我,您也不会欠我任何东西。您要做的,就是收下我的钱。这样您觉得能行吗?"

他满心欢喜地看着她,看起来心情舒畅。

老太太怀疑地思忖着,想找出这里面的陷阱。她问道:

"这些都是我的好处,那您呢,您还是得不到这个农庄呀?"

他又说道:

"这您就不需要担心啦。上帝让您活在这个世上,您就好好地生活吧,住在自己的家里。唯一要做的就是,您需要跟我到公证员那儿去写一张小条子,写明等您百年之后这农庄归我就行。您没有子女,只有几个不需要您操心的侄子。这样您觉得怎么样?只要您还健在,您就留着自己的这份产业,我每个月都给您三十个五法郎的埃居。您可是纯赚啊。"

老太太仍然又惊奇又不安,但似乎被说动了。她回答道:

"我也不是完全不同意。只不过我还想理一理这里面的头绪。您下个星期再来一趟,到时候我们再谈吧。我会给您一个答复的。"

于是希科老板就离开了,他像一个刚刚征服了一个帝国的国王,心满意足。

马格鲁瓦尔大娘一直在想这个事情。当天夜里她一宿没睡。接下来的四天时间里,她反反复复地犹豫。她察觉到这里面有些

---

1 法国古货币,在 19 世纪,1 埃居等于 5 法郎。

对她不利的东西，但一想到每个月三十个埃居，一想到这些漂亮的钱币在她的围兜里叮当作响，就像是从天上掉下来的一样，完全不费力气，她就贪欲难平。

于是，她去找公证员讲了这个情况。公证员建议她接受希科的提议，但要让希科每个月给五十个埃居，而不是三十个，因为保守地算一算，她的农庄值六万法郎。

"如果您还能活十五年，"公证员说道，"他这么个付法，总数也才四万五千法郎。"

听到每个月五十个埃居的说法，老太太浑身都颤抖了。但她仍然有点儿疑虑，担心其中会有未曾预料的千百种状况，还有希科深藏不露的诡计，因而她一直到晚上都没决定要走，还在不停地提出问题。末了，她终于让公证员准备那份文件，而自己满头雾水地回家去了，仿佛喝下了四壶新酿的苹果酒。

当希科来要答复的时候，她让他求了自己好一阵子，老太太嘴上说不愿意，但心里担忧得不行，怕希科可能会不同意给五十个埃居。终于，在他的一再坚持下，她说出了自己的要求。

他失望地蹦了起来，然后拒绝了。

这样一来，为了说服希科，她开始有理有据地说起自己还能活多久。

"我最多再活五六年。我已经快七十三岁啦，身体也大不如前了。有一天晚上我觉得自己快死了。就好像我的五脏六腑都被掏空了，需要别人把我抬到床上去。"

但希科并没有上当：

"得了吧，得了吧，精打细算的老太太，您强壮得像教堂的钟楼一样。您至少能活到一百一十岁。我敢说,到时候会是您把我送走。"

整整一天,他们都争论不休。但老太太始终不肯让步,到最后,旅馆老板还是答应了给五十个埃居。

隔天,他们签了字。而马格鲁瓦尔大娘还额外要求十埃居的酒钱。

三年过去了。老太太像被施了法术一样,身子硬朗,没有老去的迹象。希科很失望。对他来说,就像已经付了半个世纪的钱,他感觉上当了,被糊弄了,要破产了。他时不时前来拜访这个农妇,就像人们在七月的时候到田地里去,想看看麦子成熟了没有,是不是可以收割了。她用狡黠的目光看他,可以说老太太因为自己对他耍了巧妙的花招而沾沾自喜,而他则立刻回到了自己的马车上,喃喃自语道:

"这个身子骨,老不死的!"

他不知道该怎么办。一瞧见老太太,他就想掐死她。他恨她入骨,就像是被抢了的庄稼汉一样阴狠毒辣。

于是他开始想办法。

终于有一天,他搓着手又来看望老太太了,就像他第一次来跟她谈交易时一样。

几分钟的闲谈之后,他说道:

"大娘啊,为什么您到埃普勒维尔去的时候,从来不去我家里吃顿饭呢?人家都开始说三道四啦,说什么我们已经不是朋友啦,这话我听着不舒服。您瞧,到我家里来吃饭,您一分钱也不用花啊。我才不计较这一顿饭。跟您说好了啊,别客气,尽管来,我会很高兴的。"

无须他再多说一遍,过了两天,由农庄的帮工赛勒斯坦驾车,马格鲁瓦尔大娘坐在自己的马车里去赶集。她毫不犹豫地把马拴在了希科老板的马厩里,要来吃这顿说好的午饭。

旅馆老板兴高采烈,把她当贵妇接待,端来了鸡肉、猪血香肠、辣熏肠、羊腿,还有白菜肥肉浓汤。但她几乎没怎么吃,因为她从小就过简朴的生活,总是喝点儿浓汤、吃一块涂了黄油的面包就能过活。

希科感到失望,劝她多吃。但她什么也喝不下了,连咖啡都拒绝了。

他问道:

"您总愿意再喝一杯小酒吧。"

"啊!要说这个,那当然好。我不会拒绝的。"

他用尽力气喊了一句,那声音穿过整个旅馆:

"罗萨莉,把白兰地拿来,拿最好的那瓶。"

女佣出现了,手里拿着一个长酒瓶,上面用以点缀的图案是一片纸葡萄叶。

他给两个杯子倒上酒。

"尝尝这个,大娘,这可是好酒。"

老太太小口小口地慢慢喝起来,久久地回味着。当她喝光杯子里的酒,一滴也不剩时,开口说道:

"这个酒好,很好的白兰地。"

她话都还没有说完,希科就给她倒满了第二杯。她本想拒绝,但已经太迟了,于是她又慢慢品尝起来,像喝第一杯一样。

当他想再让她喝第三杯的时候,她拒绝了。他不放弃地说:

"这玩意跟牛奶一样,您明白吗,我啊,经常喝上十杯、十二杯也不碍事的。它跟白糖一样,马上就化了,到了肚子里什么都没有,脑袋也没什么感觉,人家都说这玩意在舌头上就挥发了。还有什么比它更健康的吗?"

其实她也想再喝一些,就恭敬不如从命了,但她只要了半杯。

这时,希科突然十分慷慨地高声说道:

"啊呀,我看您挺喜欢这个酒,我到时候就送您一桶吧,这样一来就能证明我们一直是好朋友了。"

老太太没有拒绝,她离开的时候已经微微有些醉意了。

翌日,旅馆老板来到马格鲁瓦尔大娘的院子里,从自己的马车上搬下来一个用铁线箍起来的小酒桶。然后他让老太太尝尝这桶酒,证明这就是前一天喝的白兰地。他们俩一起各喝了三杯之后,他准备告辞,说道:

"对啦,要是喝完了,我那儿还有,您别客气。我可不是一个小气鬼。您越快喝完这桶酒,我可就越高兴。"

说完他就回到了自己的双轮马车上,走了。

四天之后他又登门。老太太正在自家门前,忙着切配汤的面包。

他走了过去,凑到她鼻子前问了声好,目的是要闻闻气味。他闻到了酒味,脸上一下子就露出喜色。

"您要请我喝一杯吗?"他说。

于是他们又一起干了两三次杯。

但是,没过多久这一带就出现了一些传言,说马格鲁瓦尔大娘经常一个人喝得醉醺醺的。有时候大家在厨房里把她扶起来,有时候是在庭院里,有时甚至是在附近的一些马路上,大家把她扶回家里,她了无生气,跟死了一样。

希科再也没有去过她那儿,当有人和他说起老太太的时候,他总是面有悲戚地小声说道:

"这太糟糕了,到了这个年纪,居然还染上这种嗜好?您瞧呀,人老了,没办法啊。这样下去恐怕她迟早要出事!"

她果真出事了。临近圣诞节的时候,她喝醉酒倒在雪地里,就在这个冬天去世了。

而希科继承了她的农庄,他说:

"这位大娘啊,要是没染上喝酒的嗜好,至少还能活上十年。"

《小酒桶》(*Le Petit Fût*)1884年4月7日发表于《高卢人报》(*Le Gaulois*)。

烧伞记

献给卡米耶·乌迪诺[1]

奥雷尔太太十分节俭。她深知每一分钱的价值,掌握着一整套让钱生钱的严密法则。当然了,她的仆人很难从菜篮子事务里揩到油水。而奥雷尔先生要拿到自己的零用钱,那是难上加难。他们生活惬意,而且也没有孩子,但奥雷尔太太只要看见白花花的子儿从自己家里流出去,就真切地觉得痛苦,像在她心上撕开一道口子。而每每因为一些重要事项多出一笔花费时,哪怕这些事项不可避免,当天晚上她还是会辗转难眠。

奥雷尔先生一次次地对自己的妻子说:

"你应该大方一些,怎么说我们的收入也是绰绰有余的。"

她答道:

"谁也不知道后面会碰上什么事情,钱当然是越多越好。"

她是一个四十岁的矮个子女人,性子急躁,已经有了皱纹,把自己收拾得十分整洁,经常发火。

她的丈夫则无时无刻不在抱怨由自己的妻子造成的这种抠门

---

[1] 卡米耶·乌迪诺(Camille Oudinot,1860—1931),法国小说家、剧作家。

生活。方方面面的过分节俭让他十分难受,因为这已经损害了他的尊严。

他是国防部的主要文员,之所以去部里工作,全是出于对妻子的服从,为的是让家里从未动用过的积蓄得以增加。

然而,两年来他一直带着同一把满是补丁的雨伞去上班,总是引来同事们的嘲笑。终于,他听够了他们的嘲笑和调侃,让奥雷尔太太给自己买一把新雨伞。她就到百货商店买了一把打折货,价值八法郎五十生丁。同事们看见这把烂大街的便宜货,又开起玩笑来,奥雷尔先生心里十分难受。便宜没好货,这雨伞不过三个月就坏了。部里上上下下经常拿这件事开玩笑,大家甚至还为此编了一个小曲儿,从早哼到晚,楼上楼下处处可以听见。

奥雷尔气愤不已,要求妻子给他重新选一把雨伞,要上好的丝绸做的,价值二十法郎,还得把发票带回来。

她买了一把十八法郎的雨伞,气得满脸通红,一边把伞交给丈夫一边大声说道:

"这把伞你至少得用五年。"

奥雷尔胜利了,终于在办公室里扳回一局。

当他晚上回到家里的时候,他的妻子担忧地看了一眼雨伞,对他说道:

"你别用橡皮带绑着它,这样会把细绸勒断的。你自己要注意啊,我可不会三天两头给你买雨伞。"

她拿过雨伞,把橡皮带解开,抖了抖伞面的折痕。但她突然被惊住了。一个圆洞,一个硬币大小的洞,出现在雨伞的正中央。这是雪茄烫出来的窟窿!

她结结巴巴地说:

"这是怎么回事?"

她丈夫看都没看,平静地回答道:

"谁?什么怎么回事?你说什么?"

她气得喘不上气,简直没办法好好说话了:

"你……你……你烧了……你……你的伞。你……你……你真的……疯了!你是想让这个家破产吗!"

他转过身来,脸色苍白地说:

"你说什么?"

"我说你烧了你的伞。看啊!……"

她说着冲了过来,像是要和他打一架似的,然后粗暴地把那个小圆洞伸到他鼻子前。

看着这个破洞,他的魂都丢了,支支吾吾地说:

"这……这……这是什么?我不知道啊,我不知道!我什么也没做,真的,我向你发誓。我不知道这是怎么回事,我不知道!"

她尖声喊起来:

"我敢打赌你肯定在办公室里拿它炫耀了,你炫耀了,你肯定是撑开雨伞展示给别人看了!"

他答道:

"我只打开了一次,让大家看看它有多漂亮。就这么一次,我跟你发誓。"

但她气得跳脚,对他上演了一场夫妻生活中常见的戏码,对一个爱过平静日子的男人来说,这种争吵把家里变得比一片子弹横飞的战场还要让人胆战心惊。

335

她从一把旧雨伞上裁下一小块细绸面料补上了窟窿，但颜色并不相同。第二天，奥雷尔拿着这把修补过的雨伞低声下气地出了门。他把雨伞放进自己的置物柜里，就不再想它了，仿佛那是什么糟糕的回忆。

但是，当天晚上他一回到家里，妻子随即抓过他手里的雨伞，一把撑开，要检查雨伞的状况，她几乎要窒息了，眼前是一片无法挽回的灾难。伞面上出现了很多窟窿，明显是被烟头烫出来的，就像是有人直接把没有熄灭的烟灰抖在了上面。它已经完了，彻底地完了。

她盯着眼前的这一幕，一句话也没说，她太过气愤，以至于一个字也说不出来。他也一言不发地看着雨伞破损的样子，整个人都惊呆了，又害怕又沮丧。

他们两人面面相觑，随后他低下了头。她把那个破烂玩意丢到他脸上，开始大喊大叫，在一阵狂怒之中，她的嗓音恢复了：

"啊！混账！混账！你是故意的！你会付出代价的！你再也不会有伞了……"

这一场景又重现了。经过一个小时的狂风暴雨，他才终于能够解释几句。他发誓自己完全不知道发生了什么，这要么是有人恶作剧，要么是有人在打击报复。

一阵铃声解救了他，有位朋友要来他们家里共进晚餐。

奥雷尔太太把这件事说给他听。至于买一把新雨伞的事情，那是门儿都没有，她的丈夫再也不会得到新雨伞了。

这位朋友富有条理地跟她说道：

"这么说吧，夫人，没有伞他的衣服不就完了吗，衣服可要贵得多呀。"

这个矮个子女人还在气头上,答道:

"那他就用厨房里的雨伞吧,我不会再给他买一把细绸面料的雨伞了。"

听到这个说法,奥雷尔抗议了。

"那我就辞职,辞职!我绝不可能拿着一把厨房里的雨伞去部里。"

这位朋友接话道:

"给这把伞换个伞面吧,这样花不了多少钱的。"

奥雷尔太太气愤难平,结结巴巴地说:

"换伞面至少得花八法郎。八法郎加上十八法郎,这就二十六法郎了!二十六法郎用来买一把雨伞,真是疯了!简直是脑子有病!"

这位朋友是一个不太有钱的小市民,他有了一个主意:

"去找保险公司理赔呀。保险公司会赔付被损坏的物件,只要这个损坏是在家里发生的就行。"

听到这个建议,这个矮个子女人平复了心情,思忖片刻之后,她对自己丈夫说道:

"明天,你去部里之前,先到马泰尔内勒公司去一趟,让他们检查雨伞的状况,然后让他们赔偿。"

奥雷尔先生差点儿跳起来。

"我这辈子都不敢干这种事情!一共就损失了十八法郎,仅此而已。我们又不会因此饿死。"

隔天,他拿着一根手杖出门了,幸运的是,这一日天气晴朗。

奥雷尔太太独自一人在家,一想到损失了十八法郎,就实在无法平静。雨伞躺在餐厅的饭桌上,她绕着桌子转来转去,始终下不了决心。

她一直在想关于保险公司的事情,但她也没有勇气去面对那些接待自己的先生嘲弄的眼神,因为她在别人面前总是十分腼腆,脸没来由地就红了,而且只要和不认识的人说话,她就局促不安。

但她又痛惜那十八法郎,像受了伤一样觉得痛苦。她不想再思考这件事情,但这笔损失的记忆却一次次沉重地打击着她。那该怎么办?时间一点点流逝,她却拿不定任何主意。然后,突然之间,就像懦夫突然变成了勇士一般,她下定了决心:

"我一定要去,我们等着瞧吧!"

但她得先做点儿准备,让雨伞坏得更彻底,这样才容易实现自己的目标。她从壁炉上拿了一根火柴,在伞骨之间烧出一个手掌那么大的大窟窿来。然后她小心翼翼地把剩下的细绸伞面卷好,用一个橡皮带固定住,接着披上自己的披肩,戴上帽子,踏着匆匆忙忙的步伐往保险公司所在的里沃利街走去。

但是,越是靠近那儿,她的步子就越慢。她该怎么说?他们会怎么答复?

她看了看建筑的门牌号。离那儿还有二十八号,太好了!她还能思考思考。她越走越慢,突然浑身打了个哆嗦。她已经到门口了,门上烫金的字迹写着:"马泰尔内勒火灾保险公司"。已经到了!她停留了一秒,感到既不安又羞耻,然后就从门前走了过去,又折回来,接着再一次走了过去,再一次折回来。

终于,她自言自语道:

"无论如何都得去一趟。越快越好。"

但是一走进那栋房子,她就察觉到自己的心脏怦怦直跳。

她来到一个周围有许多窗口的宽敞房间,每个窗口后面只能看见一个男人的脑袋,他们的身体都被格子架挡住了。

一位先生手里拿着些文件出现了。她站在那儿,羞怯地小声说道:

"不好意思,先生,请问东西被烧坏了要申请赔偿,该到哪里办理?"

他嗓音洪亮地答道:

"二楼左侧,灾损办公室。"

这几个字让她更加胆怯了。她想要逃走,什么也不想说了,就让那十八法郎白白损失吧。但一想到这笔钱的数目,她身上重新有了一些勇气,于是她走上楼,喘着粗气,每上一个台阶都要停下来一下。

上到二楼,她看见了一扇门,她上前敲了敲。一个清亮的声音喊道:

"请进!"

她进去了,偌大的房间里站着三位先生,穿着端庄得体,佩戴着勋章,正在交谈。

其中一位问她:

"您来办什么事项,太太?"

她一时语塞,结结巴巴地说:

"我来……我来……申请……申请赔偿。"

这位先生很有礼貌,搬来了一把椅子。

339

"您请坐,我马上就来为您服务。"

他转向另外两位先生,接着谈了起来。

"先生们,本公司认为对你们的赔偿金额不能超过四十万法郎。至于您提出的再多赔付十万法郎的要求,恕我们不能接受。而且考虑到……"

这两位先生的其中一位打断了他:

"说到这里就行了,先生,法院会裁决的。我们先告辞了。"

他们相当正式地道了别,然后离开了。

哦!要是她能鼓起勇气跟他们一块儿离开,她一定会这样干的;她一定会逃走的,什么也不要了!但她能这么做吗?那位先生走了过来,俯身道:

"有什么需要我效劳的,太太?"

她磕磕绊绊地说:

"我要……这个……办这个。"

保险员低下头,看见她朝自己递过来的东西,露出天真的震惊神色。

她想把橡皮带解开,手却直打哆嗦。她试了好几次才终于成功,猛地一下子打开了这把破破烂烂的雨伞。

这位先生满怀同情地说道:

"这看起来是坏掉了。"

她吞吞吐吐地说:

"这把伞花了我二十法郎。"

他十分震惊:

"真的吗!这么贵。"

"是的，它是一把很漂亮的伞。我想请您看看，它现在都成什么样子了。"

"很好，我看得清清楚楚，很好。但是我不明白这和我们有什么关系。"

她一下子慌了。这家公司可能不赔付这种小东西，她又说道：

"但是……它烧坏了……"

这位先生并没有否认这一点：

"我看见了。"

她张着嘴，却不知道该说什么，然后，她突然反应过来自己忘了说明来意，连忙说道：

"我是奥雷尔太太，我们在贵公司投保了，我是来要求贵司赔付这次损失的。"

她担心自己被拒绝，匆匆忙忙又补了一句：

"我只要求你们给我换一个伞面。"

保险员有些尴尬地说道：

"但是……太太……我们不是卖伞的。我们没办法为您提供这种维修服务。"

这个小个子女人仿佛吃了定心丸。她得争辩几句，要据理力争！她不怕了，说道：

"我只要求赔付我维修的费用，我自己会去找人修理的。"

这位先生有些尴尬：

"确实如此，太太，这也没多少钱。从来没有人要求我们理赔这种没多少损失的小事故。您明白吗？像手绢、手套、扫帚、拖鞋这些小物件，每天都有可能被火烧坏，我们是没有办法赔付的。"

她的脸涨得通红,怒火中烧:

"但是,这位先生,去年十二月的时候,我们家里的壁炉失火,给我们造成了五百法郎的损失,奥雷尔先生可没让你们赔一分钱,那今天这笔钱正好可以用来赔我的雨伞!"

这位保险员猜出这是一个谎言,笑着说道:

"太太,你不觉得奇怪吗?奥雷尔先生不来要求赔付五百法郎的损失,却为了一把雨伞跑来要求赔偿五六法郎的维修费用。"

她一点儿也不慌,反驳道:

"不好意思,这位先生,五百法郎的损失关乎奥雷尔先生的钱包,但这十八法郎却归奥雷尔太太的钱包管,这可不能混着谈。"

他眼见自己没法从这件事里脱身,就要浪费掉这一整天,终于屈从地问道:

"那请您告诉我这个事故是怎么发生的吧。"

她觉得胜利在望,开始说了起来:

"先生,是这样的:在我们家的门廊里,有一个用铜做成的玩意,用来放雨伞和手杖。于是,有一天我回家的时候就把这把伞放到那里面去了。我得告诉您,它的正上方有一个夹板,用来放蜡烛和火柴。我伸手去拿了四根火柴。我划了其中一根,它没燃。我就划了另一根,它燃烧起来,但很快又熄灭了。我又划了第三根,跟前面两根一样。"

保险员打断她,说了一句俏皮话:

"这么说来,想必是政府制造的火柴咯?"

她没明白这话的意思,继续说道:

"可能是吧。直到第四根火柴才燃起来,我点燃了蜡烛,然后我就进屋了,准备休息。但过了大概一刻钟,我闻到了什么东西烧焦的味道。我这个人向来很怕火。啊呀!如果我们家真的发生火灾,那肯定不是我的错!尤其是自从我跟您说的壁炉失火那件事情之后,我简直没法安生。于是我就起身走出房间,找了一遍,跟一条猎狗似的闻来闻去,终于发现是我的雨伞烧起来了。应该是有一根火柴掉到里面去了。我也拿给您看过了,它现在的情况……"

保险员决定理赔,他问道:

"您估计损失了多少?"

她先是没有答话,因为不敢说出一个确切的数字。然后她故作大方地说道:

"请您自己安排人去修吧。我已经把它给您带过来了。"

他拒绝了:

"不,太太,我没办法做这件事情。告诉我您要求赔偿的金额。"

"但是……我觉得……看啊,先生,我也不想赚您的钱,我……我们这么办吧,我把伞送到伞商那儿去,让他给我换一个伞面,用上好的绸子,然后我再把发票给您送过来。您觉得怎么样?"

"完美至极,太太,就这么说定了。这是一张给出纳处的凭证,他们会把这笔花费赔付给您。"

说完,他递给奥雷尔太太一张卡片,她接过来,站起身,一边道谢一边走了出去。她迫不及待地想要离开,生怕他改变主意。

现在,她迈着轻快的步子走在路上,要找寻一家看起来高档的伞铺。她终于找到一家装潢气派的商店,便走了进去,用坚定的语气说道：

"这把伞要换细绸的伞面，要用质量上乘的绸子。请把你们最好的料子用上去，我不在乎价格。"

《烧伞记》（*Le Parapluie*）1884年2月10日发表于《高卢人报》（*Le Gaulois*）。

莫兰这头公猪

献给乌迪诺先生[1]

一

我对拉巴尔说道:"等一等,我的朋友,你刚刚又提起了'莫兰这头公猪'这几个字。见鬼了,我从来没听过谁提起莫兰时不带上'公猪'二字的,这是为什么?"

如今是议员的拉巴尔盯着我,眼神跟猫头鹰似的:"怎么,你不知道莫兰的故事吗?你还是拉罗谢尔[2]本地人吗?"

我承认自己不知道莫兰的故事。于是,拉巴尔搓了搓双手,开始说了起来。

"你认识莫兰,对吧,那你还记得他那家开在拉罗谢尔河岸边的大服饰店吗?"

"是的,我记得很清楚。"

---

[1] 莫泊桑将《烧伞记》献给了卡米耶·乌迪诺,本文的乌迪诺先生,应该是指卡米耶·乌迪诺的父亲,欧仁-斯塔尼斯拉斯·乌迪诺先生(Eugène-Stanislas Oudinot, 1827—1889),他是一位玻璃工匠,在巴黎创办了一家玻璃工厂,法国巴黎圣三一教堂中的许多玻璃就产自该工厂。
[2] 拉罗谢尔(La Rochelle),法国西部靠海的城市。

"那好,大概在一八六二年或者一八六三年的时候,莫兰曾到巴黎去待了半个月,他是去游玩或者找点儿乐子的,但对别人说的是自己去进货了。你也知道,对一个外省的商人来说,在巴黎待上半个月意味着什么,这简直让你热血沸腾。夜夜都是各种各样的演出,到处都有姑娘与你擦肩而过,那是一种持续不断的兴奋,人简直都要疯了。满眼看见的只有穿着紧身衣的舞女,袒胸露肩的女演员,那圆润的大腿、丰腴的肩膀,虽然近在眼前,但你不敢也不能碰,只能一次两次地去吃吃低级的菜肴。到了要离开巴黎的时候,仍然心有渴望,兴奋不已,内心有一股亲吻的欲望,惹得你牙痒痒。"

莫兰一直处在这个状态中,他买了车票,是晚上八点四十分回拉罗谢尔的特快列车。他满心失望地在奥尔良火车站偌大的候车室里来回踱步,心烦意乱。这时,他看见一位年轻女子正和一位老太太亲吻告别,他站住了。她撩开了自己的面纱,莫兰被迷住了,喃喃自语道:"上帝呀,好漂亮的女子!"

与老太太道完别,她走进候车室,莫兰跟了上去;然后她从月台上走过,莫兰仍然跟着她;之后,她登上了一节空荡荡的车厢,莫兰始终跟着她。

特快列车上没有多少旅客。车头鸣笛了,火车启动。车厢里只有他们两个人。

莫兰贪婪地看着她。这个女子十九二十岁,一头金发,身材高挑,举手投足落落大方。她把一条旅行用的毯子盖在自己的腿上,在软垫长椅上躺下来,准备休息。

莫兰心里想："她是谁？"脑海里有万千种猜测，也有了万千个计划。他心里嘀咕道："听说过那么多铁路奇缘，这一次没准就是为我准备的。谁知道呢？好运气总是突然降临的。只要大胆一些，这件事没准就成了。丹东[1]不也说过'勇敢，勇敢，总而言之就是勇敢'。如果不是丹东说的，那就是米拉波[2]的话。算了，管它是谁说的。是吧，但我就是不够勇敢，这才是问题所在。哦！要是我能明白，能看穿人心就好了！我敢打赌，我们肯定每一天都和种种良机擦肩而过。然而，只要她也稍作暗示，我就能明白她也巴不得……"

于是，他在心里盘算着能够让他实现这段奇缘的种种手段。他想到，一开始应该充满骑士风度，比如为她献点儿小殷勤什么的，与她来一段热烈又有风度的聊天，最后表露心意，然后就收尾……以你心里想的那种方式收尾。

但对他来说，缺的就是一个开始，一个托词。于是他只能等待一个恰当的时机，心里七上八下，备受煎熬。

夜色正在离去，那个美丽的女孩依旧在沉睡，莫兰却在谋划着如何让她失足。天色亮了，很快，太阳照射出第一道光芒，那道明亮的光从天际远远照耀而来，落在了这位睡美人的温柔脸颊上。

她醒了，坐起身来望了望原野，又看了一眼莫兰，笑了。那是幸福女子的笑容，带着愉悦，楚楚动人。莫兰浑身都颤抖了。

---

[1] 乔治·雅克·丹东（Georges Jacques Danton，1759—1794），法国大革命初期的领导人物。本文中莫兰所引用的这句话确实出自丹东。
[2] 米拉波（Honoré Gabriel Mirabeau，1749—1791），法国大革命时期著名的革命家和演说家。

毫无疑问，这抹笑容就是送给他的，这的确是一个隐秘的邀请，是他梦寐以求的信号。这抹笑意的意思是："您是傻子吗？您太天真、太糊涂了，从昨天晚上到现在，就像个木头似的杵在自己的位子上。"

"您瞧呀，看看我呀，难道我不够动人吗？整个夜晚，面对这样一个美丽的女子，你就那样一动不动地待着，什么也不敢做，真是个大傻子。"

她一直微笑着看他，甚至笑出声来。他简直丢了魂，想找一句恰当的话，一句恭维话，反正什么都好，只要能说点儿什么。但他什么话都想不出来，一句都没有。于是，他就像一个胆小鬼突然鼓起了勇气一般，心想："算了，我不管了！"紧接着，他毫无征兆地猛扑过去，张开双手，嘟起贪婪的双唇，一把将那女子拥入怀中，吻了起来。

她一下子蹦了起来，尖叫道："救命啊！"她恐惧地喊叫着，拉开了车门，把手臂伸出去。她吓得简直要发疯了，想要跳出去。而莫兰以为她要跳进轨道里，吓得魂都丢了，连忙抓住她的裙子，结结巴巴地说："女士……哦！女士……"

火车的速度慢了下来，然后停住了。两个工作人员听见这个年轻女子求救的信号，匆匆忙忙赶来，女孩扑到他们的怀里，口齿不清地说："这个男人要……要……我……"随后她就晕了过去。

火车停在了莫泽[1]站。当班的宪兵逮捕了莫兰。

莫兰的暴行的受害者恢复意识之后，提出了控诉。警方做了

---

1 莫泽（Mauzé），此处距离拉罗谢尔约四十公里。

笔录。于是，这个不幸的服饰店老板到当天夜里才回到家中。他备受打击，因为他被提起了法律诉讼，理由是在公共场所犯下了伤害风化罪。

二

当时我是《夏朗德灯塔报》[1]的主编，每天晚上都能在商务咖啡馆见到莫兰。

这段奇遇的第二天，他就来找我，说自己不知道该怎么办。我对他毫无保留地说了自己的想法："你就是一头公猪。没有人会像你这样做事。"

他哭个没完，说他的妻子和他打了一架，眼见自己的生意完了，名声也败坏了，臭名远扬，他的朋友们都气愤不已，不再和他来往。到头来，我开始同情他，便叫来了我的同事伊维，想听听他的看法。伊维是一个爱嘲弄人的小个子男人，但总有不少好点子。

他建议我去见帝国检察官，那是我的一个朋友。我把莫兰送回家里之后，径直去了这位行政官员那里。

我了解到，受侵犯的是一个年轻姑娘，名叫昂莉埃特·伯奈尔，她刚刚在巴黎考取了教师资格证。她的父母均已不在人世，她此番是要去自己的叔叔婶婶家里度假，那是一对住在莫泽的小资产夫妇，为人正派。

---

1 该报纸为莫泊桑杜撰的。

莫兰的处境变得十分艰难,因为她的叔叔已经提起了诉讼。但是,如果这项控诉能被撤回,那么检察院也同意不予追究。而这正是我想促成的事情。

我回到莫兰的住处。我发现他躺在床上,被不安和忧愁折磨得病了。他的妻子五大三粗,体格粗壮得像个男人,还长着一茬胡子,正一刻不停地责骂他。她把我领到房间里,朝我劈头盖脸地大喊道:"您也来看莫兰这头公猪吗?瞧吧,这个家伙就在那里!"

她立在床前,双手叉腰。我跟他讲了整个情况,他请求我去找那一家人。这个任务相当棘手,但我还是答应了。这个倒霉的浑蛋不停地念叨着:"我向你发誓,我根本没有亲她。没有,根本没有。我向你发誓!"

我答道:"不管怎么说,你就是一头公猪。"他交给我一千法郎,以便我在需要的时候使用,我收下了。

但我并不打算独自一人冒险前往那姑娘的叔叔婶婶家中,便请求伊维陪我一同前去。他同意了,但前提是得马上动身,因为隔天下午他在拉罗谢尔还有一件紧急的事情要办。

两个小时之后,我们按响了一栋漂亮的乡间住宅的门铃。一位美丽的年轻姑娘给我们开了门,肯定就是她了。我低声对伊维说道:"该死啊,我开始理解莫兰了。"

她的叔叔托勒雷先生是《灯塔报》的订阅读者,在政治方面,我们可谓志同道合。他展开双臂热情地欢迎了我们,夸赞我们,为我们报纸的成功祝福,还与我们都握了手,自己家里来了两位自己喜爱的报纸的撰稿人,这让他欣喜若狂。伊维在我耳边轻声说道:"我觉得我们能搞定莫兰这头公猪的事情了。"

他的侄女走开之后,我提起了这个棘手的问题。我讲到这会变成一桩丑闻,还强调了一点,一旦诸如此类的事情传播出去,这个年轻女孩可能要无法避免地遭受一些流言的中伤,因为人们肯定不会相信只是吻了一下那么简单。

这位老好人显得犹豫不决,但他没法不与妻子商量就做决定,然而他妻子得到晚上很晚才会回来。突然,他得意扬扬地喊了起来:"你们听啊,我有一个好主意。你们别走,我留你们住下吧。我们一起吃个晚饭,然后今晚两位就住在这里,等我的妻子回来之后,相信我们很快就能谈妥了。"

伊维并不同意,但他又十分想要解决莫兰这头公猪的事情,他做了决定,我们俩就接受了这个邀请。

女孩的叔叔站起来,容光焕发,叫来了自己的侄女,提议到他的花园里去散散步,一边说道:"严肃的事情晚上再谈。"

伊维和他开始聊起了政治。

而我很快就落后了他们几步,走在了年轻女孩的身旁。她当真太迷人,太过迷人了!

我万分谨慎地开始和她谈起了她的遭遇,想要尽力站在她的立场思考。

但她并没有一点儿尴尬之情,反而像是在听我说话消遣。

我对她说道:"所以呀,小姐,请您想想这件事会给您带来多少困扰吧。您得到法院去,亲自出庭,还得面对那些不怀好意的眼神,然后在那些人面前做陈述,公开说出在车厢里碰上的不幸遭遇。瞧呀,现在就我们两个人,要我说,如果当时你什么也没说，也没把列车工作人员喊来，而是让这个流氓安分一些，或者直接换个车厢，难道不是更好吗？"

她笑了："您说的没错！但是又能怎么办呢？我害怕呀，人一旦害怕就会失去理智了。等到我明白发生了什么事情，我就后悔自己大喊大叫了。但已经太迟了。您想想，这个傻子一句话也没说，就面目狰狞地像疯了一样突然朝我扑过来。我都不知道他想对我做什么。"

她望着我的脸，既无窘迫也无不安。我心想："说到底这是个轻佻的女孩啊。我可算明白为什么莫兰这头公猪会被迷惑了。"

我又半开玩笑地接着说道："您看，小姐，您也应该承认，这是情有可原的嘛，毕竟面对一个像您这样漂亮的女孩时，怎么可能不想要亲吻她呢，这可是人之常情啊。"

她笑得更厉害了，咧开了嘴："先生，在想法和行动之间，还得保有尊重之心呀。"

这句话有点儿奇怪，意思也不太清楚。我突然问她："那好，您说说，要是我亲吻了您，就现在，您会怎么做呢？"

她停下脚步，上下打量我一番，然后平静地说道："哦，您呀，那可不能混为一谈。"

哎呀！我当然明白这不能相提并论，因为在我们那里，人人都称我为"英俊的拉巴尔"，而且我刚过而立之年，于是我问道："为什么这么说？"

她耸了耸肩，答道："瞧呀！因为您不像他那么蠢。"然后她低着头偷偷看了我一眼，又说了一句："也不像他那么丑。"

在她还没来得及做出动作躲开的时候，我在她的脸颊上货真价实地吻了一下。她一下子跳开，但还是太迟了。随后她说道："好呀，您居然不觉得难为情。请别再这样做了。"

我做出低声下气的样子来，压着嗓门说道："哦！小姐，至于我呀，要说我心有所愿，那就是能够以和莫兰同样的罪名站到法庭上。"

轮到她问我了："为什么这么说？"我严肃地望着她的眼睛："因为您是最美的女子之一，对我来说，想要对您施暴这个罪名，就是一份证书、一个头衔、一种光荣。因为看见您之后，人人都会说'瞧呀，拉巴尔确实罪有应得，但说到底他还是走运的'。"

她快乐地大笑起来：

"您在开玩笑吗？"但她还没说完最后一个字，我就一把将她揽入怀中，贪婪地在我能触及的任何地方投下热吻。我亲吻她的秀发、她的额头、她的眼眸，还几次亲吻她的唇，亲吻她的脸颊，亲吻她的整个脑袋。她顾着这边就漏了那边，总有她躲避不及、遮挡不足之处。

末了，她挣脱出来，满脸通红，像是伤了自尊："您真粗鲁，先生，我后悔了，我刚才就不该听您说话。"

我拉住她的手，有些尴尬，结结巴巴地说道："抱歉，抱歉，小姐。我让您觉得不舒服了，我太粗暴无礼了！我再也不会这么做了。您知道吗？……"我苍白无力地想一个借口。

这时候她开口大声说道："我什么也不知道，先生。"

但我找到了一个借口，喊道："小姐，我已经爱了您一年了！"

她感到震惊，抬起了头。我继续说道："是的，小姐，您听我说。我并不认识莫兰，我根本就不把他放在眼里。管他是要被抓进监狱还是要被送上法庭呢。我一年前在这儿见过您,就在那儿,您站在栅栏前。一见到您,我的内心震动了,再也忘不掉您的模样了。您相信我也好,不信也罢,都不重要。我觉得您实在是可爱迷人,我一直想着您,渴望再见到您,于是我把莫兰这个傻子当作借口,来到了这里。此情此景让我越轨了,请原谅我,我请求您的原谅,万分抱歉。"

她盯着我的眼睛,想看出我是否说了实话,她又要笑起来了,喃喃道:"您真爱说笑。"

我抬起手,用真诚的语调(我认为我的语气十分真挚)说道:"我向您发誓,我没有撒谎。"

她轻描淡写地说了一句:"得了吧。"

只剩下我们两个人了,孤零零的。伊维和她的叔叔已经消失在小径的拐角处。我对她做了真心实意的表白,话语绵长而温柔,我抓住她的手,亲吻了她的指尖。她听着,仿佛在听一件让人惬意而新奇的事情,并不知道自己该不该相信。

到最后,我的内心激动不已,一想到我自己说的话,我脸色苍白,简直要喘不过气来了,浑身都在颤抖。然后,我温柔地搂住了她的腰。

我靠近她耳边微微卷曲的柔发,低声地说着话。她沉溺于幻想中,仿佛已经死去。

随即,她把手搭在我的手上,我们十指相扣。我颤抖着,慢慢地、更加用力地搂住她的腰。她一动不动,我用自己的唇轻拂她的脸颊,突然之间,我的双唇自然而然地落在了她的唇上。这是一次漫长的亲吻,要不是听见身后几步远的地方传来"咳、咳"

的声音，这个吻将会更加悠长。

她穿过花丛逃走了。我转过头，看见伊维朝我走来。

他站在路中央，脸上没有一丝笑容："好啊！你就是这样处理莫兰这头公猪的事情的？"

我自鸣得意地答道："就是做了点儿力所能及的事情，亲爱的朋友。她的叔叔呢？你们谈成什么事情了吗？我呢，就是负责应付他侄女。"

伊维说道："和她叔叔在一块儿，我可没那么快活。"

随后，我拉起他的胳膊，一起往回走。

三

那顿晚餐吃得我神魂颠倒。我坐在她身旁，餐布之下，我的手不停地碰到她的手，我的脚也搭到了她的脚上，我们目光相接，眼神交错。

晚饭之后，我们到月光下去散步，我的心里涌起无尽的柔情，与她轻声慢语地谈着话。我紧紧地把她搂在身边，无时无刻不在亲吻她，用我的嘴唇湿润她的双唇。在我们前方，伊维正在和她叔叔交谈，他们身后的影子庄重地落在了小道的沙石上。

我们回来了。没过多久，电报局的邮差送来了姑娘婶婶的一份电报，说是她将搭乘次日早上七点钟的第一班火车返回家中。

姑娘的叔叔说道："那么，昂莉埃特，带两位先生上楼看看房间吧。"我们与这位老好人握了手，然后上楼了。她先是带我们去伊维的房间，而伊维则在我耳边轻声说道："她肯定不会先带我们去你的房间。"随后,她带着我往我的房间去。一等到只剩下她和我,我就又一次将她拥入怀中,想要让她失去理智,使她不再抵触。但是,当她发现自己快要无法克制的时候,就逃走了。

我躺到床上,感到十分气恼,内心既骚动不安,又感到羞愧,我知道自己这一夜一定会辗转难眠,脑子里想着究竟是哪里做得不对。这时候,我听见有人在轻轻地敲我的房门。

我问道:"是谁?"

一个轻柔的声音答道:"我。"

我连忙穿上衣服去开门。她进来了,开口说道:"我忘记问您明天早上想喝点儿什么了,是巧克力、茶,还是咖啡呢?"

我满怀激情地紧紧抱住她,贪婪地抚摸她,口齿不清地说:"我要喝……要喝……喝……"但她又从我的怀中溜出去,吹灭我的蜡烛,消失不见了。

我独自一人待在黑暗中,满心气愤,想找火柴却找不到。末了,我终于找到了,点燃蜡烛拿在手里,整个人已经半疯,走出房间来到走廊里。

我要干什么?我已经失去理智了,我想要找到她,我想要她。于是,我不经思考地走了几步,才忽然想到:"要是我走进了她叔叔的房间呢?我该怎么说?"我就那么站住了,脑袋一片空白,心脏怦怦直跳。过了一会儿,我突然有了答案:"当然咯,我就说自己正在找伊维的房间,因为要跟他说点儿要紧的事情。"

接下来,我细细查看每一道房门,费尽心思想要找出她的房间,找到她。但我没有任何线索。机缘巧合的是,我摸到一把钥匙,然后扭动了一下,我打开房门,走了进去……昂莉埃特正坐在自己的床上，惊恐地看着我。

于是，我轻轻地闩上门，踮着脚朝她走去，对她说道："小姐，我忘记跟您要本书来读了。"她奋力挣扎，但我很快还是打开了我要的那本书。我是不会说出那本书的标题的，但那确确实实是世间最让人惊叹的小说、最美妙的诗篇。

一旦打开了第一页，她就任由我尽情浏览了。我翻阅了如此之多的章节，直到我们的蜡烛燃尽最后一滴蜡。

随后，我和她道了谢，正要轻手轻脚地走回我的房间，这时一只手突然拦住我，一个声音响起，伊维在我近旁低语道："这么说，你还没有处理完莫兰这头公猪的案子喽？"

早上七点钟，她亲自给我送来了一杯巧克力。我从未喝过这样的巧克力，简直让我沉溺其中，如天鹅绒般丝滑，芳香四溢，让人陶醉。我简直没办法把自己的嘴唇从那美妙的杯沿上挪开。

年轻姑娘前脚刚出去，伊维后脚就进来了。他看起来有点儿焦虑，像是整晚没睡似的满脸不快，他郁郁寡欢地对我说道："你要是继续这么干，你知道的，肯定会把莫兰这头公猪的这个案子搞砸。"

八点钟的时候，姑娘的婶婶回来了。我们只做了简短的交谈，这对正派的夫妇就撤回了诉讼，而我则捐了五百法郎给当地的穷人。

他们想让我和伊维留下来，甚至还安排了一次远足，要带我们去参观一些遗址。昂莉埃特站在她的叔叔婶婶身后，朝我点头示意："是呀，那就留下来吧。"我答应了，但伊维执意要走。

我把他拉到一旁，近乎恳求地请求他留下来，我对他说道：

"你看啊,我亲爱的伊维老弟,就当作为了我留下来吧。"但他好像被激怒了,对着我又说了一句:"你听着,我受够莫兰这头公猪的破事了。"

我只能被迫一同离开了。这真是我人生中最煎熬的时刻之一。我宁愿自己能够一辈子都留在那儿处理那件事情。

我用力地和姑娘的叔叔握手道别,一言不发。进了车厢之后,我对伊维说:"你真是个浑蛋。"他回答道:"老弟啊,你开始让我觉得很不痛快了。"

刚回到《灯塔报》的编辑部,我就发现有一大群人正在等我们……他们一瞧见我们俩,就大喊大叫起来:"好啊,你们把莫兰这头公猪的案子处理好了吗?"

整个拉罗谢尔都闹得沸沸扬扬。伊维的怒气已经在路途上消散得差不多了,现在极力憋着不笑,他大声说:"是的,处理完了,这多亏了拉巴尔。"

随后我们去了莫兰家里。

他瘫在一把扶手椅上,腿上涂了芥子泥药膏,额头上敷着浸过凉水的纱布,被焦虑折磨得心力交瘁。他不停地咳嗽,轻轻地发出仿佛濒死之人那般的咳嗽声,没人知道这感冒是怎么得来的。他的妻子盯着他,像是准备要把他生吞活剥的老虎。

他一看到我们,手脚就开始抖个不停。我说:"处理妥当了,你这个流氓,不过别再有下一次了。"

他站了起来,激动得说不出话来,抓住了我的手,仿佛那是王公贵族的手那般亲吻了起来。他哭得差点儿晕厥过去,然后亲吻了伊维,甚至亲吻了莫兰太太,但她一把推开,将他推回了扶手椅上。

但是他再也没有从这次事件中恢复过来,这实在对他的精神造成了太大的打击。

在那一带,大家从此都只叫他"莫兰这头公猪"了,然而他每次听到这个外号,就仿佛一把剑扎到了他的身上。

当某个混混在街上喊一声"公猪",他就会本能地转过头去。他的朋友们则会开各种极其过分的玩笑来挖苦他,而且每次在他吃火腿的时候,他们都要问他:"这是你身上的肉吗?"

两年后他就去世了。

至于我,则在一八七五年参加了省议员的竞选[1],我当时去杜塞尔拜访当地的一位新任公证员,贝隆克先生。一位身材丰满的漂亮女人接待了我。

"您不认识我了吗?"她说道。

我支支吾吾地说:"不……不认识……太太。"

"我是昂莉埃特·伯奈尔!"

"啊!"我觉得自己的脸色变得苍白了。

她看起来却相当自在,微笑着看我。

当她留下我单独和她的丈夫在一块儿的时候,她的丈夫一下子抓住了我的双手,紧紧地握着它们,几乎要捏碎了:"亲爱的先生,很长一段时间以来,我都想去拜访您。关于您,我的妻子跟我谈了很多。我知道的……我知道您是在她那段难熬的时期认识了她,我也很清楚您是多么完美、多么温柔体贴,而且您很有

---

[1] 此处选举为莫泊桑杜撰,但1876年初确有一场省议员选举。

分寸，如此尽心尽力地……"他迟疑了一下，随即降低了自己的嗓音，仿佛要吐出什么脏话似的继续说道："……处理了莫兰这头公猪的事情。"

《莫兰这头公猪》（*Ce Cochon de Morin*）1882年11月21日发表于《吉尔·布拉斯》（*Gil-Blas*）杂志，发表时署名"墨菲涅斯"（Maufrigneuse）。

港口

一

　　三桅帆船"风中圣母"号一八八二年五月三日离开勒阿弗尔港驶往中国海域，历经四年多的航行，于一八八六年八月八日回到马赛港。船上的第一批货物卸在停靠的中国港口，然后立即装上一批新货运往布宜诺斯艾利斯，并且在那里重新装载了要运往巴西的货物。

　　其间这艘船几番远渡重洋，遭遇几次海损和维修，也有几个月风平浪静，或有强风吹拂，使其偏离航道。此间种种事故、奇遇甚至海难，最终导致了这艘诺曼底三桅帆船远离故国，待其重返马赛之时，船中满载的皆是美洲的镀锡铁皮罐头。

　　出发时，除去船长和大副，船上共有十四名水手，其中八名诺曼底人，六名布列塔尼人。当它返航时，只剩下五名布列塔尼人，四名诺曼底人；一名布列塔尼水手死在途中，四名诺曼底水手因种种原因下落不明，因此换成了两名美洲人、一名黑人和一名挪威人，后者是船在新加坡时，某个夜里被从小酒馆里拽到船上的。

　　这艘大船已经卷起帆布，横桁与桅杆呈十字形，马赛港的一条拖轮正吭哧作响地拉着它，行驶在渐渐平静下来的海浪上，先从伊夫堡前经过,然后穿过一片灰色峭壁,来到被夕阳染上金色的水雾之中,进入了古老的港口。在这里,来自世界各地的大小船只杂乱无章地停泊着,沿着海岸,一艘挨着一艘,形式各异,帆缆索具各不相同。它们泡在这片过于狭窄、满是臭水的船坞里,船身相蹭、挤成一团,仿佛被腌制在汤汁里,成了一盆普罗旺斯鱼汤。

"风中圣母"号找到了自己的位置,它停在一艘意大利双桅船和一艘英国双桅纵帆渔船之间,它们相互挪开了一些,让这位伙伴能够插进来。等到海关和港口的手续都办完之后,船长同意让船上三分之二的人员离开船只去度过这个夜晚。

夜幕降临,马赛灯火通明。在夏季炎热的夜晚之中,一股带着蒜味的肉汁香气飘荡在这座喧嚣的城市上空,城中到处是人声、车轮声、马鞭声,充满了南方城市的快活气息。

这十位水手刚踏上港口就小心翼翼地迈着步伐,因为经过数月的海上航行之后,城市让他们感到陌生而不自在,在迟疑中,他们两两并行地走着。

他们犹豫不决,到处乱窜,闻着那些通往港口的街巷里的气息,在过去几个月的海上生活中膨胀起来的性饥渴已经让他们激动得几近发狂。诺曼底人走在前面,领头的是塞勒斯坦·杜克洛,这人高大强壮,十分机敏,每次一到岸上,他就成了其他人的队长。他揣度着什么地方是好去处,总有自己的办法找到乐子,而且几乎不参与港口上水手之间常有的各种纠纷。不过,万一卷入其中,那他是谁也不怕的。

这里条条通往大海的暗巷仿佛臭水沟一般飘出阵阵浓烈的气

息，那是低级下流的酒吧或咖啡馆特有的味道，而在这些巷子里犹豫了一会儿之后，塞勒斯坦选择了一条蜿蜒曲折的街巷，里面的每扇门上都有一盏亮着的灯凸出来，五颜六色的毛玻璃灯身上写着一些巨大的数字。每个入口的狭窄拱门底下，都有女佣般系着围裙的女人，坐在草椅上，一见到有人走近就站起身，往前走上几步来到街道中间将路一分为二的水沟边，挡住这群男人的去路。他们正缓慢地走着，一边唱着歌一边傻笑，越是走近这片红灯区，他们就越是欲火中烧。

门廊的尽头还有第二道门，缝钉着棕色的皮革，有些时候这扇门会突然打开，走出一位袒胸露背的丰腴女子，她肥美的大腿和腿肚在那白色的粗劣棉布贴身衣物之下展露无遗。她的裙子短得像一条鼓起来的腰带；她的胸部、肩和手臂上都是柔软的肥肉，从镶了金丝的黑色天鹅绒胸衣里露出来，呈现一抹抹玫瑰红。她远远地喊道："帅小伙，来玩吗？"有时候她甚至走了出来，拉住他们之中的某一个，紧紧地抓着，用尽全力往自己的门边拉，就像一只蜘蛛拉扯比自己身体还大的猎物似的。男人被这肢体接触弄得内心翻腾，假模假式地抵抗着，其他人都停下来看着，犹豫不决了，既想要立刻走进去，也想要继续这让人欲火燃烧的散步之旅。然后，就在这个女子费尽力气把那个水手拉到自己门槛边、所有人都要跟在他身后冲进去的时候，对妓院颇有研究的塞勒斯坦·杜克洛突然喊道："别进去，马尔尚，这个地方不行。"

于是，那水手听了这个喊声，猛地一挣扎，就挣脱了出来，其他伙伴又重新整队，把那个气坏了的女子污秽不堪的谩骂抛在身后，而这时候，巷子里前方路上的其他女人被这声音吸引，都从自己的房门里出来了,也扯开嗓子呼唤起来,言语间全是各种承诺和保证。他们越走越兴奋,前面是从满街的不同妓院门口的女人们嘴里高声喊出,共同汇成的甜言蜜语和种种诱惑,身后是那些做不成生意的失望的姑娘各种不堪入耳的咒骂。他们时不时地会遇上另外一些买春的男人,有些是士兵,走路的时候尖刀碰在腿上当当作响,还有一些也是水手,或者是独自前来的有产者和商铺的伙计。一条条新的狭窄街巷出现在眼前,门上都有暧昧不明的灯。他们始终走在这下流酒馆组成的迷宫之中,脚下是污水横流的、油腻的石板地面,两侧的墙边则满是女子的肉体。

最后,杜克洛拿定主意,停在一栋看起来外观相当漂亮的房子跟前,让所有的同伴都进去了。

二

纵情欢乐吧!整整四个小时,这十个水手不要命似的沉溺于爱欲和美酒之中。六个月的薪水都挥霍殆尽了。

他们坐在酒馆的大厅里,像一群大爷,不怀好意地扫视着围坐在一张张小桌子前的常客们。这些老主顾坐在角落里,有些姑娘闲着没事,她们有的穿得像个大娃娃,有的像是咖啡馆里的驻唱歌手,一个个跑过去服务他们,接着就在这些人身旁坐下了。

每个水手一到这里就挑了一个女伴,然后整晚把她留在身旁,因为大众的口味没那么多变。他们坐在三张桌子边,第一杯酒下肚之后,原本分成两列的队伍加进了和水手人数一样多的姑娘,在楼梯上重新组成了一个队。这长长的求欢队伍汹涌地冲向那一扇扇通往房间的窄门,每对男女的四条腿都把木头台阶踩得咯吱作响。

之后,他们又下楼来喝酒,然后又一次上楼去,再一次下楼来。

到现在他们差不多都醉了,开始大喊大叫。他们一个个两眼通红,把自己挑的姑娘抱在腿上,要么唱歌,要么喊叫,拳头在桌子上敲个不停,把酒倒进喉咙里,把人类最粗蛮的一面自由地展现出来了。塞勒斯坦·杜洛克坐在他们中间,紧紧搂住了一个高大的、有着红脸蛋的女孩,让她跨坐在自己的大腿上,正满眼都是欲望地看着她。他喝得不比其他人少,但他并不像其他人那么醉,所以还有点儿脑子,而且变得更加温柔了,想和这个姑娘说说话。他的意识有点儿迷离,一会儿迷糊,一会儿清醒,然后意识又消失了,连自己刚才想说什么话都记不起来了。

他笑了,重复着说道:

"就是说,就是说……你在这儿已经很久了。"

"六个月了。"姑娘答道。

他看起来对她很满意,仿佛这是她良好品行的一条佐证,接着他又说道:

"你喜欢这儿的工作吗?"

她迟疑了片刻,然后像是屈服了:

"慢慢就习惯了。跟其他的行当相比,这也不算差。无论是当个女佣还是当个婊子,都只是下贱的行当。"

他又一次露出了赞同此等真理的神色来。

"你不是本地人吧?"他说道。

她点头示意,没有回答。

"家离这里远吗?"

她又点了点头。

"在哪儿?"

她像是在搜寻记忆,然后才喃喃说道:

"佩皮尼昂。"

他再一次看起来很满意,说道:

"啊,是啊!"

这下轮到她问了:

"你呢,你是水手吗?"

"当然呀,美人儿。"

"你是从很远的地方来的吗?"

"啊,是啊!我见识过很多地方,看到了很多港口,什么都见过了。"

"没准你已经环游世界一圈了?"

"你说得对,可能都不止一圈,快两圈了。"

她又迟疑了一下,好像是在脑袋里寻思是不是忘了什么,然后声调有点儿变了,有些严肃地说道:

"你在航行的时候,见过很多船吧?"

"那当然啦,美人儿。"

"你该不会碰巧见过'风中圣母'号吧?"

他傻笑起来:

"我上周就刚刚见过。"

她的脸唰地变白了,仿佛所有的血液一下子不流向她的脸颊了,她问道:

"真的吗,千真万确吗?"

"真的,就像我正在跟你说话一样真。"

"你没骗我吧?"

他举起手来:

"我当着上帝的面发誓!"他说道。

"那么,你知不知道塞勒斯坦·杜克洛还在不在船上?"

他惊住了,内心不安起来,在回答这个问题之前,他想多了解了解。

"你认识他?"

这下轮到她起了疑心。

"哦,不是我!有一个女人认识他。"

"本地的女人吗?"

"不是,是附近的。"

"在这条街上?"

"不是,在另一条街上。"

"什么女人?"

"就是一个女人嘛,和我一样的女人。"

"她想找他干什么,这个女人?"

"我不知道,没准是老乡?"

他们俩面面相觑,彼此窥视,感觉到、猜测到某件严重的事情就要在他们之间发生。

他又说道:

"我能见见她吗,这个女人?"

"你要跟她说什么?"

"我要说……我要说……我见过塞勒斯坦·杜克洛。"

"至少他身体还不错吧。"

"跟你我一样好,他是一个健壮的家伙!"

她又沉默了,整理了自己的思绪,然后缓缓开口说道:

"那艘船,'风中圣母'号开到什么地方去了?"

"就在马赛呀。"

她难以克制地蹦了起来。

"真的吗?"

"千真万确!"

"你认识杜克洛?"

"是啊,我认识。"

她又迟疑了,然后轻轻地说道:

"好啊,太好了!"

"你为什么想找他?"

"听着,你就跟他说……不,没什么!"

他看着她,心里越来越不安。末了,他想搞清楚这一切。

"你也认识他,对吧?"

"不。"她说道。

"那你为什么想找他?"

她忽然下定决心,站了起来,跑到老板娘守着的柜台跟前,抓起一个柠檬,剥开来,把柠檬汁挤进一个杯子里,往里倒满了水,然后,她把这杯柠檬水给他拿了过来,对他说:

"喝掉!"

"为什么?"

"让你的酒劲过去,然后我有话要跟你说。"

他顺从地喝掉了,抬起手用手背擦了擦嘴,然后说道:

"行了,你说吧。"

"你先答应我,不许把见过我这件事情告诉他,也不许告诉他,你是从谁那里听到了我接下来要跟你说的这些话。你发誓。"

他举起手,但心怀鬼胎。

"我发誓。"

"以上帝的名义?"

"以上帝的名义。"

"那好,你就转告杜克洛,说他的父亲过世了,母亲过世了,他的兄弟也死了,他们三人在一个月之内都死了,都是因为染了伤寒,那是一八八三年一月的事情,已经过去三年半了。"

一瞬间,他觉得浑身的血液都涌了上来,好一会儿,他都震惊得一句话也说不出来,然后他又怀疑起来,问道:

"你确定?"

"我很确定。"

"这是谁跟你说的?"

她伸出手搭在他的肩膀上,深深地望着他的眼睛:

"你发誓绝对不会说出去。"

"我发誓。"

"我是他的妹妹。"

他一时没有忍住,喊出了她的名字:

"弗朗索瓦丝?"

她盯着他仔细地望了一会儿,心里涌起一阵疯狂的恐惧,惊

恐万分地喃喃低语,她嘴里的声音几乎听不见:

"哦!哦!是你吗,塞勒斯坦?"

他们俩静静地待在原地,四目相对。

在他们周围,那些伙伴依旧在大喊大叫。碰杯的声音,敲桌子的响动,脚后跟踏着节拍的声音,还有女人们尖厉的喊叫声,都混杂在吵吵闹闹的歌声中。

他察觉到她就坐在自己身上,搂抱着自己,浑身发烫而充满恐惧。他的妹妹!接着,他压低了嗓音,生怕被其他人听见,那声音低得连他的妹妹都几乎听不见:

"悲哀啊!我们都干了什么好事!"

转瞬之间,她的眼里满是泪水,结结巴巴地说着:

"这难道是我的错吗?"

而他突然开口说道:

"所以,他们都死了?"

"他们都死了。"

"爸爸、妈妈,还有弟弟呢?"

"他们三个在一个月之内都去世了,我告诉你了。剩我孤零零一人,除了几身衣服,我什么也没有了,而且还欠着药店老板和医生他们三个人的医药费,还有给他们下葬的费用,我只好卖掉家具来还债。

"当时,我到加舍大叔那儿去当女佣了,你知道的,就是那个跛子。那时候我才刚十五岁,你走的时候我都还不到十四岁。我为他犯下了错。人嘛,年轻的时候就是傻里傻气的。然后我又到公证人家里去当帮佣了,但他也玩弄我,把我带去勒阿弗尔,开了一个房间,然后很快就消失不见,不再回来了。我在那儿三天都没吃上饭,也找不到活儿,然后我就跟其他人一样到妓院去了。我也见识过很多地方了!哈!到处都肮脏得很!鲁昂、埃夫勒、里尔、波尔多、佩皮尼昂、尼斯,然后是马赛,我现在到这里来了!"

她涕泗横流,沾湿了她的脸颊,流进了她的嘴里。

她又接着说:

"我以为你也死了,死了!我可怜的塞勒斯坦。"

他说:

"我都认不出你了,你那时候还那么小,现在已经长这么大了!但是,你怎么会也没认出我呢?"

她绝望地摆了摆手。

"我见过那么多男人了,所有的男人对我来说都一个样!"

他始终深深地注视着她,内心被一种羞愧却十分强烈的情感擒住,让他像一个被别人打的小孩一样,恨不得大喊大叫起来。他依旧把她搂在怀里,让她跨坐在自己的腿上,双手落在了女孩的后背上,他就这样努力地盯着她看,终于认出了她,认出了这个被留在故乡的小妹妹,是她目睹了亲人们的死亡,而那时他正在海上远行。他突然用自己作为水手那双宽大的手掌抱住了他才找到的亲人的脑袋,他像亲吻自己的血亲骨肉那样亲吻她。呜咽声,男人的呜咽声,犹如绵延的波浪,涌上了他的喉头,听上去仿佛一个醉汉在打酒嗝。

他结结巴巴地说道:

"是你啊,是你啊,弗朗索瓦丝,我的小弗朗索瓦丝啊……"

接着，他突然站起身，用不同寻常的声音咒骂起来，一拳砸在桌子上，玻璃杯子被震翻落地，都摔碎了。然后他摇摇晃晃地走了几步，张开双臂，脸朝下摔倒在地上。他满地打滚，还大喊大叫，双手双脚都在地上乱抓乱砸，发出了垂死之人那样的痛苦呻吟。

他的伙伴们都看着他哈哈大笑。

"他醉得不省人事啦。"其中一个说道。

"得让他去睡一觉，"另一个说道，"要是他跑到街上去，肯定要被抓起来。"

因为他口袋里还有钱，于是老板娘给了他一张床铺，他的伙伴们自己也醉醺醺的，站都站不稳，但还是把他从狭窄的楼梯拖了上去，来到了这个姑娘刚刚接待他的那个房间里。而她就待在犯下罪孽的这张床铺旁，坐在椅子上，和自己的哥哥一样，一直哭到了翌日清晨。

《港口》（*Le Port*）1889 年 3 月 15 日发表于《巴黎回声报》（*L'Écho de Paris*）。

附录

左拉在莫泊桑葬礼上的致辞

（1893年7月7日）

先生们：

我应代表作家协会与剧作家协会发言。但请允许我以法兰西文学之名发言，作为战友、兄长、朋友，而非作为他的同行来到此处，向居伊·德·莫泊桑致以最后的敬意。

已经是十八到二十年前了，我在居斯塔夫·福楼拜家中认识了莫泊桑。我仍记得当时的他，那么年轻，有着一双清澈的笑眼，在老师[1]面前沉默寡言，如儿女般恭谦。往往整个下午，他都在听我们谈话，偶尔鼓足勇气插上一句。但在这个性格开朗又诚挚的可靠小伙儿身上，散发出如此欢快的朝气、如此无畏的活力，他带来的这股健康的气息，让我们所有人都喜爱他。他酷爱剧烈运动，彼时已流传着有关他壮举的传奇。我们不曾料想他有朝一日会有才气。

随后，《羊脂球》，这部杰作，这部彰显柔情、讽刺与勇气的完美作品横空出世。他一下子就交出了具有决定性意义的作品，跻身大师之列。我们为此感到莫大的喜悦，因为他成了我们的兄弟，

---

1 指福楼拜。

我们看着他长大，却没有意识到其天才。从这天起，他笔耕不辍，高产、稳定、笔力深厚，令我们惊叹。他与多家报社合作，短篇、中篇小说一篇接着一篇，种类繁多，都是令人钦佩的完美之作。每一篇都带来一个小小的喜剧，或是一出小小的完整的戏剧，令人猛地窥见生活的一隅。读的时候，人们哭，人们笑，人们思考。我可以举出几个短篇。它们在寥寥数页间囊括了其他小说家无疑需以大部头书写的精髓。但是，我最好全部提及。某些篇目，难道不是像拉·封丹的寓言或是伏尔泰的短篇小说那样，已经成为经典了吗？

莫泊桑希望拓宽界限，以回应那些专攻中篇小说、让自己局限于此的人。凭借其特有的平和文笔、雄健流畅的风格，他写出了绝妙的长篇小说，在这些故事中，短篇小说家的种种优点被其对生命的激情放大，变得越发精妙。灵感降临其身，这强烈而仁慈的灵感成就了充满激情、鲜活的作品。从《一生》到《我们的心》，中间穿插着《漂亮朋友》《泰利耶妓院》及《如死一般强》，一种强烈而简单的生存观、无懈可击的剖析、波澜不惊的口吻、平和宽厚的坦诚，令人折服。我要特别提一下《两兄弟》，在我看来，这是一个奇迹，一个罕见的珍宝，一部无法超越的、真实而恢宏的作品。

莫泊桑如此迅疾地俘获人心，让我们这些忠实拥趸者感到震惊。只要他一讲故事，公众便会立即倾心于他。他一夜成名，却毫无争议。笑盈盈的幸运之神似乎携着他的手，如其所愿引领他前往自己想去的高度。我确实未曾见过另一个如此幸福的开端，也从未见过更为快速、更获公认的成功。人们包容他的一切，在他这里，他人笔下或被视作冒犯的内容人们只是一笑而过。他满足了所有才智之士，触动了一切敏感心灵，我们目睹这非凡的景象：一个强大而坦率的天才，未经丝毫妥协，一下子就赢得了市民阶层，甚至是知识阶层的垂青，而特立独行的艺术家通常得在这一中间群体那儿付出高昂的代价，才能换得出人头地。

莫泊桑的天才已完全体现在这一独特的现象中。如果说，他从一开始就获得了理解和爱戴，那是因为他给法兰西之魂注入了这个民族最美好的天赋与品质。人们懂他，因为他清晰、简单、节制且有力；人们爱他，因为他善良、讨人喜欢，他的讽刺虽尖刻却奇迹般地毫无恶意，泪水亦不能抹去他的勇敢与快乐。他属于我国语言滥觞时期延续至今的伟大血脉，拉伯雷、蒙田、拉·封丹，这些雄健而清晰、彰显着我国文学理性与光辉的宗师是他的先辈。他的读者、仰慕者没有弄错，他们本能地走向这喷涌的清泉，走向这有趣的思想与幽默的风格，这正是他们所需的。人们感谢他——这位可以说是悲观的作家，从他完美明晰的作品中获得了和谐与充满生机的愉悦感受。

啊！清晰！这恩典之泉！我愿世世代代皆可从中开怀畅饮！我非常喜爱莫泊桑，因为这小子的确出自我们拉丁血统，属于真诚的文学大家族！诚然，艺术绝不应受限，我们应接受繁复、雕饰与晦涩，但我认为这是一种放纵，如果您愿意的话，也可以说是偶一得之的珍馐，总还是得回归简单与清晰，正如人们终究还是重新拾起那给予营养又百吃不厌的家常面包。健康就在其中，在这阳光的浸浴之中，在这从四面八方裹挟我们的海水之中。或许莫泊桑也费了不少心思才写出这一令我们赞叹不已的篇章。但若看起来浑不着力，若这宛若天成的完美，以及充盈在字里行间的平静与活力鼓舞了我们，这点儿心思又有什么要紧的呢？读完这一篇，人们如同在阳光下转了一圈，身心愉悦，神清气爽。

莫泊桑多年来笔耕不辍，观察重心逐渐转向其他领域。他一向对新的天地与未知的世界充满好奇。他时常旅行，也带回来了对所游历国度的深刻印象。他偏好清晰与简单，不喜文人行业。再没有比他学究气更少的文人了，他甚至绝口不提文学，游离于文坛之外，他说，写作是出于需要，而非为了荣誉。这种想法，令我们这些身心皆为文学理念所占据的人多少有些吃惊。然而，如今，我相信他是对的，在工作之外，生活本身亦值得经历。同样，经历过才能去理解，可以肯定的是，在最后几年里，莫泊桑极大地拓展了他对农民与有产者的认识，对女性有了更细腻、更深切的体悟，作品走向更详尽、更灵动的境界。

我明白，有些人开始怀念早期的莫泊桑，眼见他丧失了美妙的平衡，我自己亦不无忧虑。但这里绝不是评判他全部作品的地方，可以说的是，直到最后一天，这个自称漠视文学的人都始终热烈地爱着他的艺术，并且带着对真实人性最敏锐的感受力，一直在寻觅，一直在设法进步。

他被幸福围绕着，我要强调这一点，因为他在人们记忆中留下的伟大形象就在这里。我想再次看到他，看到他微笑着，带着对凯旋的笃定，从青春的欢乐时光中走来同我握手。我想看到再晚些时候功成名就的他，那么自在，那么坦诚，受到所有人的欢迎、祝贺与赞誉，如履平地般地前往荣耀殿堂。他拥有一切好运，连神速地成功都未招人眼红，因为他深得人心。他始终待人真诚亲切，从未因腾达而疏远旧时故人。命运理应厚待他：在他的前路，似乎只有好心的仙女沿途抛撒鲜花，直至他耄耋之年加冕最终的桂冠。他的健康状况尤其令人高兴，他看起来是那么结实，人们公允地宣称，在我们的文坛上，他有着最可靠的性情、最敏锐的头脑、最健全的理性。然而，一道可怖的霹雳毁了他[1]。

他，上帝啊！他饱受精神错乱之苦！一切的幸福，一切的健康，都被它摧毁殆尽！命运的转折如此突然，这消亡如此猝不及防。爱着他的万千读者，心中都感到某种痛苦的友爱之情，那是一种不断加剧且始终刺痛的柔情。我并不是说他的荣耀需要如此悲剧性的结局，需要在有识之士心中引起如此深刻的反响，但是，这可怖的病痛与死亡的折磨使得有关他的回忆在我们的心中具有了一种至高无上的悲壮，将他变成了传奇里的思想殉道者。除了作家的荣耀之外，他也将成为这世上最幸运也最不幸的人之一，这个曾受万千宠爱，随后在泪水中消逝的兄弟，在他身上，我们最能感受到人性的希望与破碎。

此外，谁能说病痛与死亡是盲目的呢？诚然，莫泊桑在十五年内发表了近二十卷作品，如果他活着，毫无疑问，还可以再将这个数字扩大三倍，自己一个人的作品就可以塞满一整个书架。但让我说什么好呢？在我们时代的鸿篇巨制面前，我有时会陷入充满惆怅的不安中。没错，堆积如山的书籍是长期认真写作的成果与持之以恒工作的典范。只是，对于荣耀来说，这些也是沉重的包袱，人的记忆不喜承载如此重负。在这些系列巨著中，能够流传后世的从来只有寥寥数页而已。谁能说不朽的不可能是一篇三百行的小说，不可能是被后世学童当作无懈可击的完美典范，口口相传的寓言或故

---

[1] 此处左拉玩了一个文字游戏，他在引用莫泊桑自己的话："我像流星一样进入文坛，也将像霹雳一样离开。"

事呢？

先生们，这将是莫泊桑的荣光所在，并且是最牢靠、最坚实的荣光。既然他付出如此高昂的代价才得以安歇，就让他怀着对他留下的作品必将长盛不衰的信念安然睡去吧。他的作品将永生，并将使他永生。我们这些认识他的人，心中将永远留下他坚实的身影和饱受病痛的形象。而在未来，那些只能通过他的作品认识他的人将会爱他，因着他向人生歌咏的永恒的爱意。

（徐京京 译）